그해 5월 6

그해 5월 6

이병주

한길사

"글을 써야 하는 것이 내 사명이라면
나는 민족의 가슴팍에 못 하나라도 박아놓고
떠나든 말든 해야겠다. 문학은 필연적으로 망명의 문학이다.
외국으로 떠나는 것만이 망명이 아니다."

풀 길 없는 딜레마

1968년 1월 21일 밤.

북조선에서 파견한 무장유격대가 청와대를 목표로 침입했다가 격퇴되었다는 뉴스를 듣고 이사마는 「007」 영화가 결코 현실을 뛰어넘은 것이 아니란 사실을 알았다. 소설보다 기이한 현실이란 바로 이런 사건을 두고 말하는 것이라고 느꼈다.

이사마는 그 사건에 관한 신문기사를 면밀히 검토하고 종합해 한 편의 소설을 꾸며볼 생각을 했다. 소설을 꾸며봄으로써 그 사건을 자기 자신이 납득할 수 있도록 파악해 보아야겠다는 것이 하나의 이유이고, 과연 소설로써 그 사건의 핵심을 찌를 수 있을까를 시험해보고자 하는 것이 또 하나의 이유다.

사실을 그대로 썼다고 해서 소설이 되는 것이 아니고 그럴듯하게 이야기를 꾸며야만 소설이 된다는 것은 모파상 소설이론의 핵심이다. 그렇다면 대한민국의 수도 서울의 한복판, 그것도 대통령 관저와의 상거 5백 미터 지점에까지 북조선의 무장유격대가 들어올 수 있었다는 사실이 어떻게 가능할 수 있었는가를 사람들이 납득할 수 있도록 꾸며져야만 소설로서 성공한 것으로 되는 것이다. 이런 생각을 해볼 만큼 그 사건이 이사마에겐 충격적이었다.

다음은 이사마가 꾸며본 소설이다.

대남공작을 담당한 T는 그날도 밤늦도록 깊은 생각에 잠겨 있었다.

"동무의 대남공작은 어떻게 되었는가. 하나도 성공한 게 없지 않은가. 정신 똑바로 차려요. 창발력을 발휘해봐. 내가 대남공작부를 신뢰할 수 있도록 일을 한 가지라도 완수해보란 말야. 하나같이 머저리 같은 놈들!"

김일성으로부터 이런 호된 힐책을 받은 것은 한 달 전의 일. 그로부터 T는 밤잠을 제대로 자지 못했다. 숙청의 위협이 눈앞에 어른거려 잠에 빠져들었다가도 가위에 눌려 언뜻 잠을 깨어 일어나 앉곤 하는 것이다.

그러나 생각나는 것은 공상뿐. 구체적인 아이디어가 나타나질 않았다. 초조감이 심해만 갔다. 그래 오늘도 그 생각에 골몰하고 있었는데 돌연 하나의 영감이 솟았다.

공상을 공상으로만 돌릴 것이 아니라 그 공상 속에서 구체안을 찾아보자는 것이었다. 소련의 발명가 포포프도 공상에서 시작했다는 것이 아닌가. 공상이야말로 아이디어의 원천이다.

T의 공상은 감쪽같이 서울에 유격대를 잠입시켜 청와대를 습격하곤 박 대통령을 암살하고 개선하는 장면의 언저리를 돌고 있었던 것인데 그 공상을 구체적인 계획으로 옮길 작정을 했다.

그런 작정을 하고 공상을 거듭한 결과 어렴풋이나마 계획의 윤곽이 잡혔다. 그러고도 계속 생각한 결과 그 계획이 가능할 것같이 느껴졌다.

'김일성 수령께서 말하지 않았던가. 계획이 정밀하기만 하면 불가능이란 없다고.'

그는 무릎을 치고 이 계획이야말로 김일성을 즐겁게 할 것이란 자신을 얻었다. 그는 빙그레 웃었다. 김일성에게 잘 보이려고 수십 명, 아니 수백 명이 대가리를 싸매고 경쟁하고 있는 대열에서 이 아이디어 하나로 우뚝 솟아오를 것이라고 짐작할 수 있었던 것이다.

뜬눈으로 새운 T는 적당한 시간을 골라 김일성에게 면회 신청을 했다.

"무슨 용무인가?"

비서가 물었다.

"대남공작을 위한 계획을 말씀드리고자 합니다."

"일단 내게 그 내용을 설명할 수 없는가?"

"극비사항이므로 수령님께 직접 말씀드리고자 합니다."

"수령님이 듣고 좋아할 내용인가?"

"대단히 좋아할 내용입니다."

"수령님이 들으시고도 좋아하지 않는다면 어떻게 할 텐가?"

"목숨이라도 바쳐야 하겠지요."

"그만큼 말한다면 내 말씀드려보지."

이런 얘기가 오간 한 시간쯤 후에 T는 연락을 받았다. 김일성이 만나겠다는 전갈이었다.

김일성은 T로부터 계획을 듣더니,

"만일 실패하면 어떻게 할 텐가?"

고 물었다.

"이번 계획은 결단코 실패하지 않을 것입니다."

T는 자신 있게 말했다.

김일성이 잠깐 생각하더니,

"밑져야 본전이니끼니 한번 해볼 만하다."

고 말하고,

"그러나 만일의 경우 이쪽에서 했다는 구체적인 증거가 남지 않도록 조심하라."

는 다짐을 했다.

"만에 하나 목적을 달성하지 못한다고 해도 전원 옥쇄玉碎할 각오로 주입시킬 방침이니 염려 없습니다."

"그 방법은?"

"전원 남한 국군의 군복을 입히고 증명서 따위도 남한의 것을 위조해서 휴대시킬 터이니 전원이 죽고 나면 증거 하나 남지 않게 할 작정입니다. 그러곤 남조선 자체 내의 반란이라고 뒤집어씌우면 그만 아니겠습니까."

"좋다. 빈틈없도록 해."

"예, 알았습니다. 수령님!"

"10일 후에 발족한다고 알아둬. 그동안 관계부서와 의논해서 지장이 없도록 해놓을 테니까."

10일 후 인민군 최고사령부로부터 예하 부대에 시달이 왔다.

각 부대에선 부대 내에서 신체 건강하고 수령님에 대한 충성심이 1백 퍼센트 이상인 젊은 장교 5명씩을 선발해 X월 X일까지 최고사령부에 출두시키라는 내용이었다.

이렇게 해서 참집한 인원이 2백 명. 이들은 최고사령부 강당에서 김일성의 훈시를 받았다.

"……동무들은 지금부터 중대한 임무를 위해 특수훈련으로 들어간다. 동무들은 장차 공화국의 영웅이 될 것이다. 오늘부터 동무들의 생명은 내가 맡는다. 내가 맡은 이상 동무들은 이 순간부터 나와 일심동체다. 나의 영광이 곧 동무들의 영광이다. 동무들이 있는 곳에 내가 있고, 동무들이 가는 곳에 나 또한 간다. 임무가 무엇이냐 하는 것은 차차 알게 될 것이다. 동무들! 죽음을 걸고 내게 대한 충성을 맹서할 수 있겠는가?"

모두들 소리소리 질렀다.

"목숨을 걸고 수령님께 충성을 다하겠습니다."

"훈련 도중에도 임무수행 중에도 곤란이 많을 것이다. 그런데 그 곤란이 동무들의 영광을 보다 빛나게 하는 것임을 알아야 한다. 오늘부터 동무들은 공화국 최고의 인민들이다. 그 영광은 동무들 가족에게까지 미친다."

김일성의 연설에 감격한 2백 명의 젊은 장교들은 식당에서 호화판 식사를 대접받은 후 황해도 어느 산골에 시설되어 있는 훈련소로 갔다.

훈련소에서의 첫날 그들은 4개 소대로 편성되어 다음과 같은 훈시를 받았다.

"지금부터 1년간 맹렬한 훈련을 과한다. 그 목적은 초인적인 능력을 갖춘 영웅을 만들기 위해서다. 불평은 일절 있을 수 없다. 명령엔 절대로 복종이다. 죽으라는 명령이 내리면 즉시 죽어야 한다. 여기서 발하는 명령은 모두 김일성 수령님의 명령이다. 동무들은 이미 최고의 영광을 부여받은 신분이다. 그런 까닭에 동무들의 가족은 이날부터 모든 배급을 두 배로 받는 특권을 가지게 되었다. 최고의 영광은 수령님의 명령에 절대 복종하는 것으로만 보장될 수 있다……."

이리하여 훈련은 시작되었다.

아침 여섯 시에 일어나 밤 열 시에 취침할 때까지 열여섯 시간 동안 두 시간의 휴식시간이 있을 뿐 훈련의 계속이다.

권총, 자동소총의 사격훈련부터 수류탄 투척훈련은 어느 각도에서 어떤 자세로 서서도 정확하게 표적을 맞힐 수 있도록 하루 세 시간씩 계속했다.

10킬로그램의 짐을 지고 각각 다리에 5킬로그램의 사낭砂囊을 달고 70도 경사의 비탈길을 매일 18킬로미터씩 뛰어야 한다. 지형지물을 이용한 은신법, 바위를 타는 등반법, 가시덤불을 기는 포복술, 낭떠러지를 내려 뛰는 강하술, 비수를 휘두르는 검술, 몽둥이를 쓰는 봉술 등 살인에 필요한 제반 기술을 집중적으로 익힌다.

사흘을 물만 마시고 견디는 훈련, 이틀을 물 한 방울 마시지 않고 견디는 훈련도 있다.

그러는 동안에 공화국의 가장 영광스런 인민 또는 영웅이란 찬사로써 그들의 사기를 돋운다.

훈련 10개월이 지나자 모두들 명사수가 되었다. 어떤 짐승보다도 산을 잘 타는 기술을 익히게 되었다. 산속의 노숙을 거뜬히 견디는 체질이 되어 있었다. 동시에 공화국에서 제일가는 인민이며 영웅이란 자부를 가지게 되었다. 어떤 난관이라도 극복할 수 있는 겁 없는 전사들로 성장했다.

훈련 11개월째에 접어들었을 때 분대 편성에 변경이 있었다. 30여 명이 탈락한 때문도 있었지만 출동기일이 박두했기 때문이다.

금번의 소대 편성은 대장隊長 한 명에 대원 30명, 열 명씩을 1개 분대로 하고 각각 분대장이 배치되었다. 그렇게 해서 도합 다섯 소대가 편성되었다. 다섯 소대 가운데서 제1소대가 가장 우수했다.

편성 변경과 동시 제1소대만은 산등을 하나 넘어 새로 시설된 훈련소로 이동했다. 그런데 그 훈련소는 종전의 병사식兵舍式 훈련소와는 달리 방이 여러 개 있는 양옥이었다.

그 양옥의 1실에 대원을 모아놓고 훈시가 있었다.

"지금부터 동무들의 임무를 설명한다. 동무들은 얼마 되지 않아 남한의 서울로 가게 돼 있다. 서울에 가서 박정희를 죽이는 게 동무들의 임무다. 이 집은 청와대란 곳이다. 남한의 대통령이 살고 있는 집이다. 계단의 수·창·문·변소·내실·집무실·응접실·침실 등 꼭 그대로의 구조로 되어 있다. 이 집에서 살며 충분히 그 구조를 익혀두어라. 불이 꺼진 캄캄한 밤에라도 자유스럽게 행동할 수 있도록, 박정희의 거처를 알아낼 수 있도록, 그리고 도망칠 문 등도 잘 익혀두어야 한다. 어떤 식으로 습격하느냐 하는 문제는 앞으로 연구해보도록 하고 사전에 이 사실만은 알아두어야 한다. 동무들이 임무를 수행하고 나면 미리 연구해둔 퇴로로 해서 산으로 들어간다.

성공하기만 하면 남조선은 혼란에 빠져 동무들을 추격할 여유가 없을 것이다. 그때 우리는 대부대를 동원해 휴전선을 넘는다. 길게 잡아도 일주일 후엔 서울을 점령하게 될 것이다. 괴수를 잃은 남조선의 군대가 우리에게 대항할 까닭이 없으니까. 그때까지 동무들은 산속에 꽁꽁 숨어 있으면 된다. 수틀리면 수류탄을 터뜨려 공화국의 영웅답게 자결하면 그만이다. 동무들의 영광은 영원히 빛날 것이다……."

"이 청와대의 모형을 어떻게 만들었습니까?"

하고 누군가가 물었다.

"우리는 그 구조를 다 알게 돼 있다. 청와대 내부에도 우리의 동지가 있다는 것을 알아야 한다. 뿐만 아니라 서울의 곳곳에 우리의 공작원이 미리 침투하고 있다. 이번 임무가 끝나면 그야말로 동무들은 남조선을 해방한 영웅이 되며 조국을 통일한 위대한 전사가 된다."

그곳에서 하는 일은 청와대까지의 루트를 연구하고, 남한의 말과 습성을 익히는 훈련이다.

그곳에서 대원들은 처음으로 가족들이 보낸 편지를 받았다. 편지마다가 김일성 수령의 각별한 비호로 너무나 편하게 너무나 풍부하게 너무나 행복하게 살고 있다는 것이며 그 은혜에 보답하기 위해서라도 최선을 다해 직무를 충실하라는 내용을 담고 있었다.

훈련이 수월해지고 보니 끼리끼리 얘기를 나눌 겨를이 있었다.

"언제쯤 출동일까. 빨리 해치웠으면 좋겠다."

"자신 있어?"

"자신 있구말구. 동무는?"

"나도 자신 있어."

"가족들이 행복하게 살고 있다니 안심이다."

"그래, 모두 수령님의 덕택이 아닌가."

"생명이 하나밖에 없는 것이 유감이다."

"왜? 죽을까 봐서?"

"아니다. 수령님께 목숨을 하나밖엔 바칠 수 없는 것이 유감이란 말이다."

"그 기분 알만 해."

매일처럼 맛있는 음식이 식탁에 수북했다. 김일성 수령이 보낸 돼지갈비, 닭고기 등이다.

김정일은 과자를 보냈다. 김일성 마누라는 떡을 보냈다.

그러는 동안에 해가 바뀌었다.

1968년의 새해가 밝았다.

새해의 5일, 맹훈련이 있었다. 20킬로그램의 짐을 지고 10킬로그램의 사냥을 차고 해발 9백 미터의 가파른 산에 뛰어올랐다.

정상에서 교관이 물었다.

"숨 가쁜 사람 손을 들어."

하나도 손드는 사람이 없었다.

"됐어."

교관이 흐뭇해했다.

훈련은 일주일을 계속했다.

그러곤 3, 4일 동안 충분히 휴식하라는 명령이 있었다.

1월 15일 밤 마지막의 회식이 있었다. 김일성이 보내준 소갈비와 김정일이 보낸 포도주를 마셨다.

국가를 부르고 김일성 장군의 노래를 부르고 빨치산의 노래를 불렀다.

아침에 출동명령이 내렸다.

무기와 탄약, 수류탄의 지급이 있었다. 편지를 비롯한, 즉 북조선 사람임을 알게 하는 일체의 사물은 휴대하지 못한다는 지시가 있었다. 남한의 군복과 계급장이 배급되었다.

계급장은 대장이 대위, 세 명의 분대장은 소위 또는 중위의 계급장을 달고 나머지는 사병의 신분을 가장하기로 했다.

남한까지의 루트를 세 종류 예정해놓고 일단 제1루트를 취하기로 했다. 도중의 암호, 기타 세부적인 지시가 있고 마지막으로 자결할 경우의 요령을 서로 확인했다.

출발명령이 내린 것은 오후 2시, 통일특공대라는 이름을 가진 이들은 황해도의 연산을 유개 트럭을 타고 출발해 밤 11시에 개성에 도착했다.

개성부터 도보로 휴전선까지 왔다. 17일 밤의 어둠을 이용해 미군 제2사단이 둘러쳐놓은 방책을 끊고 휴전선을 넘었다. 임진강은 얼어붙어 있었다. 발소리를 죽이며 1분대씩 적당한 간격을 두고 강을 건넜다.

날이 밝을 때까지 걸어 18일 낮엔 산속에 숨었다. 18일 밤에 걷기 시작해 서울 가까이까지 왔다고 짐작은 했지만 정확한 길을 알아낼 수가 없었다. 19일 낮, 산에 잠복해 있다가 산속에 들어온 나무꾼을 붙들어 서울 가는 길을 물었다.

50리쯤 걸으면 된다고 하며 방향과 길을 가리켰다. 그들은 어둡기까지 그 나무꾼을 감금하고 있다가 출발과 동시 석방하며 길을 가르쳐주어 고맙다면서 나무꾼에게 일본제 시계를 주었다. 그들은 나무꾼에게 자기들은 육군 방첩부대원이라고 했다. 나무꾼이 그들을 수상하게 여기지 않는 눈치라서 안심했다.

나무꾼을 보내놓고 돌아올 때 필요할지 모르는 전지와 수류탄

70여 발을 골짜기에 묻어놓고 서울을 향해 출발해 그날 밤 안으로 북한산에 침투한 다음 잠복했다.

청와대를 습격한다고 해도 대통령이 청와대에 없으면 허사가 될 것이어서 무전으로 평양에 연락했다. 평양과 서울의 고정간첩 사이에 암호로 된 통신이 있었던 모양으로 21일 밤엔 대통령이 청와대에 있다는 사실을 확인한 무전을 오후 7시에 받을 수가 있었다.

그 확인 무전을 받고 곧 출동을 개시했다. 정릉 골짜기에서 고개를 넘어 평창동으로 내려왔다. 밀집한 대형이 유리하다고 판단해 31명은 2열 종대로 개울을 뛰어넘어 북악산으로 기어올랐다. 몇 사람 통행인이 있고 자동차가 지나치기도 했으나 아무도 의심하는 사람이 없었다. 국군이라고 보았기 때문이다.

자하문 옆을 통과한 것이 10시 5분. 1열씩 길 양편을 따라 천천히 걸었다. 이대로면 무난히 청와대에까지 접근할 수 있을 것 같았다.

자하문에서 50미터 시내로 접근한 지점의 검문소에서 사람이 하나 뛰어나와 대열을 막아섰다.

"나는 종로경찰서의 형사입니다. 어느 부대 소속인지 알았으면 합니다."

"우리는 기관원이다."

대장이 위엄 있게 말했다.

의식적으로 대위의 계급장을 가로등에 비추는 위치에 섰다.

"어느 기관입니까?"

형사가 따졌다.

"기관원이라고 했으면 그만이지, 뭐 귀찮게 굴어. 너희들에게 밝힐 필요가 없어."

대장은 더욱 위압적으로 말했다.

그런데도 형사는,

"신분증을 보여주시오."

하고 물러서지 않았다.

"우린 방첩대원이다. 산속에서 특수훈련을 하고 돌아오는 길이야. 경찰서장에겐 벌써 연락을 해두었어. 비켜."

"그렇습니까? 그럼."

형사는 물러섰다.

그런데 형사의 눈을 끄는 게 있었다.

모두들 군복을 입었고 카키색 외투를 입고 있어서 별반 의심할 것이 없었으나 그들이 신은 신이 이상했다. 검은 농구화에 흰 끈이 달려 있었다. 산중에서 특수훈련을 했다니까 농구화를 신을 수도 있겠지만 국군이 농구화를? 하는 생각만이 아니라 그런 식의 농구화는 평소에 볼 수 없었던 것이다.

형사는 그들이 움직이기 시작하자 검문소로 뛰어가서 경찰서장에게 전화를 걸었다. 종로서의 최규식 서장은 그때 마침 지프를 타고 청와대 앞길을 패트롤 중이었다.

전화가 연결되자 형사는 바쁘게 보고했다.

"일행은 31명인데요. 방첩대원이라고 하는데 아무래도 이상합니다. 우선 신은 농구화가 눈에 설구요. 경찰서에 사전연락을 했다고 하는데……."

"그런 연락 받은 일 없어. 아무튼 그리로 갈 테니까."

하고 최규식 서장은 자동차를 자하문 쪽으로 돌렸다.

최규식 서장이 그 일단과 마주친 것은 그들이 청와대와의 상거

5백 미터 지점에 왔을 때다.

최 서장은 지프에서 뛰어내려 그들 앞에 섰다.

"사전에 연락을 받은 적이 없는데 어느 부대의 소속입니까? 증명서를 봅시다."

최 서장이 부드럽게 말했을 때다.

돌연 총성이 울렸다. 위험을 느낀 특공대원들이 외투 밑에 감추고 있던 자동소총으로 쏘아댄 것이다.

최 서장은 그 자리에서 쓰러졌다. 그것을 본 지프의 운전사가 권총을 빼들고 쏘았다. 그러나 그도 자동소총의 난사를 받고 쓰러졌다.

인근에 있던 경찰관들이 달려왔다.

그들은 경찰관들을 향해 연신 총을 쏘면서 오던 길로 달음질치기 시작했다. 그러는 동안 통행인 수 명이 총을 맞았다. 버스에 던진 수류탄으로 수 명의 승객이 죽었다.

31명 가운데 다섯 명이 경찰관의 총탄에 의해 죽었다. 나머지는 날쌘 동작으로 산속으로 도망쳐버렸다.

경찰관의 수가 적은데다 어두워 추격하진 못했으나 그런대로 전과는 있었다. 다섯 명을 사살한 외에 두 명을 생포한 것이다. 하나는 빈사의 중태였고, 하나는 경상을 입었을 뿐이었다.

그곳에서의 전투는 순간적으로 끝났으나 일은 그때부터 시작되었다. 각 방면으로 긴급지령이 시달되었다.

수도경비사령부 병력을 주축으로 하여 근처의 산을 수색하는 작전이 전개되었다. 그들의 퇴로를 막기 위해 고양군·양주군·파주군 일대가 완전봉쇄되었다. 서울시경 관하의 전체 경찰관에게 비상경

계령이 내렸다.

몇 시간이 경과한 후 채원식 치안국장의 심야 기자회견이 있었다. 그 기자회견 직전 하마터면 채원식 치안국장은 죽을 뻔했다. 아슬아슬하게 위기를 넘긴 것이다.

사건이 발생했다는 급보를 받고 채원식 치안국장은 급거 현장으로 달려갔다. 유기된 괴한들의 시체를 조사하고, 생포한 두 사람을 치안국에 연행했다. 국장 자신이 직접 취조하기 위해서였다.

부상이 경미한 자는 부하를 시켜 다른 방에 감금해놓고 채 국장은 빈사상태에 있는 괴한을 먼저 취조할 목적으로 부하들과 함께 취조실로 끌고 갔다.

취조실에 들어가기 전 얼핏 짚이는 바가 있어 괴한의 신체검사를 했다. 아니나다를까 권총이 나왔다. 허리에 여섯 발의 수류탄을 차고 있었다.

채 국장은 한 개 한 개 안전장치를 확인하며 수류탄을 뽑아냈다. 다섯 개를 뽑아내고 여섯 개째에 손을 대다가 말고 얼른 손을 뗐다. 안전장치가 풀려 있었다. 안전장치가 풀린 수류탄이 골마루에 굴러 떨어졌다.

"엎드렷! 위험하다."

고 소리치며 괴한을 뒹굴어 있는 수류탄 위에 밀어 쓰러뜨리고 엎드렸다. 그 순간 폭음이 일었다.

취조실 입구의 골마루였기에 다행이었다. 만일 그자를 비좁은 취조실 안으로 끌어들였더라면 채 국장의 생명은 없어졌을 것이었다.

이런 위기를 넘긴 직후 기자단 앞에 나타난 것이니 그의 얼굴이 새파랗게 질려 있었던 것은 당연하다.

채 국장은 그가 확인한 바를 밝혔다.

그 집단은 이북에서 파견한 무장유격대이며 총수는 31명, 전원이 북조선 인민군의 장교라는 것이었다. 그들의 공격 목표는 청와대, 그들의 임무는 박 대통령 암살이었다.

그 이튿날 김신조의 기자회견이 방첩대 본부에서 있었다. 김신조는 경미한 부상으로 생포된 무장유격대원의 일원이며 인민군의 소위, 나이는 27세였다. 그는 기자들의 질문에 순순히 대답했다. 어떤 일이 있어도 정체를 밝히지 말라는 교육은 아무런 보람이 없었다. 김신조의 증언으로 대한민국은 무장유격대의 정체를 소상하게 알 수 있게 되었다.

일단 도피에 성공한 나머지 24명도 한국 군경의 철통 같은 봉쇄망을 뚫지 못하고 고양군에서 또는 파주군에서 한 사람 남김없이 사살되었다.

이렇게 북조선 대남공작부원 T의 공상은 무장유격대 30명과 그들을 소탕하기 위한 전투에서 죽은 한국인 35명, 도합 65명을 죽이는 결과로써 끝났다.

이 사건이 김일성에게 준 이득이란 무엇일까.

아무튼 이 사건을 통해 두 가지 사실만은 확인되었다. 하나는 한국의 방어태세에 구멍이 뚫려 있었다는 사실, 또 하나는 김일성이 어떤 무모한 짓도 사양하지 않는다는 사실이다.

이렇게 써놓고 이사마는 성유정에게 보이며,

"이것이 소설이 되겠느냐?"

고 물었다. 성유정은,

"가장 졸렬한 소설 축에도 끼지 못하겠다."

며 그 사건이 있은 지 일주일 후에 발생한 푸에블로호 사건을 화제에 올렸다. 그러고는,

"김일성은 박정희 정권을 반민주적으로 강화하는 데 도움을 주고 있다."

고 했다.

성유정의 말엔 일리가 있다.

김일성의 자극으로 박 정권이 더욱더 지배능력을 강화하고 있는 것이 사실이기 때문이다.

1월 21일 사건을 겪은 정부가 어떻게 국민의 자유를 증폭하는 정책을 쓸 수 있겠는가. 간첩의 침투를 막는 정책이나 방침은 결과적으로 국민을 구속하는 정책이나 방침으로 되는 것이다. 반정부 행동을 이적 행위로 보는 구실을 제공하고 있는 것도 김일성이다.

"3선 개헌은 꼼짝 없이 되게 되었군."

성유정이 중얼거렸다.

"어째서 그러냐?"

고 이사마가 물었다.

"휴전선이 위태로운데 3선 개헌을 반대하는 소동을 정부가 허용할 수 있겠는가. 박정희 대통령의 뜻대로 되는 거지. 뿐만 아니라 푸에블로호 사건은 뜻밖에 중대한 일인지 모르겠다."

고 성유정은 우울한 표정을 지었다.

성유정의 말에 의하면 북조선이 하노이 정부를 돕기 위해 한반도에 제2전선을 만들려고 한 수작이 푸에블로호 사건일지 모른다는 것이다.

"그런 의도가 없이 어떻게 미국의 군함을 나포하는 대담한 짓을 북조선이 할 수 있겠는가. 설마 전쟁에까진 발전되지 않을지 모르지만 한반도에 준전쟁상태를 야기할 조짐으로 되지 않겠는가. 이러한 상황에서의 3선 개헌이니 미국도 반대할 수 없을 것 아닌가. 미국이 반대하지 않으면 강하게 나오지 못한다는 게 야당의 생리가 아닌가."

"이런 일이 없으면 3선 개헌이 불가능할 줄 알았소? 박 대통령은 3선 개헌을 안 하고는 배겨내지 못하게 돼 있는 것 아닙니까."

"그야 그렇지. 그렇지만 한일조약 때보다 더 맹렬한 반발이 일어나면 혹시 무슨 변수의 작용이 있을지 모른다는 생각쯤은 해볼 수 있지 않을까?"

"성 선배는 그럼 3선 개헌을 반대하십니까?"

"그야 물론 아닌가."

"이것 뜻밖의 말씀인데요. 선배님은 정치에 초연한 어른이라고 보았는데……."

"아무리 초연해도 이대로의 상황을 그냥 긍정할 수 있겠어? 이 주필은 3선 개헌에 찬성인가?"

"나는 찬성도 반대도 안 합니다. 이 정권은 끝장을 보고야 말 운명을 지니고 있는 정권이니까."

"그건 나도 그렇게 생각해. 그러나 몇몇 놈의 꼬락서니가 보기 싫어서."

이사마는 성유정의 요즘 기분을 이해할 수 있었다. 가난한 일가를 도와준 일이 모 기관의 엉뚱한 오해를 받게 되어 한때 오너라 가너라 하는 통에 진땀을 뺀 적이 있었기 때문이다. 성유정은 등록금으로 도와준 것인데 받은 사람은 그것을 자기네 서클의 운영비로 써버렸다. 그 서클은 대단한 사상단체도 아니고 온건한 학생들이 모인 일종의 독서회에 불과했던 것인데 멤버 가운데의 한 학생이 불온서적을 가지고 있다고 해서 말썽이 되었던 것이다.

　그 사건이 있고 성유정은,

　"학생들 일부가 래디컬하게 되는 이유를 알 것 같다."

고 했다. 말단관리에 의해 부당한 자극을 받으면 그로 인한 적개심이 체제 전체에 대한 미움으로 번질 수 있다는 얘기다.

　"새삼스러운 얘기가 아니지 않습니까."

　"새삼스러운 얘기가 아니니 더욱 중대하지."

하고 성유정은,

　"이 정권은 학생들을 비굴하게 만들지 않으면 과격하게 만든다."

며,

　"학생들의 교육상으로도 한시바삐 정부는 바뀌어야 한다."

고 투덜댔다.

　"위생상 좋지 못합니다. 방관자로서의 체관을 가지시오."

　"언젠가 내가 이 주필에게 한 소리 같군."

　"바로 그겁니다. 그 충고를 성 선배에게 돌려드리지요."

　"나는 가끔 이 주필이 부러울 때가 있어. 기록자다 뭐다며 집중할 수 있는 문제를 가진 점이 말이다."

　"나는 성 선배가 한때 부러웠는데요. 아무것도 집착하지 않고 딜레탕트로서 살아가는 생활 태도가요."

　"똑바로 말해. 이 주필도 딜레탕트가 아니고 뭔가."

　"아픈 데를 찔렸습니다."

했지만 이사마는 자기를 딜레탕트라고 하는 덴 불만이었다. 성유정의 경우는 딜레탕트가 유한계급의 취미로 되니까 고상할 수도 있지만 자기의 경우에 있어서의 딜레탕트는 타락이 된다는 생각으로써다.

이사마는 1월 21일의 사건을 계기로 북한의 대남공작을 단계적으로 살펴보기로 했다. 38선으로 인한 분단 이래 북한의 대남 침투공작은 부단히 계속되어왔다.

한국 정부에 의한 대북 침투공작이 있는지 없는지 모르지만 설혹 있다고 해도 공작의 규모나 심도는 북한의 대남 침투공작에 비하면 거의 없는 것이나 다를 바 없지 않을까.

대남공작의 제1단계는 1945년 8월 15일부터 1950년 6월 25일, 한국 동란이 발발하기까지로 잡을 수 있다.

이 시기의 대남공작은 분단의 고정화에 따라 동서냉전을 배경으로 무력에 의한 통일이란 강경론이 주류를 이루었다. 따라서 대남공작의 중점은 앞으로 있을 전쟁상태에 호응할 수 있도록 한국 내에 인민봉기를 준비하는 데 있었다.

그다음 단계는 동란의 발발과 휴전까지다. 이 단계의 대남공작도 후방 교란을 목적으로 한 것이다.

그다음 단계는 한국동란의 휴전에서 1960년 4월 19일까지의 기간이다. 이 기간 동안엔 남북교류의 촉진을 호소하는 이른바 평화 공세에 대남공작의 중점이 옮겨진 느낌이 있다.

그다음 단계는 4·19사태부터 다음해인 5·16쿠데타까지의 기간이다. 한국 내에 빈발한 학생데모를 배후에서 조종하며 광범한 반정부운동을 유도해 정치·경제·사회 각 방면으로 혼란을 야기해 어떤 기회를 포착하려는 데 대남공작의 중점이 있었다.

그다음 단계는 5·16쿠데타부터 현재에 이르는 기간이다. 대남공작에 전술의 변화가 생겼다. 지하당을 조직해 남한의 혼란을 획책하는 종전의 공작을 그대로 지속하면서 무장간첩을 투입하는 전술, 정규군에 의한 침범 전술을 쓰기 시작했다.

이렇게 말할 수 있는 것은 재작년 10월 이래 간첩의 남침이 부쩍 증가했다는 사실에 의해서다.

비무장지대에 있어서의 중요 사건을 들어보면 1965년엔 42건, 1966년엔 37건이었던 것이 1967년에 들어선 1월부터 10월까지의 10개월간 423건에 이르렀다. 전보다 약 열두 배의 증가다.

한편 국내에 침투한 것을 보면 1965년엔 17건, 1966년엔 13건, 1967년엔 120건, 전보다 약 열 배의 증가다. 한국에서 사살된 북한의 무장간첩은 1965년엔 단 네 명이었던 것이 1967년엔 120명으로 급증하고 있다.

어선의 납북도 엄청나게 불었다. 1965년엔 18척(선원 21명), 1966년엔 12척(101명)이었는데, 1967년엔 45척(332명), 금년 들어 1개월간 이미 9척(60명)이 납북되었다.

1966년 10월 이래 간첩의 남침, 어선의 납북이 이처럼 급격하게 증가한 배경엔 북조선의 정책 전략의 변환이 있었다고 보아야 할 것이 아닌가.

이것을 시사하는 사건이 있다. 1966년 10월 5일 노동당 대표회의에서 한 김일성의 연설이 그것이다. 그는 연설 가운데서 이른바 '남조선 해방선언'을 하고 1970년대에 가선 북조선에 의해 남조선을 해방할 것이라고 떠벌렸다. 이 기본정책에 따라 대남공작의 전략이 구체적으로 토의되었을 것은 확실하다.

1957년에 시작한 북한의 제1차 5개년계획은 식량생산의 저조로 인해 실패했다. 그 뒤에 시작한 7개년계획도 궤도에 오르지 못하고 지난 당대표자 회의에서 3년간 연기할 것을 결의했다.

그러한 상황인데도,

'경제발전이 다소 저해되더라도 군사력 증강을 우선시켜야 한다.' 는 기본정책을 내세웠다.

그 회의 이후 대남공작이 급격하게 활성화되었다.

작년 12월 김일성은 최고인민회에서 한 시정방침 연설에서,

"신내각은 남조선 인민을 해방해 조국통일을 달성하는 신성한 목적을 하루라도 빨리 실현하도록 노력하겠다."
고 대남공작의 강화를 주장했다.

1월 21일의 정규 인민군 장교 31명에 의한 청와대 습격 사건도 이러한 상황하에서 이루어진 것이다.

이에 겹쳐 푸에블로호 사건이 발생했다.

무장유격대의 실패에 대한 보복 또는 대항조치라고 보아야 하는데 하여간 청와대 습격 사건과 푸에블로호 사건은 동일한 의지에 의해 야기된 것이라고 보지 않을 수 없다.

그런데 이사마가 보기론 이러한 김일성의 획책은 하나같이 수포로 돌아가고, 성유정의 말마따나 박정희 정권을 비민주적으로 강화하는 결과만을 초래하게 되는 것이다.

덕택으로 죽어나는 것은 북한의 인민이고 남한의 인민이다. 그러니 문제 해결의 핵심은 남북통일에 있을 수밖에 없다.

휴전선이 저 모양으로 존재하는 한 북한이나 남한은 군대의 힘에 의존하지 않을 수가 없다. 그 의존도가 높아갈수록 휴전선의 위기는 높아만 가고 민주주의는 전경前景에서 멀어만 간다.

다시 6·25와 같은 사태가 있으리라고 장담하지 못하는 것과 똑같이 다신 그런 일이 없으리라고 장담할 수도 없다. 김일성이 정치의 실패를 남북대립의 긴장화로서 카무플라주한다면 박 정권도 비슷한 사정이라고 할 수 있을 것이다.

　통일이 되지 않는 한 안정은 바라볼 수 없고 안정된 상태가 아니고선 민족이 그 품위를 지킬 수가 없다. 남한은 북한의 국제적 노력을 방해해야 하고 북한은 남한의 국제적 노력을 방해하고 있으니 민족의 체면이 말이 아니다.

　그렇다면 어떻게 통일해야 하는가. 이 딜레마를 풀 길이 없는가. 이사마는 기왕 이런 생각에 골몰하고 있다가 용공분자로 몰려 징역살이까지 한 스스로의 인생행로를 쓸쓸하게 되돌아보지 않을 수 없었다.

　2월에 들어선 어느 날이었다.

　N이라고 하는 옛날의 제자가 이사마를 찾아왔다. 대학을 졸업하고 난 후 처음 만나는 것이어서 이사마는 그가 현재 무엇을 하고 있는지를 알 수가 없었다.

　그는 어떤 연구단체에 소속해 있다고 하고 스페인에 유학 가게 되어 인사차 찾아왔노라고 하며,

　"선생님께선 스페인에 대한 관심이 깊으신 분이라고 알고 있습니다. 무슨 참고될 말씀이 없겠습니까?"

하고 머리를 조아렸다.

　"나는 스페인 내란에 다소 관심을 가지고 있을 뿐이고 스페인의 현재에 관해선 전연 아는 것이 없다."

고 하고 이사마가 물었다.

"무슨 공부를 하려고 스페인에 가는가?"

그의 대답은 엉뚱했다.

"총통제를 연구해볼까 합니다. 그리고 프랑코 총통의 장기집권의 요령 같은 것도 연구해볼 참입니다."

"자넨 스페인의 근대사를 전공하고 있는가?"

"아닙니다. 총통제를 연구해보고 싶은 것뿐입니다."

"누가 시켜서 가는 건가, 자발적으로 가는 건가?"

"자발적으로 가는 겁니다."

"어째서 그런 작정을 하게 되었나?"

"머잖아 우리나라에도 총통제가 실시되지 않겠습니까. 그래서 선취적으로 그걸 연구해놓으면 후일 좋게 쓰일 날이 있겠지요."

하도 어이가 없어 이사마는 그의 얼굴을 한참 동안 바라보았다.

"스페인에 유학하려면 꽤 많은 비용이 들 텐데, 아르바이트를 하기도 어려울 것이고 스폰서가 있는가?"

이사마가 물었다.

"스폰서가 없는 것은 아닙니다."

그는 애매하게 웃었다.

스폰서가 누구냐고 묻고 싶은 충동을 가까스로 참았다. 3선 개헌의 내용이 총통제로 될 것인가 하는 생각이 얼핏 이사마의 뇌리를 스쳤다.

N은 한국에 있어서의 총통제의 불가피성을 설명하기 시작했다. 북한의 유일체제에 맞설 수 있는 것은 총통제밖에 없다는 설명부터 시작해 스페인이 오늘날 얼마나 안정되어 있는가를 역설하고,

"한국이 본받을 나라는 미국이나 영국, 프랑스가 아니라 스페인입니다."

하는 결론을 내렸다. 그리고 덧붙이길,

"스페인 같은 완벽한 반공국가가 달리 있겠습니까. 그것도 우리가 배워야 할 점입니다."

이사마는 토론의 상대일 수가 없다고 느끼고 잠자코 그의 말을 듣기만 했다.

총통제는 박 대통령에게 있어선 매력 있는 제도일 것이 분명하다. 3선 개헌보다도 총통제 개헌이 실현될지 모르는 일이라고 생각했을 때 이사마는 가슴이 오싹하는 것을 느꼈다.

그렇다고 해서 N이 박 대통령의 입김에 의해 움직이는 사람이라곤 상상할 수 없었다. 총통제를 하겠다면 N과 같은 경박한 재사를 개재시킬 필요가 없겠기 때문이다.

N은 자기 나름대로 정세를, 그야말로 자기 말마따나 선취적으로 판단하고 권좌의 주변에 비비고 들어설 요량을 하고 있는 것이 틀림없었다.

중국 고대 전국시대의 책사 소진·장의 같은 인간이 지금 한국에 있었더라면 그런 생각을 품을지 모른다고 생각하니 우습기도 했다.

"총통제를 연구할 양이면 스페인처럼 먼 곳에 갈 것이 아니라 바로 가까이에 있는 대만으로 가지 그래."

"대만엔 벌써 두 놈이 가 있습니다. 그리고 대만의 총통제는 이미 낡았지 않습니까. 역시 유럽 스타일의 총통제라야만 신선미가 있겠지요."

"총통제와 신선미라! 재미있군."

"선생님은 프랑코의 이런 말 들으신 적이 있습니까? 내 정권은 위선적인 투표로써 이룩된 것이 아니다. 총과 칼로써 된 것이다. 총과 칼로써 지켜야 한다."

"들은 적이 없다."

"모두들 민주주의면 다라고 생각하고 있는 세상에 이런 말을 들으면 통쾌하지 않습니까. 민주주의를 내세우고 반민주주의하는 것보다 당당히 반민주주의를 선언하고 총통제를 하는 것이 떳떳할 것 아닙니까.

근본을 따지면 이 나라의 정권도 총과 칼로써 된 것 아닙니까. 저는 이 나라가 온전하게 성장하려면 프랑코식 총통제라야 한다는 신념을 가지고 있습니다."

이사마는 이 사람이 살큼 돈 것이나 아닌가 하고 N의 눈을 보았다. 돈 것 같지는 않았다.

"자넨 그 아이디어를 어디서 얻었는가?"

"제 독창입니다. 힌트는 있었지요. 코트라의 친구가 스페인에 갔다가 와서 하는 얘기를 들었지요. 그 얘기를 듣고 우리나라의 장래를 생각해 본 거지요. 총통제밖엔 없다는 결론을 얻은 것입니다."

"그 말을 누구에겐가 해본 적이 있나?"

"있습니다."

"누구에게 말했는가?"

"그것까진 말할 수 없습니다만, 그분의 말은 그런 것은 혼자 공부하고 연구할 일이지 이곳저곳 발설해선 안 된다고 했어요."

"그런데 왜 내게 발설을 하는가?"

"선생님이니까요. 스페인에 관심이 있는 분이기도 하구요."

이사마가 묵묵부답해버리자 N은 싱거웠던지,

"제가 스페인에 있는 동안 한번 스페인에 놀러 오시지요."

하는 건성의 말을 했다.

"여권을 누가 내어준다든?"

이사마가 멋쩍게 웃었다.

"스페인은 비자 없이 갈 수 있는 나란데요."

"비자고 뭐고 여권이 있어야 할 것 아닌가."

"선생님은 여권을 못 내십니까?"

"못 내는 게 아니라 안 내어주는 거다."

"이유가 뭡니까?"

"나도 모른다."

"외국에 나가시고 싶으면 제가 한번 힘써볼까요?"

이사마는 차츰 피로를 느꼈다.

"외국에 나갈 생각은 없다."

N은 뭔가 주저주저하더니,

"아, 참. 성유정 선생님을 한번 만나보고 싶은데 전화번호를 가르쳐주십시오."

하곤 수첩을 꺼내들었다.

"성 선생을 만나 뭣 할 건가?"

"외국엘 떠나는데 동향 선배에게 인사나 드려야 하지 않겠습니까."

내키지 않았지만 이사마는 성유정의 전화번호를 가르쳐주지 않을 수 없었다.

이사마는 N이 자기를 찾아온 주목적이 성유정 씨의 전화번호에 있었다는 것을 늦게야 알아차렸다.

며칠 후 성유정은,

"그런 자에게 무엇 때문에 전화번호를 가르쳐주었느냐?"

고 투덜댔다.

스페인에서 돌아오는 즉시 갚아주겠다면서 돈을 빌려달라는데 구구한 변명까지 하며 그걸 거절하느라고 땀을 뺐다는 얘기였다.

"그래 뭣 하러 스페인에 간답니까?"

"스페인어를 익혀 갖고 스페인어권 상대로 무역하는 업체에서 활약할 요량이라고 하던데."

"그래요? 총통제 연구하러 간다는 말은 안 하던가요?"

"그런 말은 없었어."

"이상하군."

이사마는 저번에 그를 찾아왔을 때 한 N의 얘기를 했다.

"내 앞에서 그런 말 했다간 상대도 안 할 것을 알고 말을 바꾼 거로구나, 그럼."

"그렇다면 내가 그자에게 깔뵌 건가?"

"깔본 게 아니라 이 주필헌텐 돈을 빌릴 생각이 없었으니까 실토를 한 거겠지."

"이상한 놈이군."

"이상한 놈 아니고서 총통제 연구하겠다고 하겠나. 뜻밖에 총통제하에 살 팔자가 될지 모르겠군."

"지금은 총통제와 다를 게 뭐 있습니까?"

"말만이라도 다르지 않는가. 그건 그렇고 외국에만 간다고 하면 그걸 구실로 삼아 예사로 돈을 빌리려 드는 풍습이 있는 모양이지? 요즘."

하고 성유정은 웃었다.

이사마는 웃을 수도 없었다.

권모의 드라마

드라마의 구성 요건의 하나는 문제다. 문제가 없는 곳에 드라마는 전개되지 않는다. 동시에 수월하게 자연발전적으로 풀릴 수 있는 문제는 드라마가 되지 못한다. 대립과 갈등의 요소가 있는 문제라야만 비로소 드라마일 수 있다.

예컨대 3선 개헌, 드라마로써 전개되지 않을 수 없는 극적 박력을 가진 문제임이 틀림없다.

드라마를 구성하는 또 하나의 요건은 인간이다. 인간의 욕망이 전개되지 않은 곳에 문제가 없다고 생각할 때 문제란 곧 인간의 문제로 된다. 3선 개헌은 적나라한 인간의 욕망이 생동하는 문제다. 그런 만큼 대의에 있어선 약하고 명분에 있어선 선명하지 못하다. 부득이 권모와 술수가 작용해야 한다. 이 점이 또한 극적인 박력을 더한다.

드라마를 구성하는 또 다른 요건은 시간이다. 어떤 문제이건 시간 내의 문제다. 시기를 놓쳐선 안 된다는 사정이 드라마에 절박성을 준다.

1969년은 이래저래 긴박한 드라마의 시간이 아닐 수 없다.

이사마는 부득이 3선 개헌극의 목격자가 되어야만 했다. 이사마는 먼저 어느 인물의 심상 속 드라마를 상상해보는 데서부터 시작한다. 그

심상엔 다음과 같은 드라마가 전개된다.

—어떤 일이 있어도 금년 안으로 3선을 금지한 헌법을 변경해야만 한다.

—헌법 때문에 정권을 포기해야 한다는 것은 있을 수 없는 일이다. 어떻게 해서 잡은 정권인데 호락호락 내던져!

—헌법을 바꾸는 데 있어서 장애는 두 종류다. 하나는 야당이고, 하나는 여당 내부의 야심가 집단이다.

—야당은 으레 반대하게 돼 있는 거니까 무자비한 술수로써 견제할 수밖에 없다. 골치 아픈 것은 여당 내에 있는 야심가들 그룹이다. 설득 공작을 해보다가 안 되면 가차 없는 방법을 쓸 수밖에.

—아무튼 3선 개헌을 막아서는 자들에겐 용서가 없다. 철저하게 해치워야지.

—학생들이 떠들고 나서겠지. 극한 상황이 되면 계엄령을 선포하면 그만 아닌가.

—미국이 은근한 압력을 가하려고 하겠지. 그러나 그것은 문제없다. 무리를 해서라도 법 절차에 맞추어 해나가는 것을 그들인들 뭐라고 할 건가.

—계엄령 선포할 때 간섭이 있을지 모르지. 그러나 치안상태가 극단적으로 악화되면 북쪽과의 사정이 있으니 미국으로선 반대할 수 없을 걸. 베트남에 파병까지 하고 있지 않은가.

—자아, 3선 개헌을 단행하는 데 앞장세울 만한 사람은 누가 있을까? L은 지모를 다할 것이고, K는 잘만 구슬려놓으면 물불을 가리지 않고 덤빌 것이고, 기타 그놈, 그놈, 그놈……, 그자들은 최선을 다해주겠지…….

그 사람의 내적 드라마는 이러한 모놀로그獨白로써 끝나는 것이지만 사실을 말하면 달리 선택의 길은 없는 것이다.

이렇게 결정해놓고 대외적인 발언은 1968년 말까진,

"3선 개헌 생각한 적이 없다."

는 것이었고 1969년의 정초엔,

"아직은 3선 개헌을 생각하지 않고 있다."

는 묘한 표현이 되더니 4월에 들어선,

"될 수 있는 한 헌법을 개정하지 않는 것이 좋은데 만일 개정해야 할 경우엔 합법적 절차를 취해 국민의 의사를 물어서 해야 할 것."

이라고 했다.

시간이 흐름에 따라 말이 달라지는 것을 연극적 용어로썬 '점층'이 라고 한다. 점층적으로 의사를 표현한다는 뜻이다. 이러한 점층적 표현 이 정치적 표현이라는 것도 알아둘 만하다.

정치적 표현엔 또 단계가 있어야 한다. 이사마는 다음 단계의 발언을 기다렸다. 다음 단계의 발언자는 윤치영 씨였다.

5월 7일 윤치영 씨는,

"정치적 안정과 경제발전을 위해선 박 대통령의 지도력이 필요하다."

고 천명했다.

이어 10일 민주공화당은 당론으로,

"국방과 건설을 동시에 진행해야 하는 우리나라의 실정에 비추어 박 대통령에 의한 지도력의 강화가 필요하다. 합법적으로 추진하는 개헌 은 야당이라고 할지라도 무책임하게 반대해선 안 된다."

는 성명을 발표했다.

6월 14일 H신문은,

"이번의 헌법 개정엔 비상대권을 포함한 대통령의 권한 강화도 포함될 것이다."
라고 보도했다.

이윽고 6월 15일 서울대학 법과대 학생 약 5백 명이 개헌과 3선을 반대하는 토론집회를 개최했다.

"독재의 망령이 새로운 위협으로서 나타났다. 독재자의 아집과 자기과신은 나라를 파멸에 몰아넣는다. 우리들은 어떠한 반민주주의 행위도 용납할 수 없다."
는 선언문을 채택하는 동시 전국의 학생이 궐기할 것을 호소하고 박 대통령에게 항의문을 전달할 것을 결의했다.

6월 17일엔 서울대학 문리대가, 19일엔 공과대가 학내의 집회를 갖고 법과대와 같은 결의를 통과시켰다.

6월 19일엔 고려대학, 20일엔 연세대학이 토론집회를 열었다. 경북대학과 경희대학도 집회를 가졌다.

6월 27일엔 고려대학 학생 천여 명이, 독재자라고 써붙인 박 대통령의 인형을 화장한 후 가두에 진출했다.

1965년의 한일협정 반대 데모 이래 4년 만의 학생데모다. 그들이 내건 슬로건의 하나에,

"독재는 짧고 조국은 영원하다."
는 것이 있었다.

학생데모는 6월 30일엔 부산·대구 등 지방도시에 파급됐다. 7월 2일엔 서울의 중앙고등학교 학생 5백 명이 데모에 참가했다. 고등학교 학생이 움직이기 시작하면 사태는 걷잡을 수 없는 상태로 번진다.

학교 당국은 정부의 요청으로 여름방학을 앞당겼다. 그러나 전국의 대

학 67교 중 31교가 데모에 참가하고, 참가한 학생 수는 4만 명이 넘었다.

7월 8일 유진오 신민당 총재는,

"박 대통령은 염천하에서 피를 흘리며 개헌을 반대하는 학생의 소리를 들으라."

는 공개장을 발표했다.

이에 대해 박 대통령은,

"개헌은 불법이며 비민주적이라고 하는 것 자체가 틀린 생각이다."

하곤 개헌에 의한 3선의 의지를 처음으로 뚜렷하게 밝혔다.

"박 대통령이 개헌하겠다고 하면 개헌되는 것이지 별게 있겠나."

대부분의 사람들은 이렇게 생각하고 있는 모양이지만, 기어이 개헌을 한다고 해도 결코 순탄하지 않을 것이었다.

개헌을 위한 발의권은 두 종류가 있다. 하나는 '의원발의', 또 하나는 '국민발의'다. 의원발의의 경우엔 국회의원의 3분의 1, 국민발의의 경우엔 유권자 50만 명의 서명이 필요하다.

국회의원 175명 가운데 여당은 민주공화당 의원의 수가 109명이니 발의는 문제가 없겠지만 개헌엔 국회의원 3분의 2의 동의가 있어야 한다. 그런데 현재의 의석 분포는 신민당 46명, 정우회 14명, 무소속 6명으로 되어 있다. 정우회는 여당 계열이니, 그 14명을 민주공화당 의원과 합치면 123표가 되어 개헌선 117명을 상회하는 것으로 되는 것이지만 민주공화당 내의 김종필계가 문제다. 현재 상황으로선 공화당 내에 20표 전후의 반란표가 예상된다는 것이다.

지난 4월 야당이 제출한 문교부 장관 불신임 결의안이 압도적인 다수의 의석을 여당이 가지고 있었음에도 불구하고 국회를 통과한 사실이 있었다.

한편 학생데모에 자극을 받아 야당도 개헌 반대투쟁을 본격적으로 시작했다. 신민당은 법조계·종교계·언론인·구정치인들을 망라해 '3선 개헌 반대 전국국민투쟁준비회의'를 결성, 헌법 기념일인 7월 17일 정식으로 발족했다.

효창공원에서 있었던 신민당 주최의 개헌 반대 연설회엔 6만 명의 시민이 모여들었고, 부산에서 열린 반대 대회엔 약 5만 명이 모여들었다.

그러나 박정희를 비롯한 개헌 추진파들은 그런 것을 문제로 하지 않았다. 어떻게 하건 국회에선 개헌안을 통과시키고 국민투표를 거쳐버리면 그만이란 배짱이었다. 그런데 국회에 대한 공작이 문제인 것이다.

이 문제에 관해선 김형욱이 박 대통령 앞에서 장담을 했다. 요는 김종필 계열의 공화당 의원만 설득 또는 강압하면 되는 것이었다.

3선 개헌이 성립되지 않으면 정권의 귀착지는 김종필이라고 믿고 있는 사람들을 설복하기란 결코 용이한 일일 수 없었지만 김형욱은 자신을 가지고 있었다. 철저하게 비행을 캐내어 협박하면 통할 것이라는 자신이었다.

김형욱은 민주공화당 내부의 반란표를 일단 22표로 지목했다. 이 가운데 네 명은 제외하고 열여덟 명은 이미 김형욱의 덫에 걸려들어 있었다.

김형욱은 3선 개헌의 문제가 나타나기 훨씬 전부터 이른바 정치인들의 동향을 철저하게 탐사했다. 여·야 할 것 없이 주목할 만한 인사의 뒤를 밟는 것이 그의 취미라고 할 수 있었다. 그는 그것을 박 대통령에게 대한 충성이라고 생각하고 있었다. 아니 박 대통령을 조종하는 수단으로 치고 있었다.

반란표를 행사할 것으로 김형욱이 지목한 22명은 모두 김형욱과 친하게 지내던 사람들이다. 기회가 있기만 하면 골프를 치고 같이 요정 출입을 했다. 그 가운데 호형호제하는 사이의 사람들도 있었다. 3선 개헌이라고 하는 문제가 있기 전엔 서로 거리낄 것이 없었다. 무슨 소리도 예사로 하고 무슨 놀이도 사양하지 않았다. 그러한 상황을 미끼로 김형욱은 그들의 비행을 파악했고, 비행을 파악하지 못할 경우엔 교묘하게 상황을 구성하기까지 해서 비행을 조작했다.

예컨대 김형욱은 몇 곳의 요정을 지정해서 특별실을 만들어놓고 자기가 초청한 손님들로 하여금 그 방을 이용하게 했다. 그 방을 이용한 사람은 김형욱의 덫에 걸려드는 결과가 된다. 그 방엔 정교한 촬영장치가 되어 있어 그 방에서 한 행동은 죄다 사진에 찍히는 것이다.

물론 이런 방법만이 아니다. 사업가를 가장한 부하를 시켜 무난한 이유로 금품을 제공하기도 해서 꼬투리를 잡아놓기도 한다.

아무튼 김형욱은 3선 개헌의 성패가 김종필과 그 추종세력에 있다고 판단했다. 그리고 그 날카로운 후각으로 '국민복지회'에 파고들었다.

국민복지회는 김용태가 회장으로 되어 있는 김종필계 열성분자의 집결이다. 김형욱은 이 모임이 박 대통령의 3선 출마를 저지하고 김종필을 다음 정권 담당자로 내세우려고 하는 공화당 내의 별동조직이란 것을 간파했다.

이 사건을 어떻게 처리했는가. 김형욱 본인의 말을 들어볼 수밖에 없다.

막상 그것을 조사하자니 어려움이 없지도 않았다. 새삼스러운 이야기지만 직업정보원들이란 권력과 권력 가능성의 소재를 냄새 맡는 데에는 거의 천재적인 후각을 가진 부류들이다. 그들에게는 김종필이란 존재가 비록 당시는 박정희와의 권력투쟁 때문에 다소 밀리고 있다손 치더라도 현직 공화당 의장일 뿐만 아니라 역시 피는 물보다 진한 게 아니겠느냐는 것이었다. 박정희의 조카딸 박영옥이 김종필과 부부관계를 맺고 있는 한 어쩌다 상황이 삐딱하고 바뀌지기만 하면 홀연히 김종필이 최고의 권력을 잡을 수도 있을 것이고, 그러다 보면 김종필을 수사하던 자들은 납작하게 찌그러질 수도 있다는 계산을 하고 있었다. 그래서인지 다른 일이라면 물불을 가리지 않고 덤벼들던 기라성 같은 맹장들도 김종필의 정치활동에 관한 일에는 슬그머니 꼬리를 감추고 엉뚱한 오리발을 내밀기가 십상이었다. 결국 감찰실장 방준모를 다시 선발했다.

"방 실장, 이 조사는 비밀 중에서도 특급 비밀이오. 상대가 김종필이니만치 그의 심복들이 아직 우리 정보부 안에도 많이 있다고 보아야 하오. 김종필 및 김용태와 친밀도가 전혀 없는 요원으로 특수조를 편성해 사건의 진상을 파악하시오. 시간이 생명이오. 급히 추진하시오."

방준모는 날쌔기 이를 데 없는 민첩한 사나이였다. 공작 착수 24시간 후에 방준모는 김용태 사무실에서 수상한 동태를 파악했다. 곧 문제의 장소에 도청장치를 가설하고 감시했다. 그 장소는 그로부터 몇 해 전, 중앙정보부 창설 당시 김용태가 고문을 지내던 시절에 사용하던 옛 사무실 근처인 서울 중부경찰서 부근의 어떤 건물에 위치하고 있었다. 방준모는 한편 복지회 사무실에 근무하던 어떤 사람을 매수해 확실한 근거를 포착하려고 기도했다. 그는 전직 중앙정보부 요원이었는데 그만둔 후 김용태 사무실에서 일하고 있었다. 그러나 그것은 중대한 실수였다. 그는 우리에게 협력하는 척하다가 김용태 측에게 '남산'에서 조사하고 있다는 걸 불어버리고 말았다. 방준모는 당황했다. 그런데 웬걸, 김용태 측에서 더 당황하고 말았다. 그들은 서둘러 중요 서류를 숨긴다는 것이 얼마나 급했던지 그 건물의 굴뚝에다가 감추었는데 현장을 정찰하던 우리 요원이 송두리째 그 문서 보따리를 압수하게 되었다. 그건 너무 쉽게 얻어진 전화위복이었다.

아무튼 당황한 김용태 측의 본의 아닌 협조로 나는 국민복지회의 정체를 단번에 파악할 수 있었다. 더 이상의 추가 조사가 필요하지 않을 정도였다. 김용태 측이 애써서 중요한 기밀문서만을 고르고 골라서 보따리 하나에 잘 보관해둔 셈이었으니까. 친선단체로 가장된 국민복지회는 '엘리트' 중심으로 정계·경제계·금융계·언론계에 광범한 포섭자 명단을 가지고 있었고 그중 얼마는 이미 가입 원서에 서명을 완료하고 있었다. 그중 가장 놀랄 만한 것은 송상남이 작성한 참모 연구서란 제목이 붙은 다음과 같은 시국 판단서였다.

김용태의 서명이 있는 그 판단서 내용은 대략 다음과 같다.

"우리 국민복지회는 여당 내의 야당이다. 1967년의 선거부정은 모두 박 대통령이 책임져야 하며 모든 부정부패 역시 그 책임을 박 대통령이 짊어져야 한다. 현재의 정세 판단으로 보아 박 대통령의 3선을 위한 개헌 공작은 필연적으로 대두할 것이며 우리는 이를 저지하기 위해 저지세력을 확보해야 할 결정적인 국면에 처해 있다. 어쨌든 박 대통령이 더 이상 정치에 대한 야심을 가지지 못하도록 우리는 모든 노력을 경주해야 한다. 1971년 선거에 있어서 우리들의 대안은 오직 김종필 당의장이다. 그러기에 우리는 그의 이미지 부각을 위해 모든 노력을 다해야 하며 기어이 1971년을 김종필의 해로 만들어야 한다. 동시에 김종필 당의장은 이 공동 목표를 위해서 정치적으로 책임져야 할 모든 사항을 일절 회피하고 이미지 관리에 신중해야 할 것이라고 우리는 판단한다."

그 문서에는 김종필이 그것을 읽었다는 서명은 없었으나 곧 나는 김종필이 문제의 문서를 읽는 것을 목격했다는 증인을 확보했다.

나는 증거물과 조사 결과를 들고 박정희를 찾아갔다. 그동안 박정희는 그 수사가 얼마나 진행되었느냐고 수차 전화를 걸어올 만큼 관심을 보이고 있었다.

"각하, 이 사건은 조용히 처리하십시다."

"왜?"

"각하께서 3선을 하실 생각도 안 하고 계신데 이 사건이 국민에게 알려지면 공화당 내부에서마저 반대가 심각하구나 하고 국민들이 생각할 것 아니겠습니까. 아무리 부당한 항명이라 할지라도 밑에 있는 사람들로부터 항명을 많이 받는 지도자는 지도자로서의 권위에 손상을 입지 않을 도리가 없는 것이 아니겠습니까."

"왜 조용히 처리해? 그따위 놈들을 가만두란 말인가? 난 지금 김종필이란 놈이 괘씸해서 견딜 수가 없어. 관련자를 전부 구속해서 조사하시오. 특히 국회의원이란 작자들은 더 엄중히 하시오. 배은망덕한 놈들 같으니라구."

박정희를 설득하는 데 실패하고 사무실로 돌아와 나는 우선 입회서에 서명한 사람들을 호출했다. 아무래도 무리가 클 것만 같아 세종호텔에 방을 정하고 관련자들을 조사했다. 김용태만은 중앙정보부 감찰실로 호출했다.

나는 김종필의 집을 방문했다.

"김 당의장, 이런 문서는 잘 알고 있을 테고."

나는 국민복지회 명단·규약·참모 연구서 등을 김종필에게 내밀었다. 그는 혼란의 빛을 얼굴 가득히 띠고 처음으로 그런 것을 본다는 듯이 한참이나 그걸 훑어보고 있었다. 그의 표정은 증오로 넘쳐흐르다가 고민하는 것으로 바뀌고 다시 불쾌한 것으로 돌아갔다.

"난 이런 것 들은 적도 본 일도 없어. 그래 김 부장은 내가 어떻게 하길 원해?"

그 말을 내가 믿을 리 없었다. 아마 김종필도 내가 그의 말을 곧이곧대로 믿으리라곤 기대하지 않았을 것이다. 정치란 대부분의 경우 위선의 예술이다. 우리는 서로 빤히 상대방의 마음을 들여다보며 입으로는 전혀 엉뚱한 말을 계속하고 있었다.

"나의 충고를 진심으로 받겠나? 당의장이 관련 없다면 먼저 선수를 치게. 주동자 김용태를 당의장 자격으로 자르고 대통령에겐 철부지들이 멋모르고 장난을 한 것이라고 사과하는 것이 이 시점에서는 최선책이라고 생각하네."

"김 부장이 도와주겠어?"

"물론 최선을 다해서."

"자네 말에 따르겠네. 대단히 고맙다, 김 부장."

나도 김종필이 나에게 진심으로 감사하고 있는가를 믿을 자신이 없다고 생각하면서 그의 집을 떠났다.

김종필은 당의장 자격으로 5월 25일, '서클'을 조직해 해당 행위를 했다는 이유로 김용태와 최영두를 공화당에서 제명시켰다. 그리고 5월 30일 그는 성명을 발표, 공화당 의장을 비롯해 '예그린악단' 대표·한국 '보이스카우트' 총재 및 5·16민족재단 이사장 등 모든 공직을 사퇴하고 다음날 부인과 비서만을 대동해 부산 방면으로 표표히 사라지고 말았다.

　김종필은 사실 1968년 초에 들어서면서부터 공공연히 1971년의 대통령 선거에 대한 모종의 의지를 표현해오고 있었다. 1968년 신년호에서 대부분의 신문들은 김종필의 '인터뷰'를 특집 형식으로 대서특필했다. 그것은 두 개의 전혀 상반된 공작의 결과였다. 하나는 김종필의 측근들이 서둘러 각 언론기관을 돌아다니며 특별 인터뷰를 종용한 것이고, 다른 하나는 종용을 받은 언론인들이 일부러 김종필을 부각시켜 박정희와의 내홍을 일으키게 함으로써 당시 사실상 기정사실화된 박정희의 3선 개헌 공작을 와해시키는 기도였다.

　아무튼 김종필은 그런 언론의 내심을 아는지 모르는지, 아니면 오히려 그것을 역용하려 했는지 알 바 없으나 여기저기서 중대 발언을 펑펑 쏟아놓고 있었다.

　"나는 말입니다. '내가 대통령으로 있는 한 헌법의 한 자도 고치지 않겠다.'는 박 대통령의 말을 믿고 있습니다."

　그것은,

　"박 대통령은 3선 개헌 따위를 절대로 생각하고 있지 않으니 안심하시오."

하고 일반 국민의 때 이른 관심을 무마시키려는 발언으로 해석되었지만 그러기에,

　"1971년도 공화국 대통령 후보는 바로 나 김종필이가 아니곤 없소이다."

하는 말로도 해석될 수가 있었다. 그렇게 약 반년간을 지내면서 막대한 자금을 풀어 밖으로는 '이미지' 부각에 열을 올리면서 안으로는 국민복지회를 만들다가 하루아침에 박정희의 기습 반격을 만난 것

이다. 선수를 빼앗긴 김종필도 가만있진 않았다. 그는 김용태와 최영두를 제명하고 난 3일 후, 천연덕스럽게 서울시내 무교동 밤거리에 나타났다.

자기 직계의원들은 현오봉·구태회·김재순·양순직 등에다 신아일보 사장 장기봉을 데리고 살롱 '로마니'에 들어가 맥주를 마셨다. 잠시 후 그곳에 전 경제기획원 장관이던 한국일보사 사장 장기영과 청년의원 김창근이 나타났고, 또 얼마 후엔 신문기자들과 어울려서 나타난 김택수가 합류했다. 그들 일행은 다시 자리를 살롱 '바렌타인'으로 옮기고 하면서 기자들의 관심을 부추기면서 돌아다녔다……

3선 개헌 공작에 있어서 가장 험준한 직접적인 장애는 공화당 내의 김종필 세력이었다. 그 세력의 핵심을 복지회를 빌미로 김형욱이 와해시키고 드디어는 그 계열의 반란을 미연에 막았다. 개헌 공작의 권모술수 드라마에 있어서 김형욱은 그야말로 '스탠더드 플레이어'라고 할 수 있다.

7월 25일 박 대통령은 정식으로 헌법 개정을 제안해 3선에 대한 결의를 표명했다. 박 대통령은 헌법 개정의 제안과 동시,

"국민투표에서 신임을 얻지 못하면 임기 만료 이전에 사임하겠다."

고 선언했다.

이를테면 배수의 진을 친 것인데 박 대통령에겐 그만한 자신이 있었다. 공권력을 동원하기만 하면 국민투표쯤은 여반장이라고 그는 생각하고 있을 것이었다. 그보다도 탄압에 시달린 국민들은 절대권력자가 하고자 하는 일이 실패할 까닭이 없다는 사고방식에 순치되어 있는 것이다.

정부와 여당의 주류파는 여당 내의 반주류파와 야당에 대해 협박·공갈·회유를 포함한 공작을 강행했다. 그래도 여당 내의 반주류파 가운데서도 강경파인 정구영·윤천주·김종욱·신윤창·장영순·양찬우 등은 반대표를 던질 가능성이 있었다. 야당은 그 가능성을 믿고 당내의 결집을 강화했다.

신민당에서 3인, 대중당에서 1인의 개헌 지지 의원이 생긴 것을 계기로 해 이들의 의원 실격을 노려 신민당과 대중당은 당을 해산하는 비상수단까지 강구했다.

그러나 공화당의 반주류파는 주류파의 압력에 밀려 9월 12일 밤의 회합에서 개헌 지지를 표명했다. 김종필파는 지금 항거해도 소용이 없으니 박 대통령을 3선 시켜놓고 다음 시기를 보자는 방향으로 의견을 바꾼 것이다.

야당이 취할 방법은 국회 본회의장을 점거해 육탄으로 저지하는 전술밖에 없었다.

9월 14일 새벽, 국회 본회의장이 야당 의원들에게 점거된 때문에 시내의 호텔로 돌아가 있던 개헌 지지 의원들은 은밀한 행동으로 본회의장 건물의 건너편에 있는 국회별관 특별회의실로 들어갔다.

모인 사람은 공화당 108명, 정우회 11명, 무소속 3명, 도합 122명이었다.

특별회의실을 본회의장으로 한다는 동의가 제출되어 즉시 가결하고 이어 개헌안과 국민투표법안에 관한 기명투표에 들어갔다. 찬성 122, 반대 0으로 가결되었다. 그 사이 5분간.

이윽고 본회의장을 점거하고 있던 야당 의원들은 본회의장 밖에서 개헌이 강행 체결되었다는 사실을 알게 되었다.

"도둑놈들! 배신자들!"

이라고 욕설을 퍼부었다고 하지만 사후의 약방문이었고, 야당 의원들은 그 강행 체결이 무효라는 성명을 발표하고 전 국민에게,

"박 정권 타도를 위해 궐기하자."

고 호소했다.

각 신문은 일제히 비난 사설을 게재했다. 『동아일보』는,

"신민당이 회의장을 점거했기로서니 이번의 변칙 체결은 부당하다. 이효상 국회의장은 책임지고 물러서라."

는 말의 사설을 했고, 정부계의 『경향신문』마저도 변칙 체결은 의회민주주의의 본의에 어긋나는 것이라고 해 이효상 의장의 책임을 추궁했다.

그런데 예상외로 학생들의 데모는 저조했다. 서울에선 9일, 연세대학 등 5개 대학 3천 명이 항의 데모를 벌였고 10일엔 동국대학·경희대학·숭실대학·충북대학 등이 데모를 벌였지만 이들 대학은 정부의 요청으로 임시휴교 조치를 취해 데모의 확대를 방지했다. 16일 이후 데모는 고등학교로 파급되었지만 경기고등학교 등 9개교는 재빨리 임시휴교 조치를 취했다.

10월 중순에 있은 국민투표는 8할의 투표율에 7할의 찬성으로 끝났다.

3선 개헌의 드라마는 이렇다 할 극적인 고양도 없이 씁쓸한 뒷맛을 남긴 채 막을 내렸다.

이 일련의 사태를 지켜보며 이사마가 느낀 것은 계속적인 탄압은 국민을 무기력하게 한다는 사실이다. 바꿔 말하면 탄압은 허무주의적 기풍을 만든다. 허무주의적 기풍은 일부 과격한 풍조를 동반하기도 하지만 보편화할 순 없다.

허무주의적 기풍은 안일주의의 온상이 된다. 독재는 안일주의의 온상에 돋아나는 독버섯이라고 할 수 있을까.

이사마는 그 사람이 제2관구사령관으로 있을 때 술좌석에서 이승만의 장기집권을 두고 저주에 가까운 욕설을 하는 것을 들은 적이 있다.

그렇게 비판하고 욕할 줄 아는 사람이 바로 자기가 욕설을 퍼부은 대상의 인물을 닮아가고 있는 사실을 어떻게 생각하고 있는 것일까.

자기를 따르는 국회의원들을 비굴한 노예로 만들어 그 비굴한 행위에 편승해 대통령의 자리에 앉아 있다는 사실을 영광으로 여길 것인가, 치욕으로 여길 것인가. 권력은 순리일 땐 영광이 되는 것이고 역리일 땐 치욕이 되는 것이다.

국회의 권위를 짓밟는 사람이 옳은 치적을 올릴 수 있을까만 설혹 치적을 올렸다고 해도 결코 좋은 평가를 받을 수는 없다.

"이런 나라에서 교육이 가능한 일일까."
하고 성유정 씨는 다음과 같이 덧붙였다.

"결국 그 사람은 불쌍한 사람이다."

그런데 이사마는 엉뚱한 생각을 하고 있었다.

이런 형편이면 총통제도 가능할 것이 아닌가. 민주적인 절차를 가장해서 비민주적인 처사를 하는 것보다 프랑코 스타일의 총통제가 정직한 그만큼 낫다고 할 수 있지 않겠는가.

번번한 사람들

'번번하다'는 말이 나돌고 있었다.

"번번하다는 게 뭔가."

이사마가 어느 학생을 붙들고 물었다.

"뻔뻔스러운 게 지나쳐 번번스럽게 된 것 아닙니까?"

하고 학생은 근처의 벽에 붙어 있는 모인의 사진을 가리켰다.

"번번스러운 표본 아닙니까."

이사마는 그 옆에 붙어 있는 사진을 가리키며 물었다.

"저 사람도 번번스러운가?"

"그 사람은 뻔뻔스런 정도지요."

"그렇다면 어떻게 되는 건가?"

"어떻게 되긴 어떻게 돼요. 번번스런 사람과 뻔뻔스런 사람 사이의 선택이죠, 뭐."

이사마는 어이가 없어서 웃었다. 한편 그 학생의 맹렬한 센스에 놀라기도 했다.

생각나는 일이 있었다.

미국에서 존슨과 골드워터가 선거전을 벌이고 있을 때 『뉴욕 타임스』의 칼럼에 이런 기사가 있었다.

"미국의 현재는 한심스럽다. 최선의 인물을 뽑아야 할 선거가 이상하게 되어버렸다. 이번의 선거는 어느 편이 덜 나쁜가 하고 선택해야 하는 선거이기 때문이다."

이사마는 그 얘기를 학생에게 해줄까 하다가 그만두기로 했다.

드골이나 네루 같은 경우를 제쳐놓곤 최상, 최고의 인물이 대통령 선거전에 나설 까닭이 없게 된 사회, 또는 세계의 추세가 아닌가 하는 생각이 들었기 때문이다.

이상理想을 말하면 대통령의 자리를 맡은 사람은 그 존재만으로도 나라의 영광, 국민의 긍지가 될 만한 인물이라야 한다. 좀더 구체적으로 말하면 청소년을 비롯한 국민 전체에 교육적인 모범이 될 만한 인간, 아니 그것만으론 모자란다. 그 언행이 언제나 생신한 자극이 될 만한 인물이라야 한다.

물론 당파와 계층의 이해가 엇갈리고 대립된 복잡한 사회이고 보면 존경의 대상, 교육의 모범, 생신한 자극의 원천이 일률화될 수는 없겠지만 줄잡아 '적으로 치고라도 훌륭한 사람'으로 통할 수 있는 인물이라야 하는 것이다.

이런 이상을 깨뜨린 것이 현실이다. 그 현실 가운데서 가장 두드러진 것이 이른바 '쿠데타', 쿠데타는 대통령의 값을 하락시킨다. 대통령은 존경의 대상으로부터 공포의 대상, 저주의 대상으로 전락되었다. 쿠데타는 수단과 방법이 어떠하더라도 정권만 잡으면 그만이라는 선언과 같은 것이다. 해럴드 라스키의 말을 빌리면 '강도적 원리'의 정립이다.

원래 정치사는 강도적 원리의 궤적이긴 하다. 그러나 비록 구개념으로서도 어떤 정통성, 어떤 합법성이 바탕으로 되어 있어야만 강도적 원리가 활용될 수 있었던 것인데 쿠데타는 그런 관념마저 말살해버렸다. 죽음에 의한 위협, 총과 칼이 쿠데타의 전부다. 이럴 경우 하나의 교훈만이 선명하다.

─강도도 성공만 하면 영웅이 될 수 있다. 아니 영웅이 된다.

새삼스러운 줄 알면서도 이런 이야기를 했는데 학생은 이사마보다 한술 더 떴다.

"이제 와서 그런 말씀은 하나마나 한 일입니다. 국민의 거의 전부가 쿠데타의 공범자가 되어 있는 판국에 그런 얘기가 통하겠습니까. 더욱이 번번스런 사람들을 상대로."

"통하고 안 통하고가 문제 아니라 실상이 그렇다는 애길 뿐이다."

"그럼 이런 것은 어떻게 되겠습니까? 경제를 부흥시켰다고 자랑인데, 주인을 내쫓고 안방에 들어앉은 강도가 옛주인보다 살림을 잘 살았다고 뽐내고 있으면 그게 그냥 통하겠습니까. 한마디로 번번스러운 것 아닙니까. 그런데 두고 보십시오. 번번스러운 저 사람이 틀림없이 당선될 테니까요."

"그래 자네들은 어떻게 할 텐가?"

"어떻게 하긴요. 데모라도 해서 번번스러운 저 얼굴에 달걀이라도 한방 쾅 맞혀주고 싶지만 어디 그대로 되나요. 그러나 보다 얄미운 것은 국민들입니다. 생색도 없이 공범 노릇을 하고 있는 꼴이 말입니다."

그런데 알고 보니 그 학생은 야당을 지지하는 것도 아니었다. 여야의 차가 번번스러움과 뻔뻔스러움의 차이라고 하는데야 더 이상 말할 나위가 없는 것이다.

대부분 학생들이 허무주의의 경향으로 흐르고 있는 것 같다. 허무주의는 무사안일의 방향과 극렬한 방향으로 나뉜다. 약간의 허무적 기분이 중용을 취하는 지혜로 되는 것이기도 하지만 학생들에게 허무적 기분이 침투하고 있다는 것은 바람직스러운 일이 아니다. 언젠가 사람은 허무적으로 되고 말지만 너무나 빨리 허무를 배운다는 것은 너무나 빠른 조로가 인생을 망치는 결과가 되는 것과 마찬가지다.

학생은 이사마의 이러한 충고를 열없는 표정으로 듣고 있더니 이렇게 나왔다.

"지금 우리가 걱정하고 있는 것은 기성세대의 비굴입니다. 일제 때는 일본에 아부하고 미군정 때는 미국에 영합하고. 자유당 때 판을 친 사람은 이승만이 아니라 엘리트에 속하는 사람들 아니었습니까. 5·16 후의 지식인들의 작태를 보십시오. 그런 기성세대를 우리가 어떻게 믿겠어요. 그런데 지금 사회에서 헤게모니를 쥐고 있는 사람들이 그들 아닙니까? 학생들의 허무주의보다도 기성세대의 비굴이 큰 문제라고 생각해요. 우리에게 대한 기성세대의 충고는 결국 자기들처럼 비굴해야 한다는 것입니다. 적당하게 타협하고 살라는 거지요."

"기성세대라고 하나 야당의 편에 서서 당당하게 기염을 토하고 있는 사람도 많지 않은가."

"야당 말입니까?"

하고 학생은,

"초록동색입니다. 야당이라고 하지만 국회의원이나 되어보십시오. 모두들 특권의식을 갖게 되어 있더군요. 바꿔 말하면 국회의원이란 특권을 얻기 위해서 야당을 하는 것이 유리하다고 생각하고 야당을 하는 사람들이 대부분입니다. 물론 그중엔 사명감 같은 것을 가지고 있는 사람들이 있겠지요. 그런데 그게 몇이나 되겠습니까. 야당이라 해보았자 근본에 있어서 여당과 다른 게 뭐 있습니까. 통일에 대한 정열이 다릅니까? 노동자를 위하는 기백과 실천이 다릅니까? 사회개혁의 의지가 다릅니까? 모두들 해바라기 족속들입니다. 권력을 태양으로 아는 해바라기, 더러는 미국을 태양으로 아는 해바라기가 있기도 하구요."

이사마는 놀라움을 금할 수가 없었다.

"어떻게 그런 생각을 다 했지?"

"제가 속해 있는 세미나가 있습니다. 세미나에서 오간 말들을 주워듣고 생각하게 된 거지요."

"이번 선거엔 누구에게 투표할 건가?"

"그날을 이용해서 설악산에나 가볼까 하고 있어요."

"기권한단 말인가?"

"기권이 아닙니다. 현명한 선택이지요. 번번과 뻔뻔을 선택해보았자 공룡능선을 타는 기분을 맛볼 순 없을 테니까요."

"자네의 말은 니힐리스트의 말 같구나."

"니힐리스트가 나쁩니까? 비굴한 사람들보다야 낫겠지요."

이사마는 멍청히 학생의 얼굴을 쳐다보았다. 학생은 그들의 세미나에 논제로 오른 것을 열거하기 시작했다.

5·16 직후 있었던 증권파동, 한일협정에 따른 배신 행위, 재벌과의 유착에서 비롯된 갖가지 부정 사건, 정부와 여당 수뇌부의 천문학적 숫자의 축재, 권력유지 방법으로 된 인사의 부패, 성도덕의 엄청난 타락. 이렇게 들먹이고 있다가 학생은,

"작년에 있었던 정인숙 피살 사건, 기억하시죠?"

하고 물었다.

"기억하고 있지."

"그게 어떻게 된 것인지 진상을 아십니까?"

"모르는데."

"모든 범죄는 다 덮어두기로 합시다. 그러나 정인숙 피살 사건만은 덮어둘 수가 없습니다."

"덮어두지 못한다면 어떻게 될 텐가. 그 진상을 어떻게 밝힌단 말인가."

"진상은 밝혀진 거나 다름없지 않습니까. 발표를 하지 않는다뿐이지, 국민들은 다 알고 있어요. 제가 말하는 것은 국민들이 그 사실을 잊지 말아야 한다는 것입니다. 그 사건은 세 가지의 의미를 가지고 있습니다. 모인이 파렴치할 정도로 성적 패덕한悖德漢이란 점, 수사질서를 유린했다는 점, 재판의 권위를 땅에 떨어뜨린 점, 완전범죄를 성공시켰다고 믿고 만일 살인의 교사범이⋯⋯."

하고 학생은 주위를 두리번거렸다. 자기로서도 가당찮은 말을 그냥 발설하기가 켕기는 기분인 모양이었다. 그러고는,

"진실을 말한다는 것이 이처럼 힘든 일인가요?"

하고 열적게 웃었다.

"임금님 귀는 당나귀 귀지만."

하고 이사마도 웃었다.

정인숙 피살 사건에 관해선 이사마도 남 못지않은, 아니 그 이상의 흥미를 가지고 있었다. 사건 자체도 흥밋거리였거니와 정인숙을 이사마는 잘 알고 있었다. 정인숙은 한때 성유정이 사업을 하고 있을 무렵 자주 드나든 요정 S각 아가씨였다.

S각에 있었을 무렵 정인숙은 이름을 양혜련이라고 했다. 성유정이 특히 그녀를 좋아해 S각에 가기만 하면,

"오늘 양귀비 나왔나?"

하고 찾곤 했다.

양귀비의 모습이 어떠했는가를 물론 알 길이 없지만, 양귀비란 이름을 붙여놓고 보면 양귀비의 풍정을 방불케 하는 것을 양혜련은 가지고 있었다.

여자로선 헌칠한 키에 속살은 풍만하면서도 옷을 입은 차림은 날씬하게 보였다. 글래머 스타일이면서도 스마트한, 이를테면 창부로선 이상형이라고 할 수 있었다. 창부라고 말해버리면 조금 어색하다. 창부라고 보기엔 기품이 있었고 꾸밈에 따라 우아하기도 했다. 성유정은 특히 그녀의 기지를 좋아했다. 한마디 한마디 받아넘기는 말에 재치가 있었다.

성유정이 원했으면 육체관계를 맺을 수 있었겠지만 그러진 않았다. 성유정은 그런 방면에 별반 취미가 없고 더불어 노는 분위기만을 취했다. 그보다도 성유정이 같이 어울려 노는 모 고관과 이미 관계를 맺고 있었기 때문에 아예 그녀를 생각 바깥에 두었던 것인지 모른다.

얼마 후 S각에 갔더니 그녀는 벌써 그곳에 없었다.

"양귀비가 어딜 갔느냐?"

고 묻자 마담인 김정선이,

"어디로 갔는지 모른다."

는 대답이었고,

"왜 이곳을 그만두었느냐?"

는 질문에 김 마담은 성유정과 이사마가 같은 고향사람이란 인연도 있고 해서인지 솔직하게 사정을 털어놓았다.

반 개월 전쯤의 일이다. 미스 양, 즉 정인숙이 어떤 회사의 사장과 같이 차를 타고 내려갔다. 그것을 모 고관이 보았다. 그 고관과 미스 양은 가끔 육체적인 접촉을 하고 있는 관계였다. 그날 밤도 그럴 속셈으로 올라오는데 미스 양이 다른 남자와 같이 내려가는 것을 보곤 화가 났다.

이윽고 주사가 시작되었다. 요리상을 뒤엎고 옆에 있는 아가씨의 뺨을 치고 주인이 자랑 삼아 둘러쳐놓은 병풍을 찢는 등 행패가 말할 수 없었다. 그 이유가 미스 양에게 있다는 것을 곧 알게 된 주인은 주의를 주기 위해 미스 양의 동태를 살폈다. 그 결과 S각의 단골손님 7, 8명과 성적 관계가 있다는 것이 밝혀졌다.

김정선의 말에 의하면,

"글쎄 그 아이가 우리 집 손님 전부를 동서로 만들려고 들었지 뭐요. 이러다간 콩가루 집안이 되겠다 싶어 얼른 해고해버렸다."

는 것이다.

"그처럼 험허게 놀 애로는 보이지 않던데."

하고 성유정이 얼굴을 찌푸렸다.

"설마 성 선생님은 그애의 정부단情夫團에 끼어 있었던 것은 아니겠죠?"

김 마담이 익살을 부렸다.

"괜한 소리는 말지."

하고 성유정이 중얼거렸다.

"아무리 7, 8인의 사내를 한꺼번에 상대했을라구."

"한 여자는 한 자리에서 5, 6인을 너끈히 조종한대요. 한 사나이에겐 상 밑으로 발을 뻗어 찝쩍하고, 한 사내에겐 허벅지를 꼬집어 싸인을 하고, 한 사내에겐 윙크를 하고, 한 사내에겐 입으로 아양을 떨구, 한 사내에겐 술잔을 권하구……."

그러면서 김 마담은 그런 흉내를 냈다.

"미스 양의 나이가 몇이지?"

이사마가 물었다.

"스물, 스물하나? 그 정도일 거요."

"그 나이밖에 안 되는 여자가 벌써 그렇다면 장래를 알아볼 만하구 먼. 명색이 대학까지 다녔다는 여자가."

성유정은 입맛이 쓰다는 표정이었다.

그 후로 성유정이 S각에 발을 끊은 것으로 안다. 뿐만 아니라 요정 취미를 잃게 된 것도 그 무렵이 아닌가 한다.

미스 양의 소식을 전연 모르게 되었고 알려고도 하지 않았는데 2년인가 전에 이사마는 성유정의 사무실이 있는 K호텔의 지하 바에서 미스 양을 만났다. 그땐 이름을 정인숙이라고 고쳐버렸다. 정인숙이라고 찍힌 명함을 건네주며 말했다.

"성 선배님 만나시거든 연락해달라더라고 하세요."

검은 드레스 위에 밍크 오버를 걸치고 있었다. 요염한 자태라서 이사마는 눈이 부셨다.

"요즘 뭘을 하지?"

이사마가 물었더니,

"하루 놀고, 하루 쉬는 팔자예요."

하고 웃으며 덧붙였다.

"곧 미국으로 가볼까 해요."

"부러운 팔자군."

"혹 미국에 오시거든 연락하세요. 대강 이곳에 있을 거예요."

그녀는 내놓은 명함을 끌어당겨 미국의 주소를 썼다. 달필의 영문이었다. 대학에서 영문과를 다녔다고 들은 기억이 되살아났다.

"성 선배 사무실이 이곳에 있는데 한번 불러볼까?"

"아녜요, 오늘 밤엔 약속이 있어요."

하고 스탠드 앞 의자에서 일어섰다. 그러곤 칸막이 저편에 있는 박스로 들어갔다. 미국인으로 보이는 사람이 그 박스 안으로 따라 들어갔다.

정인숙과의 접촉은 그것이 마지막이었다. 그런데 1970년 3월 18일 조간에 그 정인숙이 마포의 강변도로에서 총에 맞아 죽었다는 기사를 읽은 것이다.

검은색 자가용 코로나는 '서울 자2-262'의 넘버를 달고 있었다. 묘령의 여인은 이미 절명해 있었고, 운전사는 다리에 총상을 입고 있었다. 죽은 여인의 이름은 정인숙, 운전사는 정종욱. 이 사람은 정인숙의 친오빠다.

한마디의 수식어도 없이 구체적인 내용만으로도 충격적인 기사였다. 단순한 강도 사건일까 또는 치정 사건일까. 이어 자극적인 사실이 계속 밝혀졌다.

여자의 패물함에 2천 달러의 미화가 손때가 묻지 않은 20달러짜리로 묶여 있었고, 3백만 원의 예금통장과 91만 원이 남아 있는 보통예금 통장이 있었다는 것이다. 당시 신문기자들의 월급이 3만 원 내지 5만 원일 때니 기자들이 놀라지 않을 수 없었다. 뿐만 아니라 그녀는 복수여권을 소지하고 있었고, 고위 고관의 명함 20여 장을 가지고 있었다.

이렇게 잔뜩 일반의 호기심만 자극해놓은 채 수사는 오빠가 누이동생을 죽인 근친살인 사건으로 매듭지어졌다.

운전사 정 씨는 처음엔 강변도로를 달리고 있었는데 어떤 사람이 손을 들기에 정거했더니 그자가 차 문을 열고 권총을 발사하곤 달아났다고 진술했는데 경찰이 조사한 바에 의하면 그것이 위증이었다는 것이다.

경찰의 조사 결과는 다음과 같이 보도되었다.

△ 권총은 차 안에서 발사되었다.

△ 자동차에 타고 있던 사람은 운전사와 그의 누이동생 정인숙뿐이었다.

△ 사건이 난 날 밤, 두 시간 전 정인숙은 타워호텔의 스카이라운지에서 40대의 남자와 만났다. 그들은 그곳에서 헤어졌다. 40대의 남자는 검은 세단을 타고 떠났고, 정인숙은 자기 차를 혼자 타고 떠났다.

△ 강변도로는 고속도로로서 낮에도 보행자가 거의 없는데 밤에 행인이 있을 까닭이 없다. 어떤 사람이 손을 들어 차를 세웠다고 하나 그런 시간, 그런 곳에서 그런 친절을 베풀 이유가 없다.

△ 상당한 속력으로 달렸을 것인데 사고현장 부근에 급브레이크를 밟은 흔적이 없다.

△ 행인이 차를 세우고 타면서 쏘았다고 하나 정인숙은 운전사 뒷좌석 오른쪽에 앉아 있었기 때문에 총의 발사 각도가 앞자리에서 정면으로 쏜 것 같지 않으며 뒷좌석의 좌우 문은 안으로 잠겨 있어 다른 사람이 탄 것 같지 않다.

△ 처음 발견되었을 때 운전사 정 씨는 발견자인 아리랑택시 운전사에게,

"강도 당했다."

고 말했는데 그 태도는 무척 침착했다고 한다.

△ 정인숙을 쏜 두 발의 총탄 중 한 발은 머리를 관통했고, 다른 한

발은 젖가슴을 뚫고 뒷좌석에 박혀 있었다. 정 씨의 옷에 탄흔 등 화약 냄새가 남아 있었다. 여자를 죽인 후, 강도를 가장하기 위해 자신의 오른쪽 다리를 쏘아 자해 행위를 하고, 누이동생의 롤렉스 시계를 풀어 호주머니에 넣었다.

이렇게 범인은 정 씨로 낙착되었다.

그는 범행 동기를,

"오빠로서 더 이상 참을 수 없어 번민 끝에 죽였다."

고 했는데 대강의 사정은 이렇다.

정인숙은 오빠가 결혼에 실패해 재혼했을 때 결혼 선물로 다이아반지를 사주기도 할 만큼 집안의 살림을 도맡다시피 했다. 그러나 고급 콜걸인 누이동생의 생활 태도가 너무 방자해 항상 못마땅한 생각을 하고 있었다. 오빠가 운전하고 있는 차 안에서 외국인 남자와 해괴망측한 음란한 짓을 서슴지 않았다. 그런 장면을 백미러를 통해 보는 동안 증오심이 가중되어 갔다. 이윽고 죽여버려야겠다는 결심을 하게 되었다는 것이다.

다음은 이 사건을 집요하게 추궁한 K신문의 K기자로부터 들은 얘기다.

K기자가 정 씨를 처음 만난 것은 그의 병실에서였다. 병상에서 정 씨는 무섭다면서 벌벌 떨고 있었다. 무언가 무서운 충격, 무서운 배후가 있어 본의 아니게 자백을 조작한 것이 아닌가 하는 짐작이 들었다.

K기자가 의혹을 버리지 못한 것은 이 사건에 대한 당국의 태도 때문이다. 평소 친하게 지내던 형사나 수사관들이 약속이나 한 듯 입을 다물어버렸다. 그래도 계속 추궁하면,

"이봐, 더 파고들지 마. 잘못하다간 우리까지 줄초상이 날 판이야."
하고 쉬쉬했다.

당시의 시경국장 J씨는 집요한 K기자와 동료들의 질문에,

"이 사건에 관해선 묻지 말아달라."
고 애써 사정하는 태도였고,

"장관 선 이상에서 발표가 있을 것이다."
라며 기피하기도 했다.

초동수사 땐 명함에 오른 어마어마한 이름들과 관련해 이를 뒷받침하는 골프장 사진을 발견했다는 어떤 수사관의 말도 있었다. 이 수사관은 사건 발생 후 네 시간 만에 함구령이 내렸다며 K기자에게 미안하다는 표정을 지었다.

또 하나의 문제점은 군용 미제 45구경 권총의 출처다. 운전사 정 씨는 그 권총을 평소에 잘 아는 S모라는 국제관광공사 사원에게서 빌렸다고 했고, 사용 후 어느 기점에서 그 권총을 버렸다고 진술했는데 그 근처를 수사했으나 찾지 못했다면서 우물우물 끝내버렸다.

신문사 내의 분위기도 달라져 갔다. 어떤 부서에선,

'다 알면서 왜 그처럼 센세이셔널하게 취급하느냐.'
는 태도를 보였고, 고위층과 친한 사이인 어떤 부장은 가급적이면 작게 취급하도록 암암리에 압력을 가했다.

K기자는 정인숙이 1969년에 미국으로 가서 3, 4개월 체류한 적이 있으며 죽기 한 달 반 전에 귀국했다는 사실, 그 전 일본에도 몇 차례 다녀왔다는 사실, 그녀는 승일이란 이름의 아들을 낳았다는 사실, 그 아들과 함께 미국에 갔었다는 사실 등을 확인했다.

정인숙은 처음엔 워싱턴에서 살다가 뉴욕의 45번가 아파트에서 호

화롭게 살았다. 밤마다 국제전화를 기다렸다는 것인데 홀연히 귀국하여 피살체가 되었다.

정인숙의 아들 승일은 처음엔 재일교포 박 모의 아들이라고 했었는데 진짜 아빠는 고위층 인사로서 그 사람과 아이의 얼굴이 닮았다는 소문이 퍼졌다. 미국에서 정인숙이,

"애 아빠는 고위층이다. 내 말 한 마디면 대사도 곧 갈아치울 수 있다."

고 뽐내더란 얘기도 있었다. 그 후 귀국해 공화당 전국구 의원이 된 재미교포 노 모가 아들 모자의 뒷바라지를 했다는 사실도 전해졌다.

K기자가 특히 주목한 것은, 강도살인의 성격이 있어 보이는 이 사건을 강력계 검사가 맡지 않고 사상관계 사건을 전담하는 공안부 최 검사가 맡았다는 사실이다. 납득이 갈 수 없으니까 납득하게 되는 묘한 처사라고 아니할 수 없다.

정인숙의 여권은 1968년 12월 30일 발행의 회수여권으로 여권 번호는 10647호란 것이 확인되었다. 정인숙이 서울대학 사범대에 다닌 것으로 알려졌는데 그런 사실이 없다는 것이 학교 당국으로부터 밝혀졌다.

과학수사연구소는 더 이상 이야기할 것이 없다고 정인숙에 관해서 함구해버렸다. 이윽고 이 사건은 국회에까지 비화했다. 조윤형 의원이,

"정인숙 살해 사건에 관해서 묻겠다. 정 여인은 1968년 12월 30일자로 발급된 회수여권을 가지고 있었다 하는데 그 당시 정부는 1968년 12월 2일, 대통령의 여권 발급 통제 강화 지시에 의해 심사위원회를 만드는 등 민간인이 여권을 발급받기가 힘들었고, 회수여권 발급 시는 관례상 장관급 이상의 추천이 있어야 하는데 무슨 자격으로 정 여인에게 회수여권을 발급해주었으며, 누구의 추천에 의해 발급해주었는지 내

66

무부 장관은 조사해보았는가? 정 여인의 자동차 넘버 서울 자2-262는 정부기관의 위장 넘버라고 하는데 이를 수사한 적이 있는가? 그리고 범인이라는 정종욱이 범행 시 사용한 권총을 버린 장소까지 진술했는데도 못 찾는 이유가 무엇인가?"

하고 따졌고 김상현 의원은,

"정인숙 여인 사건의 전모를 국민 앞에 상세히 밝히지 않았기 때문에 항설이 구구해 사회의 기강과 도덕이 땅에 떨어졌는데 이에 대한 책임을 누가 질 것인가?"

하고 물었고 박한상 의원은,

"정 여인 살해 사건의 하수인이 발표대로 오빠 정종욱이라고 치더라도 그 교사자는 누구인가? 권총을 빌려준 신 모라는 사람은 언제부터 국제관광공사에 취직했는가? 정인숙이 많은 외화를 가지고 있었다는데 그 외화의 제공자는 누구이며 정 여인이 살고 있던 서교동의 진짜 집주인은 누구인가?"

하고 추궁했다.

이에 대한 답변은 무성의하기 짝이 없었다. 박경원 내무부 장관은,

"정인숙 여인의 여권 발급에 관해선 법적인 절차에 의해 발급된 것이 확인되었으며 자동차 넘버는 수속 절차에 의해 교부된 것이다."

했고 이호 법무부 장관은,

"정인숙 여인 집에서 나온 수표와 외화 등은 다 압수했으며 그 외화의 출처는 본인이 사망했기 때문에 알 수 없다."

고 했다. 윤석헌 외무부 차관은,

"정인숙 여인의 회수여권 파일이 없어졌다고 일부 신문에 보도되었으나 정 여인 회수여권에 관한 서류가 없어진 일이 없다."

고 답변했다.

K기자의 추적도 계속되었다.

정 여인 사건에 관한 질의를 맡은 국회의원들은 묘한 경험을 해야만 했다. 여당 의원은 아예 입을 닫아버렸고 야당 의원들조차 질의에 나서길 꺼려했다.

질문자로 선정된 후 어느 의원은 당시의 실력자 P씨로부터 저녁 초대를 받았다. 그 식사 자리에서 P씨는 정인숙 사건을 두고 국회에서 왈가왈부 정치 문제화하는 것은 온당치 못하니 삼가라는 충고를 했다. 그 야당 의원은,

"국민의 불신이 크다. 야당이 입을 다물어버리면 국민의 의혹은 더 커지고 야당 또한 불신을 받게 될 것이다."

고 반발했다. 그러자 P씨는,

"기어이 당신이 발언을 해서 큰 문제로 확대되면 당신의 정치생명에도 영향이 있을 것이니 신중을 기하라."

고 협박조로 나왔다는 것이다.

당시는 영화배우·탤런트 등 연예인과 지도층 인사들이 놀아나고 있다는 풍설이 과대하게 퍼지고 있었을 때다.

이 사건을 신문기자 아닌 K란 수사전문가가 추리한 것이 있다. 이 사건의 미스터리를 먼 훗날에나마 풀 수 있게 하는 열쇠의 하나로써 그의 추리를 요약해둘 필요가 있다.

"내가 종합한 정보에 의하면 다음과 같다."

며 그 수사전문가는 말한다.

정인숙의 본명은 정금지. 1945년 2월 13일 대구에서 출생. 아버지

는 자유당 시절 대구시의 부시장을 지냈던 사람. 금지는 그의 6남매 자녀 가운데 다섯 번째.

1962년 대구 신명여고 졸업. 서울대학 문리대 영문과를 다녔다. 문학소녀로서 극작가 장 모와 연애에 빠졌다가 실연하고 이름을 인숙이라고 바꾸어 비밀요정에 나가기 시작했다.

그 후 이름을 혜련으로 개명. 1967년까지 선운각을 비롯한 몇몇 요정을 전전했다. 한때 중구 필동 2가 123번지에서 Q모와 동거생활을 한 바 있다. 정인숙은 남달리 빼어난 미모와 36-24-36의 글래머 스타일의 육체, 그리고 유창한 영어 실력을 구사해 외국인은 물론 국내 고위층과 육체관계를 빈번히 가진 것으로 알려졌다.

1968년 말 사내아기를 낳은 후 갑자기 해외여행 수속을 했다. 신원조회는 정보부의 비서실장 M이 맡았고 회수여권은 J국무총리의 S비서관이 주선했다. 1969년 3월 일본에 다녀온 일이 있고 동년 10월 10일 아들 승일을 동반해 미국으로 갔다. 이때 후견인 역할을 한 사람이 N모다.

정인숙은 1970년 1월 21일 한국으로 돌아왔다. 그리고 죽기까지 55일 동안 여전히 많은 남자와 성적 관계를 맺었다. 사건 당일에도 두 남자와 교접을 가졌다. 시체 해부 결과 그녀의 목에서 남자의 체모가 검출되었다.

이 사건의 처리 과정에 관한 의혹은 첫째, 강력부가 맡아야 할 것을 공안부가 맡았다는 점에 있고, 둘째, 오빠인 정종욱을 살해인이라고 한 점에 있다고 했다. 또 의문스러운 것은 권총의 행방이다. 허벅다리에 총을 맞은 정이 권총을 그리 멀리 던졌겠느냐는 것이다.

이와 같은 검찰의 발표를 그냥 믿는다고 해도 승일의 아버지가 누구인가 하는 문제는 남는다. 그는 이렇게 결론을 짓는다.

일개 고급 콜걸의 피살 사건을 강력부 검사가 아닌 공안부장이 맡아 정치적으로 해결했다면 그 사건은 공안부장에게 특명을 내릴 수 있는 위치에 있는 고위층이 관련되었을 것이고, 동시에 그 고위층의 입장을 보호하는 방향으로 해결되었음이 논리적인 귀결이다. 그 고위층은 정인숙에게 회수여권과 많은 외화를 서슴지 않고 집어줄 수도 있었고, 공안부장과 마포경찰서장을 마음대로 명령할 수도 있었으며, 사건 직후 승일을 일본으로 옮기고 그의 조부모를 딸려보내 양육을 맡길 수도 있었고, 아무런 경제능력이 없는 그들에게 생활비를 제공할 수도 있었으며, 그 사건 처리에 공이 큰 C와 N에게 출세의 길을 열어줄 수도 있었던 막강한 고위층임이 확실하다. 그 막강한 고위층이 곧 승일의 아버지라는 것은 분명하다.

그렇다면 초점은 그 아이가 J의 아들이냐, P의 아들이냐로 좁혀진다.

이 점은 세간에서도 화제가 풍성했던 대목이다. 그 사실이 선명하게 밝혀지지 않음에 따라 J와 P는 반반씩 국민의 의혹을 받고 있었다. 문제의 아이 승일이 J의 아들이라고 치자. 그렇다면 그 아이의 정체를 알고 있었을 C·N·M 등이 J의 명예를 보호하기 위해 P가 의혹의 대상이 되어 있는 현실을 감수하면서까지 침묵을 지켰을 것인가. 당시 J는 과연 그만한 일을 감행할 만큼 국정의 실권을 장악하고 있었던가. J는 국회의원 자격도 없는 N을 공화당 전국구 의원으로 밀어넣고, C를 청와대 비서로 일하게 할 만큼 정치적으로 강력했던가.

어림도 없는 일이다. 따라서 이 의문에 대한 나의 대답은 결단코 '아니다'다. 이렇게 보면 승일의 아버지는 누구였는지가 스스로 명백해진다. 또 하나 명백한 것은 바로 승일의 아버지가 승일의 어머니를 살해한 장본인이라는 사실이다. 승일의 입장에서 보자면 아버지가 어머니를 죽인 골육상쟁극이었다.

이사마는 이 사건을 두고 달리 추리하고 해석할 필요를 느끼지 않았다. 어느 누구이건 이 사건의 핵심에 권력자가 있다는 것은 명명백백한 일이기 때문이다. 일본말에,

"배꼽 아래의 얘기는 거론하지 말라."

는 것이 있다지만 그 배꼽 아래의 일이 살인 사건으로 번졌다면 묵과할 수 없는 것이다.

이사마는 이 사건이 선거에 어떻게 반영될 것인가 하고 주시하고 있었지만 야당의 아량 때문인지 대중의 건망증 때문인지 별반 두드러진 파란도 없이 지나가버렸다.

선거운동은 막바지를 향해 흥분의 도를 높여갔다. 4월 18일 서울 장충단공원에서 야당 후보자의 유세가 있었다. 수십만 청중을 앞에 하고 야당 후보자는 다음과 같은 요지의 연설을 했다.

이번에 정권을 교체하지 못하면 영구집권을 위한 총통제가 실시될 것이고 앞으로 선거조차 없어질 것인데 그러한 음모의 확증을 가지고 있다.

부정선거에 가담하고 있는 전국의 공무원들은 4월 20일부터 일절 그런 행위를 중단해야 한다. 그러지 않으면 신민당이 집권했을 때 엄

벌을 받을 것이다.

대중경제의 실현을 위해 종업원 지주제와 주식보장 노사공동위원회를 구성한다. 농민의 생활 향상을 위한 농업혁명을 추진한다. 경제 성장의 열매를 골고루 배분하기 위해 부자의 세금을 누진시키는 부유세를 신설하겠다. 노동자의 작업 조건을 개선하고 노동조합 결성의 자유를 주장하며 분신자살한 평화시장의 노동자 전태일 군의 정신을 구현하겠다. 향토예비군을 폐지하겠다. 통일을 위해 적극적으로 노력하겠다…….

이에 맞서 4월 25일엔 같은 장소에서 박 대통령의 연설이 있었다. 야당이 연설할 때와 비슷한 수의 군중이 모였다. 그는 경제정책의 성공을 들어 자찬하고, 총통제 운운하는 야당 측의 선전이 있지만 이는 전연 무근한 소리이며, 자기는 앞으로 다신 출마하지 않을 것이라고 전제하고 자기로선 마지막 기회가 되는 이 선거에 표를 모아달라고 호소했다.

"누가 저 말을 믿을 건가?"

하는 소리에 이사마가 힐끗 돌아보았더니 바로 뒤에 앉아 있던 초로의 사나이가 고개를 주춤했다. 겁 없이 한 말이 아니라 어쩌다 무의식중에 튀어나온 말일 것이었다.

4월 27일에 투표가 있었다.

박정희 634만 표, 김대중 539만 표로 74만여 표차였는데 경상도에서 박정희는 김대중을 158만 표나 앞질러 있었다.

그런 결과가 나타나자 성유정이,

"박정희 씨는 하나의 약속만을 지키게 되었다."

고 했다. 다만 출마하지 않겠다는 약속만을 지킬 것이란 얘기다.

그럼 또 하나의 약속은 어떻게 되겠느냐며 이사마는 총통제를 들먹였다.

"영구집권할 방법은 여러 가지 있지 않겠나. 굳이 총통제가 아니라도 예컨대 종신대통령 같은 것."

하며 성유정은 쓸쓸하게 웃었다.

간신히 이기긴 했어도 박 대통령은 그 선거에 충격을 받았던 것 같다. 조직도 자금도 까마득히 열세에 있던 야당 후보자에 밀려 신승했다는 사실에 의한 충격이었다. 확인 못한 풍문이지만 경북과 경남에선 대대적인 부정개표가 있었다고도 했다.

이 선거는 고질이 될 후유증을 마련했다. 호남과 영남의 대립 감정이 그것이다. 공화당 선거운동원들이 공공연히,

"우리 경상도 대통령을 뽑자."

고 선동했다는 것이다.

이러한 와중에 제8대 국회의원 선거 일자가 5월 25일로 확정되었다. 일부 대학생은 대통령 선거의 부정을 들고 나와 총선 거부론을 주장하는 운동을 벌이기까지 했다. 전국에 학생데모가 만연했다. 전북대학에선 지역감정을 유발했다고 해서 국회의장 이효상을 비난하는 규탄대회를 열었다.

이런저런 우여곡절이 있었으나 총선거는 실시되었다. 그 결과 153개 지역구에서 공화당은 86석, 신민당은 65석을 차지했다. 공화당에선 현역 의원 26명이 낙선했다. 낙선자 가운데 이효상이 끼었다. 전국구를 합친 의석의 분포상태는 공화당 113석, 신민당 89석이었다. 이사마는 이 무렵 「법률과 알레르기」라는 글을 썼다가 다시 한 번 서대문 형무소

의 신세를 질 뻔했다. 그 전문을 옮겨본다.

법률이란 단어를 듣기만 해도 두드러기가 인다고 하는 친구가 있었다. 그 친구처럼 솔직하지 못한 나는 차마 그런 말을 여태껏 입 밖에 내보지 못했지만 내게도 그와 비슷한 '알레르기' 증세가 있다. 이런 증세가 언제부터 비롯되었는가에 관해선 비교적 정확한 기억이 있다.

나는 20세가 되던 해의 가을, 나와 같은 학년에 있었던 7명의 학우가 일본 교토의 지방재판소 법정에서 재판을 받고 있는 상황을 방청하고 있었다. 학우들에 대한 검사의 기소장은 그 요지가 다음과 같았다고 기억한다.

—첫째, 거국일치 국난을 극복해야 할 시기에 학생의 신분으로서 국가에 반역하는 사상을 품고 있다는 것이며, 둘째, 그 사상을 전파하기 위해 결사를 만들었고, 셋째, 내선일체정책을 베푼 황국을 업수이 여겨 불령하게도 조선 독립운동을 획책했으며, 넷째, 이상의 목적을 추진하기 위해 동료 학생을 유인 규합했다는 것이었다.

그리고 검사는 증거라고 해서 학교 구내에서 누가 누구를 만나 어떤 말을 했으며, 며칠 몇 시 다방에서 누구와 누구가 모여앉아 무슨 말을 했고, 누구의 하숙집에선 몇 사람이 모여 모의했다는 등등 피의자가 진술한 자백서를 읽고는 물적 증거로써 그들의 하숙에서 압수했다는 책과 회담 잡지 몇 권을 들어 보였다.

사실을 그대로 말하면 그들의 서클은 조선을 고향으로 한 학생들끼리 모여 노는 자연스런 모임에 불과했다. 서로 경험을 나누고 피차의 독서감상 같은 것을 듣기 위해선 약간의 규제력이 있는 모임이어야 한다는 뜻에서 '근우회'槿友會라는 명칭을 붙였다.

압수된 책이래야 몇 해 전까지도 공공연하게 출판, 판매된 책이었고 회담 잡지에도 별다른 내용이 없었다. 가장 문제가 된 부분이 C라는 학생이 쓴 시의 1절,

"이국의 하늘 밑에서만 사랑을 느끼는 고향이란 얼마나 허전한 고향인가."

하는 하잘것없는 대목이었다는 사실을 보아서도 알 수 있는 일이다.

그들이 독서회를 통해 어디서건 한국인을 만나기만 하면 조선 독립운동을 하라고 권유한 것처럼 검사는 말하고 있었으나 지금 생각하면 부끄러운 일이지만 근 1년 동안 그들 사이에 섞여 지냈어도 나는 그들의 입에서 독립 운운하는 말을 들어본 적이 없었다. 항차 불온사상을 고취한 적도 없었다.

우리들은 모이기만 하면 감동을 얻은 책에 관해서 나름대로 감상을 말했을 뿐이고 민족적인 것이 화제에 올랐다면 어쩌다 느낀 차별대우 같은 데 대한 울분을 토했을 뿐이다. 차별대우에 대한 울분도 우리들은 그럴수록 우월한 역량, 우월한 인격을 갖추도록 노력해야 되겠다는 다짐으로써 소화했던 것이다.

검사는 단아한 얼굴의 미남에 속하는 청년이었다. 나는 그 미모의 청년 검사가 청년다운 호학好學의 서클을 불법단체라고 규정하고, 청년다운 감상의 표현을 불온사상으로 단정해 고문에서 얻은 자백을 증거로 제시해서 온갖 확대해석으로써 채색하고는 치안유지법과 형법의 틀에 맞추어 어마어마한 죄를 구축해나가는 광경을 보면서 등뼈가 경화를 일으키고 안면 신경이 경련을 일으키는 것을 느꼈다. 그때의 그 증세가 지금도 법률이란 말만 들으면 조건반사적으로 되살아난다. 단정한 미모와 유창한 변설에 대한 혐오도 동시에 시작되었다.

그때의 그 검사가 단정한 미모의 소유자가 아니었더라면 나의 알레르기 반응도 그처럼 강하지 않았을 것이 아닌가 하는 생각도 든다. 법률이라고 하면 지금도 그 검사의 얼굴이 선명하게 떠오른다. 단정한 미모에 담긴 그 냉혹한 표정, 그 검사의 얼굴을 지우곤 법률을 생각할 수가 없다.

나와 법률과의 첫 대면은 이처럼 불행했다. 법률은 선인을 보호하고 악인을 제재하는 것이 아니었다. 학문을 좋아하며 다분히 감상적인 양순한 청년들을 돌연 법정에 끌어내어 무자비하게 단죄하는 것이 법률이었던 것이다.

일곱 명의 학우 중 세 명은 2년과 1년의 실형 선고를 받았고 네 명은 1년 징역에 3년 집행유예 처분을 받았다. 집행유예 처분을 받은 한 사람은 나와 같이 동경에서 살다가 미결감에서 얻은 병으로 요절하고 말았다. 그중 하나는 지금 서울에 살고 있다. 만나면 두드러기 얘기를 하곤 하는데 그밖의 친구들은 생사조차 모른다.

해방이 되고 민족주의 사회가 되었는데도 법률은 아직 내게 있어선 그 초대면의 인상을 씻지 못했다. 권력의 시녀로서의 의상을 벗어 보인 적이 없었고, 거미줄과 같은 그 묘한 작용을 그대로 지니고 있으며, '악법도 법'이라는 고집을 고치려 들지 않는다.

법의 궁극에 있는 것이 정치권력이며, 그 권력을 유지하는 것이 질서유지의 바탕이 되는 것이라는 전제를 승인하면 법률이 권력의 시녀 노릇을 한다고 해서 비난하는 것은, 법을 집행하는 사람들에게 태산을 지고 걷지 못한다고 책하는 것이나 다를 바가 없다. 그러나 시녀에게도 애교가 있어야 하는 것이며 개성미도 또한 있어야 한다. 법률의 궁극에 권력의 작용이 있다고 해도 법률은 자체의 역사를 지니고 있고, 그 역사 속에서 얻은 지혜와 정신이 있다. 자체 역사 속에서 얻은 지혜와 정신을 굽히지 않고 발현하는 노력이 있어야만 시녀로서의 보람도 있게 되는 것이다.

예를 들면 일사부재리 불소급의 원칙은 인류의 노력이 수천 년 동안에 걸쳐 쟁취할 수 있었던 법률적 성과인데 우리나라 법률가들은 예사로 이를 무시한다. 헌법의 본문에 행위 시의 법률이 아니고선 벌할 수 없다는 규정을 삽입할 줄은 안다. 그래놓고 부칙에 가서 이를 뒤집어버리는 조문을 단다.

이러한 부칙을 권력자는 권력행사의 편의상 필요로 했을지 모른다. 하지만 법률가는 그 본령으로 보아 이에 응할 수 없는 것이 아닌가. 국민 총수의 10만분의 1도 안 되는 사람에게 꼭 벌을 주기 위해 3천만 국민의 체면에 유관한 헌법을 불구로 만든대서야 말이 안 된다.

입법은 법률가 아닌 의원이 모인 국회에서 하기 때문이라는 변명은 용납되지 않는다. 국가의 이익을 위해 극도로 냉혹할 수 있는 검사, 옳다고 믿으면 사형 선고도 불사하는 판사, 사회정의를 위해 아낄 것이 없다고 외치는 변호사, 진정한 법의 정신을 연구하는 법학도들이 한 덩어리가 되어 그들이 생명으로 하고 있는 법률의 존엄성을 지키려고 하면 권력자의 실수를 사전에 방지할 수도 있을 것이다.

악법도 법이라는 타협적인 태도는 법률의 위신을 위해 치명적인 과오다. 악법이라고 판정되었을 때 폐기의 절차가 늦어질 경우 법률을 운용하는 사람의 재량으로 폐기와 꼭 같은 효력을 만들 수도 있다. 폐기되지 않았다고 해서 광무 신문지법이 등장하고, 6·25사태에 대응하기 위해 만든 법률이 그 사태와는 정녕 다른 사태인데도 오용되면 국민들은 법률에 대한 위화감·괴리감을 느끼게 되어 드디어는 법률 불신의 풍조를 만든다는 것을 권력의 시녀일수록 민감하게 파악해야만 될 줄 안다.

또 하나 경계해야 할 사상에 이른바 일벌백계주의란 것이 있다. 한 사람을 엄하게 처벌함으로써 앞으로 발생할지 모르는 범죄를 미연에 방지해야 한다는 뜻으로 일견 타당한 것으로 보이지만 이같이 위험한 사고방식은 없다. 이것은 전체를 위해 개인을 희생시켜도 무방하다는 사상이다. 우리는 전체가 개인의 집합으로 이루어졌다는 사실을 주목할 필요가 있다. 우선 전체란 막연하고 개인은 구체적이다.

법률의 위신을 더럽히고 있는 사례 가운데 법관들의 확대해석이 있다. 신형사소송법의 안목은 철저한 증거주의와, 피의자에 대한 증거가 양립되었을 때 피의자에게 유리한 증거를 채택하게끔 되어 있다고 들었다. 그런데 몇 가지 재판 과정을 보면 특히 정치범의 피의자일 경우 지나칠 정도로 확대해석이 횡행하고 있다는 인상이 짙다. 확대해석을 허용한다면 극우사상가를 극좌사상가로 만들 수가 있다. 케네디 대통령의 연설문을 적당하게 편집해서 확대해석을 붙이면 용공인물로 낙인찍을 수가 있다. 아까 말한 일본의 검사는,

"이국 하늘 밑에서 더욱 고향을 사랑하게 된다."

는 시를 가지고 양순한 학생을 볼온사상가로 조작해낸 기술자였다. 그런 기술이 검사의 본령이어선 그 직업은 슬픈 직업이라고 아니할 수 없다.

법률에 대한 신뢰를 말할 때 떠오르는 이름이 있다. 올리버 웬들 홈스 판사다. 1921년 황색조합금지법에 저촉된 피고들이 하급재판소에서 중급재판소까지 유죄 판결을 받고 최고재판소에 올라왔다. 이에 홈스 판사는,

"미 합중국의 헌법이 규정한 자유는 정부에 반대하는 결사의 자유까지 보장해야만 원래의 정신을 살릴 수 있다. 그러니 이 헌법과 상치된 황색조합금지법은 위헌이다."

하고 그 법에 저촉된 피고인 전원에게 무죄를 선언했다. 다음 에이브럼스 사건에서는,

"사상의 자유는 국가와 정부를 싫어하는 사상의 자유까지 보장해야 한다."

며 역시 무죄를 선언했다.

수년 전 일본의 다테 아키오 판사가 한 판결도 법률의 위신을 높이는 것이었다. 동경대학 학생과 경찰대 사이에 벌어진 난투 사건을 판결한 것인데 요지는 다음과 같다.

법치국가에 있어서 가장 존귀한 권리는 경찰권이다. 경찰 없이 사회의 안녕질서를 유지할 수 없기 때문이다. 문화국가에 있어서 가장 존귀한 권리는 대학의 자치권이다. 대학의 자치권이 보장되지 못했기 때문에 기왕 일본은 정론으로써 나라를 이끌지 못해 패전이란 곤욕을 치렀다. 그런데 본 사건은 법치국가에 있어서 가장 존귀한 경찰권과 문화국가에 있어서 가장 존귀한 대학의 자치권과의 충돌 사건이다. 말하자면 이상 두 가지 가운데 어느 것을 우위에 두느냐에 따라 판결이 이루어진다. 그러나 재판관은 어느 한편을 두둔해야만 한다. 본 재판관은 대학의 자치권을 두둔한다. 그 이유는 경찰권은 이를 방치해도 비대해질 폐단은 있어도 줄어들 걱정은 없다. 이에 반해 대학의 자치권은 기왕의 사태에 비춰 부절히 북돋아주지 않으면 감축할 우려가 있을 뿐이지 비대해지진 않

는다. 이상과 같은 이유로 관련 학생 전원에게 무죄를 선고한다.

　법률에 대한 신뢰란 결국 법관에 대한 신뢰다. 우리나라에도 그만한 법관이 없을 까닭이 없는데 빛을 보지 못하는 것은 권력자의 현명이 모자란 때문이 아닌가 한다.

　자기의 권력유지를 위해 법률을 왜곡하기까지 해 이용하려는 권력자를 가진 나라는 불행해질 수밖에 없다. 치도의 중심을 법률의 존엄에 두는 지도자가 아쉽다.

야망의 유신

하나의 장면을 상상해본다.

절대적인 권력자로 화한 보스가 부하들을 모아놓고 잔치를 벌였다.

"모두들 수고했어."

보스는 잔을 들었다. 그러곤,

"자아 잔을 들게. 이번의 승리는 당신들의 덕택이다."

하고 덧붙였다.

"천만의 말씀입니다. 위대하신 각하의 덕망의 소치입니다."

부하의 하나가 말했다.

"물이 아래로 흐르듯 자연스런 결과일 뿐입니다."

다른 부하의 말이다.

이어 모두들 한마디씩 했다. 어느 부하는 각하의 영명을 들먹이고, 어느 부하는 각하의 혁혁한 공적을 찬양했다. 단군 이래 최초로 나타난 대지도자란 말이 있었고, 중흥의 영주란 어휘도 튀어나왔다.

아첨도 또한 예술인 것이다.

아첨이 예술의 경지에 들어서면 아첨을 한다는 의식이 없이 언언구구가 아첨으로 물든다.

뿐만 아니다. 아첨을 하고 있다는 비굴한 기분을 없애려면 아첨을 바치는 대상이 위대해야 한다. 현명해야 한다. 나무랄 데 없이 완벽해야만 한다.

그 자리에 모인 부하들은 보스를 그런 눈으로 보고 있었다.

"자네들은 애국을 어떻게 생각하고 있는가?"

보스가 넌지시 물었다.

이곳저곳에서 대답이 나왔는데 다소의 표현은 달랐지만 내용은 일치했다.

―각하의 분부를 충실하게 실천하는 것, 그것이 곧 애국이라고 생각한다는 것이다.

보스는 만족스럽게 부하들을 둘러보았다. 내일 불만이 생길지 모르지만 오늘 밤은 만족이었다. 저마다 똑똑한 척하고 자기만이 최대의 충성을 바치고 있다고 뽐내고 있는 듯한 부하들이 사랑스럽기조차 했다. 그러면서도 마음속에선 그들을 철딱서니 없는 아이들이라고 치고 있었다.

어떤 놈이 얼마만한 돈을 먹고 있다는 것, 교묘한 수단으로 이권을 자기의 측근에 돌리고 있다는 것 등등을 보스는 죄다 알고 있었다. 그런데도 그것으로 탓할 마음은 없었다. 필요할 때 그 모든 것이 그들을 묶는 자료가 될 것이기 때문이다.

화기애애한 분위기가 한 시간쯤 계속되었을까. 보스는 돌연 정색을 하고,

"내 말을 들으라."

고 했다

모두들 긴장했다.

보스의 말이 있었다.

"이번 선거의 결과로써 우리는 만족할 수 있을까?"

얼른 대답이 없었다.

"지식인들 가운덴 불만을 품고 있는 놈들이 많을 것이 아닌가."

"지식인들의 불만쯤이야 얼마든지 봉쇄할 수가 있습니다."

"어떻게?"

"법률을 만드는 겁니다. 엄하게 법률을 만들어 가차 없이 처단하는 겁니다. 지식인들처럼 약한 놈들은 없습니다."

"야당이 있지 않은가."

"그것도 문제없습니다. 매수할 놈은 매수하고 처넣을 놈은 처넣고…… 종전의 방식대로 강행하면 걱정할 아무것도 없습니다."

"나는 그런 말단적인 문제를 묻고 있는 것이 아니야."

보스의 소리가 높아졌다.

장내는 물을 끼얹은 듯 조용해졌다.

얼마간 침묵이 흐른 뒤 보스가 입을 열었다.

"지난번 선거 때 나는 '나를 대통령으로 뽑아달라는 정치연설은 이것이 마지막'이라고 했다. 모두들 기억하고 있겠지?"

"기억하고 있습니다."

하는 소리가 있었다.

"그럼 어떻게 되지? 나는 이번의 임기를 끝내면 물러서야 할 것 아닌가."

"……."

"나는 단연코 물러선다."

"……."

"정권을 고스란히 야당에 내놓아야 할까? 아니면 우리 당내에서 후

계자를 내야 할까?"

"정권을 내놓을 수야 없지요."

"어떤 방법으로."

"헌법을 바꾸면 될 게 아닙니까."

"헌법을 바꿔 다시 한 번 선거를 한다? 나는 국민들에게 선언했어. 다신 나를 뽑아달라고 안 하겠다고."

"방법이 있을 것입니다."

"그 방법을 한번 말해보게나."

"총통제로 헌법을 고치면 되지 않겠습니까."

"야당의 미끼에 걸리게? 놈들은 선수를 쳤다. 나는 총통제 같은 것은 생각해보지도 않았다고 언명했다. 그래 놓고 총통제?"

"때에 따라 경우에 따라 번의할 수도 있지 않겠습니까."

"그건 안 돼. 그렇지 않아도 번의의 명수라고 내가 욕을 먹고 있지 않는가."

"우매한 민중이 하는 욕쯤에 구애될 필요가 있습니까. 정치는 결단입니다. 곡예술입니다."

"그런 무책임한 소리가 어디에 있는가. 아무튼 이번 임기가 끝나는 날이 데드라인이란 것을 모두들 알아두게. 사람은 물러설 때가 중요해."

그러나 부하의 하나가 일어섰다.

"각하, 조급한 판단은 금물입니다. 아직 4년이란 시간이 있습니다. 이 문제는 다음 기회로 미루고 오늘 밤은 유쾌하게 지내기로 하면 어떻겠습니까."

"좋아. 그러나 각자에게 숙제로 하겠다. 어떤 형식으로 정권을 내놓는 것이 좋을지, 후계자를 누구로 했으면 좋을지."

그러고는 보스가 소리를 높였다.

"정치라는 것은 미리미리 사태를 파악해 대처하는 기술이란 것을 잊지 말도록 하게."

긴장이 풀리고 다시 주석다운 분위기가 되었다.

대기시켜놓았던 악사와 가수들이 몰려들었다. 미모의 여배우들도 나타나 각기 자리를 잡았다.

<u>보스</u>도 부하들도 모두 미성의 소유자들이라서 흡사 유행가의 콩쿠르처럼 되었다.

―환락극혜애정다歡樂極兮愛情多는 한무제의 감회다.

만일 그 자리에 한 사람이라도 깨어 있는 사람이 있다면 당언겸唐彦謙의 다음과 같은 시를 상기했을지도 모른다.

杏艶桃嬌奪晚霞 행염도교탈만하

樂有無廟有年華 악유무묘유년화

漢朝冠蓋階陵墓 한조관개계능묘

十里宜春下苑花 십리의춘하원화

요컨대 한나라의 벼슬아치들은 모두 무덤 속에 들어가 있다는 얘기다.

그런 자리를 상상해볼 만큼 이사마는 앞으로 전개될 정치의 드라마에 흥미를 느꼈다.

조스의 말을 빌리지 않더라도 이 정권은 야당에겐 물론이고 자기 당 내에서도 인계할 수 없는 성질의 것이라면 무슨 극적인 상황이 연출될 것은 필지의 사실이다.

그런 짐작으로 야당 정치가들에게 설문해보는 것이지만, 총통제를 꾸밀지 모르지, 그러나 그건 잘되지 않을걸 하는 따위로 받아넘겨졌다.

이사마의 견식대로라면 야당은 이 문제에 예의 신경을 써야 할 것이었다. 있을 수 있는 상황을 몇 개 상정해놓고 그 상황마다에 대처할 방도를 강구하는 데 전력을 다해야 하는 것이다.

정치는 현실이지만 정치에 있어서 가장 중요한 문제는 예견이다. 이사마는 한국 야당의 최대 결함을 예견능력의 결함에서 보았다.

예컨대 예견능력이 조금이라도 있었더라면 5·16쿠데타 같은 것은 발생하지 못했을 것이다. 그런데 그 당시의 상황은 그와 같은 쿠데타의 발생을 충분히 예견할 수 있는 조건을 갖추고 있었다.

한마디로 말해 예견능력이 없이는 정치는 실패한다. 설혹 예견이 적중하지 않을 경우가 있다고 해도 그 예견으로 해서 커다란 교훈을 얻을 수가 있다.

"만일 1백 퍼센트의 확신을 가지고 어떤 일을 예견했다고 할 때 그것이 빗나갔을 경우 우리는 확실히 거기서 무언가를 배우게 된다. 실망 즉 예견의 실패야말로 사람이 무언가를 배울 수 있게 되는 근본적인 요소인 것이다."

볼딩의 말이다.

그런데도 머잖은 장래 쿠데타가 발생할 소지가 이미 깔려 있는데 야당이 이를 예견하지 못하고 이에 대처하는 방도를 강구하지 못한다면 그 야당은 미리 패배를 선취해놓은 것이나 다를 바가 없다.

이 문제를 들고 이사마는 성유정 씨에게 토론을 걸었다.

성유정 씨는 언제나 하는 버릇 그대로 결론부터 말했다.

"그러니까 나는 야당을 믿지 않고 야당에 기대하지 않았다."

"그래 버리면 토론은 끝나는 것 아닙니까. 성 선배는 앞으로의 전망을 어떻게 보십니까?"

"어떤 형태이건 쿠데타가 있을 것은 확실하다."

성유정이 이사마의 의견에 일단 동의했다.

"예견할 수 있으면 방지할 수도 있을 것 아닙니까."

"어떻게? 장래의 쿠데타를 반대하는 데모라도 해야 한단 말인가?"

"내가 야당이면 그렇게라도 하겠는데요."

"이 주필이 야당을 한번 해보지 그래."

"나는 기록자입니다. 기록자로서의 자유를 잃는 짓은 하기 싫어요."

"또 기록자인가?"

"빈정대지 마십시오. 나는 기록자가 되기 위해 정세를 예견하려고 하는 겁니다. 내가 생각하기론 지금의 시스템은 '협박적 시스템'입니다. 정부가 시키는 대로 하지 않으면 가만 안 둔다, 이런 식 아닙니까? 이에 대한 반응은 저항이지요. 협박이 협박자 자신에게 큰 부담이 될 때 저항이란 반응은 보람을 갖게 됩니다. 협박은 실행되지 않고 사태는 협박전으로 되돌아갑니다. 제3의 반응은 도피입니다. 도피는 반항적인 액센트가 없으면 의미가 없지요. 그러나 국민투표 같은 것에 일절 기권해버린다면 효과가 있는 거지요. 제4의 반응은 역협박입니다. 그쪽에서 그런 수단으로 나오면 우리는 이렇게 한다는 것이지요. 이와 같은 요령으로 몇 가지의 사태를 예견해놓고 대중을 지도 계몽하는 겁니다. 일이 터지고 난 후의 대응은 이미 늦어요. 만일 야당이 그 일을 해내지 못한다면 이번엔 나는 쿠데타 편에 붙을 것입니다."

"쿠데타 편에 붙다니 그것 무슨 소린가?"

"쿠데타를 마음적으로 지지하겠다 이겁니다."

"민주언론의 순교자 이사마가 반동문인이 된다?"

"한번 생각해보십시오. 3년 동안 감옥살이를 하고 10년 넘게 음지에서 살았습니다. 떳떳한 직장을 갖지도 못하고, 외국에 나가보지도 못하고 자유를 구속당한 채 전전긍긍 살아왔어요. 이제 또다시 쿠데타가 발생하면, 그리고 내 태도가 항상 이 모양이면 나는 외국 구경 한번도 못하고 죽습니다. 내 기록은 햇빛을 보지 못하고 썩어버립니다. 앞으로 발생할 쿠데타가 정녕 불가피한 것이라면 나는 그 불가피성을 당당하게 승인하고 그 체제 속에서나마 나름대로 숨통을 트고 살아야 하겠어요."

"이 주필, 진정으로 하는 소린가?"

"진정입니다."

"그게 진정이라면 나는 절교하겠네."

"도리가 없지요. 그러나 절교를 서둘 건 없지 않습니까. 쿠데타가 발생하지도 않았으니까요."

"쿠데타는 있게 돼 있어. 이 주필의 심정이 꼭 그렇다면 다시 징역살이할 각오를 하고 한번 서둘러보지 그래."

"나는 정치인이 아닙니다. 언론인도 아닙니다. 투쟁을 하자니 방법도 없습니다. 기껏 도피할밖에요."

"도피는 여태껏 해온 것이 아닌가. 그런 자세로 있으면 그만이 아닌가."

"나는 파리에 가고 싶은걸요. 알렉산드리아에도 가고 싶은걸요."

"어린애 같은 소리 하고 있어. 내가 한잔 살게. 김선 씨 집에나 가자."

말이 막히고 을씨년스런 분위기가 되면 으레 성유정 씨는 김선의 집으로 가잔다.

그날은 1972년 5월 5일이었다.

뜻밖의 일이 있었다.

성유정이 김선에게 대해 이렇게 말을 시작했다. 정색을 하고서,

"김 사장, 사람 하나 살려야겠소."

"사람을 살리다뇨?"

"이 주필이 몸을 팔 작정인가 보오."

이사마의 눈과 김선의 눈이 마주쳤다. 이사마가 당황했다.

"성 선배, 무슨 말을 하려는 거요?"

"이 주필은 잠자코 있어."

하곤 성유정이 한 말은,

"이 주필은 외국에 가고 싶어서 안달이 나 있소. 그 때문에 무슨 짓이라도 할 모양이오. 김 사장, 방법을 한번 생각해보시오. 이 주필에게 여권 하나 만들어줍시다. 정인숙 같은 여자도 복수여권을 가지고 있다는데 이 주필이 여권을 가질 수 없다고 해서야 말이 되겠소. 김 사장 같으면 방법이 있을 거요. 힘써주시겠소?"

김선이 성유정의 말을 심각하게 받아들인 모양이었다.

"수단껏 해보죠."

김선이 무겁게 말했다.

시간의 마력이라고나 할까. 시간의 진전은 있을 수도 생각할 수도 없는 드라마를 만들어낸다.

이사마는 1972년 7월 5일자 S신문에 다음과 같은 글을 발표했다.

7월 4일의 조간신문은 이후락 중앙정보부장이 중대발표를 할 것

이란 사실을 알렸다.

그 자리에 앉은 이래 거의 이름을 지상에 내본 적이 없는 이후락 씨가 사진과 곁들여 큼직하게 이름을 내걸고 중대발표를 한다고 하니 이는 만만한 일이 아닐 것이라고 짐작을 했다.

일찍 집에서 나와 거리를 돌아다니다가 텔레비전이 있는 어떤 변두리 다방을 찾아들었다. 중대발표라는 것을 낯선 군중의 틈에 끼어 듣고 싶었던 것이다. 그러면서 군중의 반응을 살피고 싶었다. 내겐 그런 엉뚱한 센티멘털리즘이 있다.

정각 10시, 카메라맨이 서성거리는 장면에 뒤이어 이후락 씨가 등장했다.

"지난 5월 2일, 저는 평양엘 다녀왔습니다."

그 첫마디에 나는 숨을 멈췄다.

어느덧 손님이 꽉 차 있는 그 다방에 일순 진공상태를 방불케 하는 긴장감이 감돌았다. 어느 금기의 철벽이 무너지는 순간, 무덥고 어둡고 긴 밤의 저편에 동이 트는 것 같은 충격의 시간이었다.

종래의 적대관계에서 벗어나 대화 있는 대결을 통해 통일을 촉진하기 위한 전제로 북한 측과 합의를 보았다는 공동성명을 읽어 내려가는 이후락 씨의 얼굴을 보고, 이어 배경 설명을 하는 박눌한 그의 언변을 들으면서 나는 이 사람이 애국자가 아닐까 하는 생각을 하게 되었다. 지금까지 그를 애국자란 말과 연결시켜본 적은 없다. 장관, 국회의원, 기타 고위 고관은 애국을 직업으로 하는 사람들인 만큼 과연 그들이 향유하고 있는 권력과 보수에 합당한 애국 실적이 있을까 하는 의념으로 해서 그들을 애국자라는 데에 나는 저항을 느껴 왔다.

직책이 명하는 애국 실적 이상이 있어야만 우리는 그들을 애국자라고 할 수가 있다.

대통령의 의지를 전제하고서도 그의 평양행은 대단한 모험이며 영단이다. 이 씨는 북한의 체제에선 적 제2호, 생각에 따라서는 적 제1호로 지목되는 사람이다. 육체적 생명의 위험도 문제려니와 만일 실패했을 경우 현행법에 의한 위법 행위가 노출되어 정치적으로 실각할 계기가 될 수도 있을 것이었다.

우선 전쟁을 막고 통일을 위한 조건을 촉성하기 위해 쌍방이 성의 있는 노력을 다하겠다고 민족 앞에 맹세한 금번의 공동성명은, 그러니 이 씨가 육체적·정신적 생명을 걸고 얻어낸 성과라고 하겠다.

그러나 본인도 말하고 있듯이 이것은 시작의 시작이고, 보다 어려운 상황으로의 전이다. 희망은 있으되 벅찬 고난이 예상되며, 의사는 아름답지만 그 의사는 막연하다. 적대관계는 단순하지만 대화를 통한 대결은 복잡하다. 평화가 전쟁보다 어렵다는 것은 평화를 감당하기가 힘겨워 끝내 평화를 지탱하지 못하는 국면에서 전쟁이란 파탄이 생긴다는 사실로써도 알 수가 있다.

그러고 보니 난점은 무수하다. 그 가운데의 하나는 북한 측은 단일 의견, 단일 행동으로 그들의 태도를 쉽게 조작할 수도 있는 데 반해 우리의 국론은 구체적인 세부에 이르기까지 그처럼 쉽게 통일되기 어렵다는 점이다.

조국통일의 기운을 성숙케 하기 위해선 우선 우리 내부의 분열을 없애야 한다. 자체 내의 분열도 막지 못하는 주제에 이질자와의 통일을 꿈꾼다는 건 터무니없는 망발이다. 우리가 우리의 총화단결을 이루지 못하는 주제에 체제와 체질이 다른 세력과 통일을 꾀한다는 것은 불가능한 일이다.

이데올로기와 체제를 초월한다는 말은 쉽지만 역시 간단한 일이 아니다. 우리 자유민주주의의 이데올로기와 체제는 선의의 경쟁을 절대조건으로 한다면 상대방을 포용할 수가 있지만 상대방의 이데올로기와 체제는 우리의 것을 용납할 틈서리가 없다.

이러한 사정을 감안할 때 반공국시 일방의 벽 속에 있을 때보다 사태는 더욱 미묘하고 곤란할 건 다시 말할 나위가 없다.

그러나 우리는 희망이 있기에 이런 사태를 이겨나가야 할 노력을 게을리할 수가 없다. 8·15 후의 혼란에서 우리는 많은 것을 배웠다. 6·25의 고난에서 우리는 많은 것을 느꼈다. 그리고 5·16의 경험에서 많은 것을 깨달았다. 그 역사의 사례에서 교훈을 배워 모처럼 얻은 이 민족의 새벽이 청량한 민족의 아침으로 이어지도록 신중해야 하며 슬기로워야 하며 용감해야 하겠다.

이 글을 읽고 성유정이 이사마에게 전화를 걸었다.

"이후락 씨의 발표를 듣고 정말 그처럼 감격했나?"

"물론이죠. 그런데 성 선배는?"

"나는 이상한 느낌을 가졌다. 아직 감을 잡을 수가 없어."

"감을 잡지 못하다니 무슨 말씀입니까?"

"쇼처럼 느꼈지, 이 주필은 그런 느낌 안 드나?"

"설마 쇼일 수가 있겠습니까. 북한이 그런 쇼에 말려들어요?"

"아니지, 북한의 김일성도 그런 쇼를 해야 할 사정이 있었는지 몰라."

"성 선배님, 너무 과민하신 것 아닙니까? 그 정도라도 대화의 길을 텄다는 것은 대단한 일 아닙니까. 솔직할 때도 있어야죠."

"그럴까?"

하고 성유정은 전화를 끊었다.

그 전화를 받고 보니 뒷맛이 썼다. 이사마는 진정으로 감격한 것이었는데, 그것이 만일 쇼에 불과했다면 어떻게 하나 싶은 생각이 들었다.

이 주필은 통일 문제에 대해선 남달리 민감했다. 그 글을 쓴 얼마 전 이사마는 같은 신문에 애절한 통일의 염원을 쓴 적이 있기도 했다. 그는 자기가 쓴 그 글을 다시 한 번 읽어보았다.

제목은 "자유의 다리."

예루살렘의 구시가에 '통곡의 벽'이라는 것이 있다.

유랑의 유대인들이 예루살렘을 찾아와선 그 벽에 이마를 대고 실컷 통곡한다고 들었다.

이산 4천 년의 세월이 지났어도 마를 줄 모르는 통곡의 눈물!

유대인은 비애에 있어서 인생의 실상實相이라고 할 수 있지만 실은 마르지 않는 그 눈물이 오늘의 이스라엘을 만들어 놓았다.

그런데 우리는 통곡, 아니 그 의미마저 잊고 있는 것이 아닌가.

'통일로'라고 하는 삽상한 도로를 초여름의 태양이 깔린 평화로운 산야 사이로 누벼 달려 '자유의 다리' 가에 서서 나는 이러한 감상에 젖었다.

통일로 군데군데에 보루를 만들고 있는 공사장이 마음에 걸린 탓도 있다.

통일로라는 이름은 너무나도 애절하지 않은가. 자유의 다리라는 이름이 너무나도 처량하지 않은가. 문산 근처에서 끊긴 철로는 무딘 나의 감각으로도 생체의 잔등을 잘라놓은 듯한 무참한 상처였다.

그 철로의 끝에.

"철마는 달리고 싶다"

는 푯말이 박혀 있었다.

나는 얼른 시선의 방향을 돌려버렸지만 상념의 방향을 돌릴 수는 없었다.

내 자신의 추억으로써 그 철로가 평양, 신의주를 넘어 봉천, 거기서 열하, 산해관 그리고 북경을 거쳐 태원, 제남을 지나 양자강 북안의 포구까지 이어져 있다.

그리고 한 자락은 봉천서 하얼빈, 지타, 하바롭스크, 옴스크, 톰스크를 거쳐 모스크바에 이르고, 거기서 다시 시작해 페테르부르크, 로스토프를 거쳐 폴란드, 독일, 암스테르담, 드디어는 프랑스의 파리까지 뻗어 있었던 것이다.

그랬던 것이 악마의 뜻을 닮은 역사의 자의恣意 때문에 문산의 들판 가운데서 허망한 꿈의 유해처럼 되어버렸다. 제2차 세계대전이라는 드라마가 하필이면 이곳에서 치유하기 어려운 결절을 남겨버렸다는 것은 충격이다. 이러한 충격 속에서 보이는 임진강이 슬프지 않을 수 없다. 상잔의 혈투, 그 기억이 어제 일처럼 생생한데 그 흐름의 고요와 산용山容의 고요가 무심할수록 나의 마음은 비분으로써 격한다. 갖가지의 악, 갖가지의 화근이 고요하게 현전하고 있는 이 풍경 속에 집약되어 있다고 생각할 때 통일로가 관광코스가 되고 '자유의 다리'가 관광지로 된 의미가 비극인지 희극인지를 분간할 수가 없다.

'통곡의 벽'이 관광객의 구경거리가 될 수 있듯이 '자유의 다리'나 임진강이 그렇게 되는 것도 당연한 일이라고 납득을 하려고 하지만 내겐 역사의 현장이라는 의식이 너무나 강하게 느껴졌던 탓인지 그 주변에 자동차를 세워놓고 구김살 없는 웃음과 더불어 종다리처럼 쾌활하게 환담하고 있는 관광객들을 예사로 보고 지나칠 순 없었다.

그러나 악한 역사가 그 자체의 존재증명과 합리성을 인간의 그러한 관광심리적 측면을 통해서 습득한다는 사실을 두곤 비분도 강개도 있을 수 없다는 사상을 익혔다.

분단된 국토를 지나치게 서러워하면 위험사상으로 발전될 수 있다는 충고가 가능할 정도로 국토의 분단은 우리의 역사를 왜곡하고, 우리의 생활, 우리의 의식을 이지러지게 만들었다. 민족의 적은 이 불구의 상황을 이점으로 이용할 만큼 간악하다. 통일해야 한다는 제1의적인 문제가 그 자체의 난해성을 더해 최종적인 과업으로 보류되어야 하는 연유도 여기에 있다.

민족의 단결을 위해 민족 가운데 적을 찾아내어 숙청하는 작업을 우선해야 하는 사실, 국토의 통일을 위해 국토의 분단 상황을 더욱 뚜렷하게 해야 한다는 사실, 적의 전쟁 준비보다 우세한 전쟁 준비로써 대비하지 않으면 촌각의 평화도 유지할 수 없다는 사실, 이 모든 사실을 피할 수도 없고 피해서도 안 된다는 사정에 우리 비극의 심각성이 있다.

끊길 줄 모르는 유대인들의 눈물이 오늘의 이스라엘을 만들었듯이 우리들의 언제나 샘 솟듯 해야 할 눈물만이 통일로를 통일에 이르는 길로 만들고 '자유의 다리'를 자유에 이르는 길로 만든다. 끊긴 철로에 대한 진지한 비통이 있어야 그 철로를 소생시켜 비로소 우리들도 세계와 더불어 맥박을 같이하는 건강을 회복할 수가 있다. 진정한 지혜와 용기는 슬픔에 대한 올바른 인식을 통해서만 가꾸어진다.

이사마는 자기가 쓴 글을 읽을 때마다 느끼는 혐오를 이 글에서도 느껐다. 레토릭은 진실을 보다 뚜렷하게 하기 위한 레토릭이어야 할 것인데 이사마가 쓰고 있는 레토릭은 진실을 은폐하기 위한 레토릭인 까닭이다.

민족의 적이라고 해놓고 그것이 누구인가를 왜 지칭하지 못하는가. 불구의 상황을 이점으로 이용할 만큼 간악하다고 해놓고, 어째서 그 구체적인 예를 들지 못하는가.

진정한 통일론이 되려면 분단 사실에 이익을 보고 있는 부류들을 척결하고 그들을 고립시키는 데 주안을 두어야 할 것이거늘 모두들 그러질 못한다. 그렇게 해서 사악한 무리들의 공범이 되고 있는 것이 아닌가. 기록자이려면 사악한 무리들의 명단과 행적을 정확하게 적을 줄 알아야 한다.

분단 사실을 이용하고 그 사실에 가장 많은 이익을 취하고 있는 자가 누구인가. 바로 그자가 민족의 적이다. 너무나 명명백백한 사실이다.

아무튼 성유정의 전화가 이사마의 내부에 혼란을 일으킨 것만은 사실이다.

이른바 7·4남북공동성명이 이사마가 느낀 그대로 감격적인 역사적 대사건인지, 성유정이 위구한 대로 어떤 목적의식 아래 교묘하게 꾸며진 연극인진 두고 보아야 알 일이었다.

그해 8월 15일, 이사마와 성유정은 지리산 천왕봉에 올랐다. 특별한 의미가 있었던 것은 아니다. 해방 27주년을 기념할 만한 곳을 찾게 되니 지리산에 가볼 수밖에 없다는 얘기였을 뿐이다.

지리산은 은총이기도 하며 화근이기도 하다. 그 산이 그곳에 있었으니까 은총이랄 수도 있지만 그 산이 그곳에 있었으니까 화근이 되기도 했다는 것이다.

그러나 '은총'이니 '화근'이니 하는 것은 인간에 관계된 말이지 자연은 알 바 없는 말이다. 자연을 높이진 못하면서 자연을 망쳐버리고 마는 것이 인간이다. 지리산이 인간에게 있어서 재앙이었다면 인간이 그렇게 만든 것일 뿐 지리산엔 아무런 책임도 없다.

얼마나 많은 사람이 지리산에서 죽었건 그것은 지리산 탓이 아니다.

가파른 오름길에선 말이 없다가 정상에서 한시름 놓을 무렵에 이사마가 먼저 입을 열었다.

"내가 지리산에 오면 언제나 제일 먼저 생각하는 것은 하준수 선배입니다."

"음, 하준수 군!"

성유정은 고개를 끄덕였다.

"그런데 성 선배님, 하 선배가 지금 살아 계신다면 영판 성 선배를 닮았을 것이란 생각이 들어요."

"또 무슨 소리 할려고 그러나."

"농담이 아닙니다. 적당하게 감수성이 있고, 적당하게 학구심이 있고, 게다가 협기가 있구요. 천석꾼 아들이라 생활에 궁할 것은 없구요, 살큼 플레이보이의 기질이 있고, 좋은 짓은 다 해보고 싶고 취미는 높고 그런 사람이 어떻게 되는지 아시겠죠?"

"어떻게 된다는 건가."

"딜레탕트가 되는 거지 별수 있습니까?"

"하 군이 딜레탕트가 될 것이었다는 말인가, 그럼?"

"그렇습니다. 만일 보광당인가 하는 레지스탕스 그룹의 우두머리가 되지 않고, 이현상인가 뭔가 하는 공산당원의 영향을 받지 않고, 소지素地 그대로의 하준수로서 해방을 맞이했더라면 그분이 빨치산이 되었겠습니까."

"가정 위에 하는 말은 쓸데없어. 그렇게 되지 않을 수 없어서 그렇게 되어버린 역사적 사실을 가설과 가정을 세워 이러쿵저러쿵한다는 것이 얼마나 부질없는가를 뻔히 알면서 그런 소릴 해?"

"역사적인 사실을 바꿀 수 없다는 뜻에선 부질없지만 역사적 사실을 보다 명백하게 인식하기 위해선 가설과 가정의 조명이 필요하다고 보는데요."

"그럴는진 모르지."

"이렇게 말해볼 수도 있지요. 역사를 해석하는 덴 가정은 필요 없다. 문화적인 인식을 위해 가정이 필요하다. 어떻습니까?"

"그래서 무슨 말을 하려는 건가? 결론부터 말해보게."

"결론이 뭐 있겠습니까. 하준수 형이 살아남을 수 있었더라면 지금 내 눈앞에 있는 성 선배와 비슷한 자세로 되어 있을 것이 아닌가 하는 생각이 들었다뿐입니다."

"하 군은 딜레탕트가 아니다. 그는 나완 달라. 그는 훌륭해."

"하 선배가 훌륭하지 않다는 얘기는 아닙니다. 딜레탕트가 되었을 것이란 얘깁니다."

"하 군은 가라데 5단이다. 가라데 5단이면 전문가다. 어느 부분이건 전문적인 지식과 전문적인 기량을 가진 사람은 딜레탕트일 수가 없어. 전문이 없이 흐느적거리는 사람이 딜레탕트다. 이 주필은 좋은 취미인 운동을 딜레탕트라고 말하고 있는지 모르지만 정진이 있었나 없었나가 딜레탕트인가 아닌가를 결정하는 관건이다. 하 군은 그런 뜻에서 결단코 딜레탕트가 될 수 없어. 가라데 5단이라고 수월하게 말하지만 천성의 소질이 있고서도 그만한 무예를 다듬기 위해선 피나는 정진이 있어야 한다. 하 군의 공식 단위가 5단이었지 실력은 8, 9단, 이미 명인의 경지에 들어섰던 사람이다. 그런 사람이 어떻게 딜레탕트가 되나."

"가라데의 사범으로서 도장을 가지게 되었겠지요. 그러나 생활 태도는 성 선배와 마찬가지로 딜레탕트였을 것입니다."

"왜 이 주필은 그처럼 딜레탕트에 고집하는가?"

"우리가 살고 있는 이런 시국에 그분도 살아 있었으면 해서요. 어떻게 처세를 했을까요?"

"지금 권력을 휘두르고 있는 사람들관 어울리지 않겠지."

"야당 정치인이 되었을까요?"

"그것도 아닐 거구."

"나는 가끔 이런 생각을 해왔지요. 성 선배와 하 선배 같은 사람이 국회의원이 되는 겁니다. 야당 여당 할 것 없이 그런 소지를 가진 사람이 의석의 태반을 점거하는 거지요. 그런 상황이 이루어졌더라면 나라의 면목이 전연 달라져 있을 것 아니겠습니까."

"오랜만에 산에 와서 이 주필 정신상태가 이상하게 된 게 아닌가? 한국의 국회에 우리 같은 자가 용납될 까닭이 없어. 그리고 국회라는 곳은 야심이 있는 자가 모이는 곳이다. 자네 말대로 우리가 딜레탕트라고 한다면 딜레탕트가 모인 곳 아닌 데가 국회다."

"그런 걸 몰라서 한 얘기는 아니죠. 성 선배나 하 선배 같은 인물들이 국회를 구성할 수도 있었다고 가정하면 오늘의 한국 국회가 얼마나 치사한가 하는 사실이 부각되지 않습니까. 내가 하고자 하는 말은 한국의 정치 수준이 국민의 총체역량을 밑돌고 있다는 사실입니다."

"그것을 나도 인정해. 이런 사람이야말로 국회에 있었으면 싶은 사람은 국회완 무연한 지대에 있거든. 포부와 능력은 있는데 야심이 없는 거라. 야심 있는 사람들에게 밀리게 마련이지. 그렇다고 해서 그걸 어떡하나. 정치풍토가 그렇게 되어버린 것을. 국회의원 선거전이란 것은 항상 2, 3류 인물들의 각축장이 되어버리고, 그러니까 정당이란 것도 2, 3류 인물들의 집결체가 되었고, 결국 이것이 한국의 정치 현실 아닌가. 그대로 한국의 민도를 반영한 것이라고 보아야지."

"성 선배님 같은 사람은 화조풍월花鳥風月을 즐기구요?"

"화조풍월을 즐길 팔자나 되었으면 좋겠다."

"이렇게 지리산 위에 올라와 있지 않습니까. 이만하면 되었지요."

"그래 이만하면 되었지."

멀리 남해 쪽의 조망이 트일 것 같더니 다시 구름이 모여들어 조망이 흐리어갔다. 비가 뿌릴 것 같았다. 행장을 챙기고 장터목으로 내려가기 시작했다. 장터목 산장에서 비를 피했다. 비를 피하는 사람들이 모여들어 각별한 이야기를 할 수가 없었다. 주위 사람들의 얘기에 귀를 기울였다.

그들이 주고받는 말 가운데 7·4공동성명에 관한 의견들이 있었다. 통일의 전망을 낙관하는 사람들이 있는가 하면 비관하는 사람들도 있었다. 낙관하는 사람은 철저하게 폐쇄적인 상황이 그만큼이라도 숨통을 트게 되었으니 밑져야 본전이며 줄잡아 당분간 전쟁은 없게 되었다는 것이고, 비관하는 사람들은 체질적으로 통일을 기피해야 할 인간들이 돌연 통일을 내세우는 덴 기필 무슨 복선이 있을 것인데, 그 복선은 결코 국민들에게 달갑지 않을 것이라고 했다.

듣고 보니 낙관파는 이사마와 동일한 의견이고, 비관파는 성유정의 의견과 같았다. 하나의 사건이 낙관과 비관으로 갈라질 수 있는 것은 당연한 현상이라고 하겠으나 문제가 문제인 만큼 이사마는 신경을 곤

두세우지 않을 수가 없었다.

소나기가 지나갔다. 무더운 산장에서 바깥으로 나왔다. 주변의 높고 낮은 봉우리가 선명한 윤곽을 드러냈다. 숨을 죽일 만한 감동적인 풍경이 전개되었다.

'아아, 이 지리산!'

하는 탄성이 이사마의 가슴속에 메아리를 쳤다.

그때,

"이 선생!"

하고 부르는 소리가 있었다. 뒤돌아보았다. 유두형이었다.

유두형은 이사마와 일제시대 학병으로 가서 얼마 동안 같은 부대에 있었다. 고향이 호남이라서 그 후 상종할 기회가 전연 없었다.

"이것 얼마만이냐?"

고 서로 손을 잡았다.

서로의 근황을 알렸다. 유두형은 광주대학에 출강하고 있었으나 5·16 이후 하는 일 없이 그의 표현을 빌리면 '룸펜' 생활을 하고 있다고 했다.

'룸펜'이란 말은 일제 때 빈번히 쓰이던 '거지'란 뜻의 말이다. 향수가 묻어 있는 말이기도 했다.

"룸펜이면서도 건강하게 살고 있으니 다행이군."

그의 건강이 좋아 보였기에 이사마가 한 소리다.

"룸펜이 살 수 있는 곳이 우리나라 아닌가. 부모 형제 친구들의 덕택으로 굶진 않으니까."

하고 유두형은,

"이 형의 소식은 가끔 듣고 있지. 이 형이 쓴 것도 가끔 읽고."

하더니 말소리를 낮추었다.

"그런데 요즘 이 형의 심경에 변화가 있는 것 같애."

하며 이사마의 눈치를 살폈다.

"별로 변하지도 않았는데."

"그럴까?"

그는 애매하게 웃고,

"나는 이 형이 '이디 아민'을 발견한 것을 이 형의 큰 공적이라고 생각하고 있었는데."

했다. '이디 아민'이면 우간다의 대통령이다. 이사마는 그가 맡고 있는 칼럼에서 가끔 '이디 아민'을 취급했다. 그렇다고 해서 그것이 무슨 발견이란 말인가, 황차 공적이란 또 뭔가.

"빨리 내려가야 하지 않겠나."

하는 성유정의 말이 등 뒤에 있었다.

"내려가야죠."

하고 이사마는 유두형에게 물었다.

"우린 한신계곡으로 해서 남원으로 빠질 작정인데, 유 형은?"

"우리도 그리 갈 작정이다."

하는 대답이어서 한신계곡으로 내려가기 시작했다. 유두형의 일행은 그를 끼워 세 사람이었다.

계곡이 시작하는 곳의 바위 위에서 서로 인사를 교환했다. 유두형의 일행 중 한 사람은 광주에서 서비스 공장을 하는 50대의 사나이였고, 하나는 복덕방을 하며 다방을 경영하고 있는 역시 50대의 사나이였다. 둘 다 유두형의 중학 시절의 동기생이라고 했다.

인사를 끝내고 나서 유두형이,

"나는 목하 이 두 놈들에게 얹혀살고 있지요."

했다.

곧 허물없이 이말 저말 농담을 주고받게도 되었는데 그들끼리의 사이에 유두형은 '크렘린'이라는 별명으로 통하고, 복덕방은 '제갈량', 서비스 공장의 주인은 '조조'라는 별명을 가지고 있다는 것을 알게 되었다.

한신계곡의 중간쯤에 있는 폭포 옆에서 쉬고 있던 성유정이 그 두 사람과 먼저 내려가고 이사마는 유두형과 단둘이 되었다. 아까부터 궁금하게 여기던 일을 물어보지 않을 수 없었다.

"유 형은 내가 이디 아민을 발견했다고 하던데 무슨 뜻인가?"

"한국에서 이디 아민을 발견했다는 뜻 말고 다른 뜻이 있겠소."

"한국에서 이디 아민을?"

"그 왜 있지 않소. 이 형은 이디 아민을 쓰면서 모인을 부각하지 않았소. 아민은 헌법이고 뭐고 자기 비위에 틀리면 몽땅 짓밟아버리는 사람이 아닙니까. 한국의 모인과 닮지 않았어요? 그 점. 자기에게 달갑지 않은 사람이면 감옥에 처넣든지 죽여버리든지 하지 않습니까. 아민의 작태와 그 사람의 작태는 같애요. 국고를 자기 호주머니처럼 취급하는 것도 같구요. 아민은 영국군의 하급장교였죠? 그 사람은 일본의 하급장교였죠? 비슷하지 않습니까. 아프리카에 아민이 있으면 코리아엔 모 씨가 있다. 이 형이 아민을 발견했다는 것은 바로 그 뜻입니다. 이 형은 아민을 쓰면서 실질적으론 바로 그 사람을 쓴 겁니다. 아민을 씀으로써 그 사람의 본질을 부각했다고 할까요? 한국의 언론인 중 아무도 못한 플레이였습니다. 그래서 나는 형을 존경해왔었죠. 그런데 요즘 이 형의 글이 이상하게 되더라, 이겁니다. 무슨 이유일까요? 왜 심경의 변화를 일으키게 되었죠?"

이사마는 어이가 없었다.

"유 형은 큰 오해를 하고 있는 것 같소. 난 우간다의 아민에 관해 쓴 적이 있지만 어느 누군가를 빗대어 그렇게 한 것은 아니오."

"그럴까요?"

유두형의 입언저리에 냉소가 있었다.

"그렇소. 나는 아민이 하는 짓이 하도 어처구니가 없어서 그걸 얘깃 거리로 쓴 것뿐이오."

"이 형, 나에겐 솔직해도 좋소. 그런 일을 미끼로 이 형을 곤란한 처 지로 만들 의사는 전연 없으니까요. 보다도 나는 이 형의 글에 갈채를 보낸 사람이니까요. 만일 이 형이 그런 의도가 전연 없었더라면 무슨 까닭으로 아민을 집요하게 파고들었죠? 가십의 소개 정도면 한 번이면 족합니다. 나는 이 형이 아민에서 모인과의 유사성, 관련성을 보지 않 았더라면 절대로 그런 글을 쓰지 않았을 것이라고 판단합니다."

이런 억측이 있을 수 있나 싶었는데 이사마는 어렴풋이 깨달았다. 자 기가 아민에 관한 글을 쓰고 있었을 적의 심상엔 모인에 관한 콤플렉스 가 있었다는 것을, 실로 아연실색한 자각이었다.

그러나 그것을 유두형에게 실토할 필요는 느끼지 않았다. 다만 중앙 정보부나 기타 정보기관에 유두형 같은 인간이 있었더라면 어떤 상태 가 벌어졌을까 하는 공포를 닮은 감정이 고였다.

"크렘린이라는 별명이 예사로 된 게 아니구먼."

이사마가 쓰게 웃었다.

"그건 놈들이 괜히 지은 별명이오."

하고 잠자코 백 미터가량을 내려와선 유두형이 물었다.

"아민을 좋게 보아주어야 할 새로운 사건이라도 생겼소?"

"새로운 사건이 생겼다기보다 시간의 의미를 생각하게 되었소. 아니 시간의 의미를 다르게 생각하게 된 거지요."

"어떻게요?"

"어느 한 사람을 부정적으로만 보려다간 나 자신의 시간을 부정하는 결과가 되겠다고 생각한 거요."

"어느 한 사람이라고 말하는 대신 어느 체제라고 말하면 훨씬 알아듣기 쉬운 말로 되겠네요."

이사마는 다시 한 번 놀랐다. 유두형이 자기의 사고를 앞지르고 있었기 때문이다. 그러나 이사마는 말을 계속했다.

"사람은 절대적인 시간을 살고 있는 것 아닙니까. 우리가 가지고 있는 시간은 절대적입니다. 역사적 또는 과학적으로 보면 상대적일지 몰라도 일정한 생명의 스팬을 가진 사람에겐 시간과 공간은 절대적입니다. 그 절대적인 시간을 보람 있게 활용해야 되지 않겠는가. 그러자면 주어진 체제나 환경에 대해 유연한 태도를 취해야 하지 않겠는가. 내가 만일 정치를 한다면 부정적인 태도로 일관할 필요도 있겠지만 정치인 아닌 생활인, 그리고 문화인일 경우 어떤 체제에 대해서건 강경 일변도의 부정은 스스로의 시간을 망치는 결과가 되지 않겠는가……."

"잘 알겠소, 이 형의 말은. 그게 바로 전향자의 심리 원형이라고 할 수 있을 것이오. 내 자신이 몇 번이고 해본 생각이니까요. 그러나 그게 위험하다는 것을 나는 뼈저리도록 경험했소. 더욱이 이 형은 안 되오. 아민을 발견한 사람이 어찌 아민의 편이 될 수 있겠소. 일단 아민을 부정했으면 부정하는 태도 그것으로써 시간을 채워야 하오. 결코 시간을 망치는 것이 안 될 것이오. 아민 쪽으로 전향할 때 이 형 자신이 망쳐질 것이오……."

"유형은 7·4공동성명을 어떻게 생각하시오? 나는 그것을 계기로 내 태도를 고쳐볼까 하는데."

"7·4공동성명 아니라 그보다 더한 성명이라도 이 형은 귀담아둘 필요가 없다고 생각하는데요. 결국은 아민의 수작이오. 이디 아민이 마음을 바꾸면 어떻게 바꾸겠소."

"유형은 어떻게 살고 있소."

"나?"

하고 근처의 바위를 깔고 앉았다.

"한마디로 곤충처럼 사는 거죠. 생각하는 갈대가 아니라, 생각하는 곤충. 그런데 산다고 하는 것은 묘한 것입디다. 어떻게건 살아가니까요. 죽을 때까진 살고 있는 것이니까요. 이디 아민을 대통령으로 모시고 우간다의 백성들이 살아가고 있지 않습니까. 죽기도 많이 죽어가고 있지만. 그러나 후세들에겐 뵐은 심어주어야 할 겁니다. 수십 년 영국의 압박을 받아온 우간다 국민이 해방 십여 년 만에 영국군 하급장교를 대통령으로 모시고 산다는 것이 될 말이기나 해요? 정당하게 법이 운용된다면 사형수가 되었어야 할 사람의 지배를 받아야 옳아요? 안 될 말이지요. 그래서 나는 이처럼 곤충이 되었습니다. 그 실례를 보여주기 위해 나는 건강을 유지하려고 애쓰고 있는 겁니다.

그런데 이 형은 달라요. 달라야 해요. 내가 생각하기론 7·4공동성명은 하나의 시나리오에 불과합니다. 굉장하게 영리한 사람이 지금 시나리오를 쓰고 있는 겁니다. 7·4공동성명은 그 시나리오가 실천에 옮겨지고 있다는, 이를테면 개막의 뵐 같은 것이지요. 여항에 묻혀 사는 나 같은 사람에겐 그것이 참극의 시작을 알리는 벨소리라고 듣고도 어찌할 수 없습니다. 이 형은 그렇지가 않소. 그것을 경보라고 듣고 이디 아민의 의미를 널리 선포해야 될 게 아닙니까…….”

아래 골짜기에서 ‘야호’라는 외침 소리가 들려왔다.

“8시 안으로 남원까지 도착하도록 합시다. 남원엔 춘향이 기다리고
있을 테니까. 오늘 밤 곤충들의 파티를 크게 합시다.”

남원의 밤은 이래저래 이사마로 하여금 많은 것을 생각케 하는 계기
가 되었다. 유두형을 비롯해 그의 두 친구들은 한마디로 매서운 사람들
이었다. 정치와 시국을 논하는 데 있어서 예리한 판단을 가졌다기보다,
영어로 ‘글래스 루트’라고 표현되는 이른바 ‘풀뿌리’, 백성들이 지니고
있는 본능적인 후각이 캐낸 한맺힌 인식의 표백이었다.

유두형이 이 이사마와 성유정에 관해 사전소개를 했던 모양인지 제
갈량이라는 별명을 가진 사람도, 조조라는 별명을 가진 사람도 술이 몇
잔 들어가자 거리낌 없이 정부에 대한 욕설을 마구잡이 털어놓았다.

“백억대 이상의 부호가 이 정권하에서 30여 명이 나타났다.”

며 조조는 일일이 그 이름을 열거해 보였다. S·L·K 등의 이름을 듣고
있으니 거의 반론의 여지가 없을 것 같았다.

“거기다 10억대쯤 치부한 자들을 보태면 대한민국의 재산은 그자와
그 졸개들이 다 차지하고 있는 거나 다름없다.”

며 조조는,

“고도성장정책이란 것은 결국 수탈책에 불과한 것이 아니냐.”

고 흥분하고 제갈량은,

“자유당 때보다도, 아니 일정 때보다도, 심지어 이조 때보다도 악독
한 정치다.”

하고 맞장구를 쳤다.

“문제는 도의다. 도의적인 면이 조금이라도 있다면 양해할 수도 있

어. 오늘 이렇더라도 내일 바르게 될 희망이 있으니까, 그런데 이 친구들에겐 한 조각의 도의심도 없어. 하나부터 열까지가 술수다."

하고 유두형은 5·16 직후부터 오늘에 이르는 술수적인 정책을 꼬집었다.

듣다 못했던지 성유정이,

"혹시 호남인으로서의 편견이 지나친 것 아니냐."

하고 넌지시 말을 끼었다.

"그것도 있지요. 그게 없을 수가 있습니까. 이 정권이 호남에 대해 한 것이 뭡니까. 그러나 내가 문제삼는 것은 그런 일이 아닙니다. 통치자로서의 양심이 문제다 이겁니다. 연좌제라는 것 아시지오? 연좌제를 폐지하겠다고 지난 선거 동안 김형욱이란 자가 상장만한 크기의 종이에 써갖곤 보내왔습니다. 그런데 웬걸, 내 친구 아들 하나가 외국 유학을 떠나려고 했더니 여권을 내주지 않습니다. 이유는 단 하나 연좌제지요. 그 애의 삼촌이 지리산에 있다가 행방불명되었다 이겁니다. 17년 전의 일이었죠. 그것뿐입니까? 담보물을 갖추어 아무리 사정해도 5천만 원의 융자가 안 됩니다. 어떤 사람은 백억, 2백 억의 은행돈을 예사로 쓰는데 어떤 사람에겐 왜 안 되는 겁니까. 그것도 좋다고 칩시다. 어쩌다 불평 한마디 했다고 해서 붙들어가서 두들겨 팹니다. 불평투성이로 만들어놓았는데 불평 안 할 수가 있나요? 자기는 탤런트다, 여배우다, 가수다 해서 아무거나 골라잡아 음탕한 짓을 예사로 하면서 고등학교 학생이 머리 좀 길게 길렀다고 해서 풍기문란이라나요?

이게 양심 있는 자가 할 일인가요? 그런 게 한국적 민주주의·민족적 민주주의인가요? 그런 따위로 국민헌장·교육헌장은 또 뭣 하는 겁니까. 그러나 지난 일은 약과일 겁니다. 앞으로 무슨 일이 닥칠지 정말 아

찔합니다. 지난번 대통령 선거 때 다신 나를 뽑아달라고 안 할 것이라
고 했지요? 그러면서 대통령 안 하겠다는 말은 안 했으니까요."

"구경이나 하며 떡이나 먹으면 될 게 아닌가."

조조가 말했다.

"떡을 먹어?"

제갈량이 뱉듯이 말했다.

"아가리에 자갈을 물릴 거다."

그러자 성유정이,

"우릴 경상도 사람으로 보고 하시는 말씀들인 것 같은데 피해자로서
의 사정은 매한가집니다. 이 주필을 보십시오. 이 사람은 외국에 나가
고 싶어 미칠 지경으로 안달을 하는데도 그게 되질 않습니다. 자기들
은 예사로 드나드는데 말입니다. 그러니까 불평을 하려면 한이 없는 거
지요. 그러나 유 선생, 나는 한국의 운명이라고 봅니다. 그런 자에게 지
배당할 수밖에 없는 운명이지요. 북쪽을 한번 생각해보십시오. 내가 듣
기엔 지옥이라고 합디다. 같은 반도에서 북한은 지옥인데 남한은 천국
일 수 있겠습니까. 유 형께선 도의다 양심이다 하셨는데 북한에 도의가
있고 양심이 있다고 봅니까? 운명이라고 생각하고 참읍시다. 언젠가는
끝장이 나는 거니까요. 그보다 모처럼의 남원의 밤을 불평만 하고 지낼
겁니까?"

하며 웃었다.

"환영의 준비는 되어 있습니다."

유두형이 조조를 보고 물었다.

"봉란이헌테 연락은 했지?"

"7시까지 가면 되게 돼 있어."

하고 조조가 덧붙였다.

"남원에선 제일가는 집입니다."

노기 봉란은 남원에서뿐만 아니라 호남에선 일류의 명창이라고 했다. 그 제자 수선은 장래가 촉망되는 기생이라고 했다.

좌정해 몇 순배 돌고 나서 봉란이 북 앞에 앉고 수선이 포즈를 취했다. 「춘향가」였다. 성유정의 청으로 「춘향가」 남창男唱의 첫대목부터 시작되었다.

절대가인 생길 적에 강산정기 타서 난다. 저라산 약야계에 서시西施가 종출하고 군산만학 부형문에 왕소군王昭君이 생장하고, 쌍각산이 수려하여 녹주綠珠가 생겼으며 금강활이아미수錦江滑 峨嵋秀에 설도薛濤 환출하였더니, 호남좌도 남원부는 동으론 지리산, 서로는 적성강의 산수정기 어리어서 춘향이 생겼구나…….

성유정이 무릎을 쳤다.

이사마의 가슴도 짜릿했다. 무슨 까닭인지 이사마는 이 서두의 사설은 몇 번을 들어도 감동한다.

수선의 창은 명창의 수제자라는 소리를 들을 만했다. 툭 트여 활달하고 감칠 듯 사설을 엮어나가는 음성이,

"도령님 거동 보소."

하곤,

"감태 같고 채 긴 머리, 느릿느릿 곱게 땋아 갑사댕기 드렸으며, 백옥 같은 고운 얼굴 분세수 곱게 하고, 보랏수수 누비저고리, 성천분주成川

盆紬, 누비바지, 삼승버선 통행전筒行纏에 남한 포단 잡아매고, 진초록 통대자에 아청우단鴉青羽緞 둥근 주머니 당팔사唐八絲 끈을 매고……."
하며 바쁘게 들먹일 즈음부터 이사마는 황홀경에 빠졌다.

사설이 이 도령에게 한 춘향의 답장에 이르러 수선이 약간의 휴식을 취했다. 그리고 다시 시작하려 하자, 성유정이 봉란으로부터 북채를 물려받았다.

오죽했으면 성유정이 북채를 잡았을까. 성유정은 판소리를 좋아해서 젊었을 때 북을 배웠다. 꽤 잘 친다는 칭찬도 들었다. 그러나 20년째 북채를 잡은 일이 없었는데 남원의 판소리를 듣곤 가만있을 수 없었던 것이다.

중간중간을 생략하고서도 춘향이 하옥되는 대목에서 수선의 창은 끝났는데 한 시간 너머가 걸렸다.

"내 평생의 한을 다 푼 것 같다."
하며 성유정이 북을 밀어놓고 자리로 돌아왔다.

"성 선생께 그런 한이 있으리라곤 상상도 못했어요."
하고 유두형이 잔을 권했다.

"한으로 시작해 한으로 끝나는 게 인생 아닙니까."
잔을 받으며 성유정이 한 소리다.

유두형은,

"우리 호남 사람은 판소리 덕택으로 살아가고 있는 게 아닌가 하는 생각을 해본다."
고 하고,

"백제가 망하고 그 망국의 슬픔이 고여 판소리가 된 것이 아닌가. 판소리의 기원은 백제의 멸망에 있을 것이라."

며 그러지 않고서야 어찌 판소리가 호남에서만 그처럼 성황을 이루었 겠느냐고 했다.

"그렇다면 충청도는 어떻게 되는 것이냐."

고 제갈량이라는 별명을 가진 사람이 반론을 제기했다.

"백제가 망할 때 백제의 백성들은 모조리 호남으로 내려와버린 거 다. 충청도에 살고 있는 사람은 백제의 유민일 수가 없다."

고 유두형이 항변했다.

"저런 독단이 크렘린(유두형)의 결점이다."

하며 제갈량이 웃었다.

"아까 수선 씨가 부른 춘향가는 누가 지은 사설입니까?"

성유정이 물었다.

"신재효의 사설입니다."

유두형의 답이다.

"신재효는 판소리를 집대성한 천재입니다."

조조가 한 말이다.

"판소리를 좋아한다면서 판소리의 천재를 모르다니 말이 안 되는 얘 기지. 유 형, 신재효에 관한 얘기를 하시죠."

성유정이 진지한 얼굴로 말했다.

"말씀 잘하셨습니다. 저 크렘린은 신재효 선생의 연구가입니다. 그런 데도 좀처럼 신재효 선생의 얘기를 들려주지 않습니다."

제갈량이 말하자 조조가,

"돈 들여 연구한 것을 공짜로 가르쳐줄 수 없다는 거여."

하고 웃었다.

"친구 망신을 시켜도."

하곤 유두형이,

"연구했다고 할 것도 없습니다. 제가 대학의 강사 노릇을 할 때 짬짬이 살펴보았을 뿐이니까요."

이렇게 서두하고 유두형이 얘기하기 시작했다.

"신재효는 고창 사람입니다. 1812년에 탄생했습니다. 1812년이면 순조 12년이지요. 죽기는 1884년 고종 21년입니다. 생일과 죽은 날이 똑같이 음력 11월 6일이었다고 합니다. 「행장」行狀에 의하면 신재효는 '천자수명'天姿粹明 '재지초범'才智超凡이었다고 되어 있어요. 어릴 적엔 신동으로 소문이 났다고 해요. 학문도 열심히 하고 치산治産도 잘했던 모양입니다. 그의 「자서가」自敍歌엔 '의식衣食의 계를 세우기 위해 풍우를 피하지 않고 애쓴 지가 40년, 어느덧 검은 머리 백발이 되었다. ……'는 대목이 있습니다. 이처럼 수신과 치산에 힘쓰다가 40세가 넘어서 판소리를 연구하게 된 것입니다……."

다음에 이어진 유두형의 얘기를 간추려 정리하면 다음과 같다.

고창은 신재효 부조전래의 고장이 아니고 아버지 광흡 때 이사 온 곳이다. 신광흡은 원래 한성 사람으로 고창현의 경주인京主人 노릇을 하고 있었다. 경주인이란 한성에 주재하면서 중앙관청과 지방관청과의 연락사무를 보는 서리를 말한다. 그것이 인연이 되어 신광흡은 고창으로 옮겨와서 관약방官藥房을 경영해 꽤 재산을 모았다. 그러니 신재효는 양반계급 출신이 아니고 중인계급 출신이다.

신재효가 살아 있던 때는 판소리의 최성기였다. 그는 재능도 있고 재산도 풍족했기 때문에 여유를 갖고 판소리를 연구하며 창작할 수가 있었다. 당시의 광대로서 그의 지도를 받지 않은 사람이 없고 보호를 받지 않은 사람이 없을 정도였다고 한다.

대원군이 경복궁을 낙성했을 때 부른 판소리는 신재효가 지은 「성조가」成造歌이며 창자唱者는 신재효의 애제자 진채선이다. 그녀는 국창으로 불린 명창이다. 대원군은 판소리를 대단히 좋아했다. 신재효는 판소리를 통해 대원군의 지우知遇를 얻을 수 있었다. 그러나 신재효는 양반 아닌 중인 출신으로서 그가 얻은 최고의 지위는 향리의 수석자인 호장戶長이었다.

그는 이 '호장'을 자기의 호로 했다. 은수룡의 「만사」輓詞에,

"스스로 호장이라 칭해 세상을 희롱하며 노래 불렀다."

고 씌어져 있다.

신재효 자신도 그의 「자서가」에,

"사내로서 조선에 태어났는데 장상가將相家에서 나지 못했다. 활을 단련해 평통平統을 하겠는가, 학을 쌓아 과거를 보겠는가."

했다. 신분의 벽을 의식하지 않을 수 없었던 것이다. 그가 후반생을 판소리에 바친 것은 풍부한 지력과 재력을 미천한 광대와 기생의 예술을 위해 활용하는 것이 격에 맞다고 생각한 때문인지 모른다.

그의 일상생활은 온후하고 자상했다. 검은 벽지를 발라 어두컴컴하게 한 방 안에서 사색하며 세상사를 달관하며 살았다. 영달은 안중에도 없었다.

그는 사람을 돕는 데도 마음을 썼다. 흉년이 들어 굶는 사람들을 도울 때 그저 구휼미를 주면 받는 사람이 부담감을 느낄 것이라고 해 반드시 교환할 물건을 가지고 오라고 했다. 흙을 싸오는 사람도 있었고 낙엽을 가져오는 사람도 있었으나 일절 상관하지 않고 곡식을 주었다. 옆에서 지적하는 사람이 있으면,

"사람에게 열등감을 느끼게 해선 안 된다."

고 타일렀다.

그의 송덕비엔,

勤儉之操 博施之仁 君子之德 永世不泯 근검지조 박시지인 군자

지덕 영세불민

이라고 새겨져 있다.

"신재효란 사람은 이런 사람입니다."

하고 유두형이 얘기를 끝내려고 하자 성유정이 물었다.

"신재효의 작품에 어떤 것이 있을까?"

"판소리의 사설 여섯 편, 단가 30여 편, 한시 수백 편이 남아 있는데 모두 주옥과 같은 명작입니다."

"「춘향가」 중에서 신재효의 작품이 차지하는 위치는 어떻습니까?"

"십수 종의 「춘향가」가 있지만 신재효의 것이 단연 압권입니다. 그의 「춘향가」는 「열녀춘향수절가」를 바탕에 깔고 만든 것인데 다른 「춘향가」는 모두 비현실적이지만 신재효의 「춘향가」엔 유교의 인습에서 벗어나려는 비판정신이 날카롭게 제시되어 있죠."

"신재효에게 그런 비판정신이 있었을까요?"

"있구말구요. 예를 들면 「심청전」의 주제는 '효'인데 이조사회의 효관孝觀에 대한 비판이라고 할 수 있지요. 죄 없는 백성이 종교와 장사를 위해 희생을 강요당하는 사회의 부조리와 한으로 가득 찬 이면이 암시되어 있다는 점이 중요하다고 생각해요. 「토끼타령」은 용왕에 빗대어 이조 때 왕의 무능을 풍자한 것이라고 보아야 옳지요. 취옹정의 동물회의는 당시 권력층의 대립과 수탈을 폭로한 것이구요. 신재효가 토끼를

간물奸物로 처리하지 않고 지모 있는 백성으로 형상화한 것은 난세를 사는 백성의 활로를 암시한 것 아니겠습니까. 도망해 돌아온 토끼가 벼슬할 생각을 않고 그리운 고향에서 살고자 하는 대목은 영달을 구하지 않았던 신재효의 마음을 반영한 것이라고 봅니다. 「흥부전」은 장유의 서열을 고수하는 유교의 윤리를 나쁜 형, 어진 아우를 형상화함으로써 뒤집어놓은 것이고, 한편 이조사회의 타락한 유교의 실상과 무능한 권력자를 고발한 것이나 다를 게 없다고 봅니다."

"유 선생 말대로라면 신재효는 프랑스의 몰리에르나 볼테르 이상 가는 풍자가는 된다는 얘기가 아닙니까."

하고 성유정이 웃었다.

"그 이상이지요."

유두형이 정색을 하고 말했다.

"신재효는 기막힌 예술평론가이기도 합니다. 그가 지은 단가에 「광대가」라는 것이 있는데요. 이 속에서 광대가 갖추어야 할 4대 요건을 다음과 같이 적고 있습니다. 첫째가 인품과 얼굴이고, 둘째가 사설, 셋째가 득음, 넷째가 노름새. 노름새엔 멋이 있어야 하고 순간순간의 동작으로 신선이 되고 귀신이 되어 천변만화, 보는 사람으로 하여금 풍류인으로 화하게도 하고 호걸로 화하게도 하고 좌중의 남녀노소를 울리고 웃기고 하는 힘이 있어야 한다, 그런데 그 멋을 내는 것이 보통으로 어려운 것이 아니다, 득음이라고 하는 것은 오음五音을 분별해 육률六律을 변화시켜 오장에서 나는 소리를 정제해 뽑아내는 것인데 이 역시 어려운 일이다. 사설이라 하는 것은 정금미옥精金美玉에 견줄 수 있는 아름다운 말로써 선명하게 눈에 보이듯 그려 금상첨화해 칠보단장의 미녀가 병풍 뒤에서 나오듯, 십오야十五夜 명월이 구름 사이에서 나오듯하는 것으로 이것 또한 어려운 것, 인품과 용모는 타고나는 것이라서 어떻게 할 수 없는 것이지만 이상의 네 가지가 판소리의 법칙이니라, 대강 이런 것인데요. 나는 신재효의 이 말이 동서양과 고금을 통해 성악에 그대로 들어맞는 것이라고 생각합니다."

유두형의 말이 이쯤 되었을 때 성유정은 노기 봉란에게 「토별가」兎鼈歌를 청했다.

성유정이 북채를 들었다.

봉란이 창을 시작했다.

"지정 갑신년에 남해 광리왕 영덕전을 새로 짓고……."

로부터 이윽고 용궁 회의의 대목에 들어섰다.

유두형이 이사마에게 귀엣말로,

"이 형, 이 대목을 똑똑히 들어봐요."

라고 했다.

봉란의 차분한 창이 이어졌다.

수선의 창이 청랑한 음색이라고 하면 봉란의 창은 중후한 음색이라고 할 수 있었다.

그보다도 사설의 유머러스한 내용이 새삼스럽게 이사마를 놀라게 했다. 신재효의 재능은 가히 천의무봉이다.

"동편에 문관文官 서고 서편에 무관 서서 양반을 구별하여 일자一子로 들어올 제 좌승상 거북, 우승상 잉어, 이부상서 농어, 호부상서 방어, 예부상서 문어, 병부상서 숭어, 형부상서 준어, 공부상서 민어, 한림학사 깔따구, 간의대부諫議大夫 모치, 백의재상 궐어, 금자광록 금치, 은청광록 은어, 대원수大元帥 고래, 대사마 곤어, 용양장군 이심, 호위장군 사어, 표기장군 벌덕게, 유격장군 새우, 합장군蛤將軍 조개, 언참군 메기, 주부主簿 자라, 청주자사 청어, 서주자사 서대, 연주자사 연어, 주천태수 홍어, 청백리자손清白吏子孫 뱅어, 탐관오리 자손 오적어烏賊魚, 허리 긴 뱀장어, 수염 긴 대하, 구멍 없는 전복, 배부른 올챙이 떼가 반차로 들어와서 주루룩 엎드리니, 조관朝官들이 들어오면 의관신야어로향衣冠身惹御爐香 향내가 날 터인데, 속 뒤집는 비린내가 파시평波市坪 윗수로다……."

이사마는 그 유머러스한 비유에 새삼스럽게 놀랐다. 성유정의 짧게 치는 장단에 맞춰 익살스럽게 뿜어내는 봉란의 창에 폭발할 듯한 웃음을 참았다.

사설은 다음과 같이 이어졌다.

"용왕이 하교하되, '군신지분의君臣之分義를 경들네는 아옵는가?' 좌승상 거북이 여짜오되, '신의 집이 선조부터 신령키로 유명하와 천문지리 통달하니 인간의 성제현신聖帝賢臣 다 그 힘을 입었도다. 하우씨夏禹氏가 구궁九宮 알기 신의 선조 가르치고 주공周公의 낙양洛陽 정정定하기 신의 선조 가르치고, 삼대 쩍 성군들이 치천하治天下하올 적에, 여즉종汝則從, 귀종龜從, 서종筮從, 경사종卿士從, 서민종庶民從하였으니, 신의 집 공功 많삽기로 만고에 전한 사기史記 신의 집에 다 있사와 군신분의君臣分義 중한 줄을 자세히 아니이다.' 용왕이 또 물어 '어찌하면 충신인고?' 좌승장 여짜오되, '임금에게 좋을 테면 제 목 죽기 불고키로 진 晉나라 개자추介子推는 할고사군割股事君하였삽고, 한나라 기신紀信은 광초분사 하였네.' 용왕이 또 물어보기를, '우리 수궁水宮에도 그런 충신이 혹 있을까?' 우승상 잉어鯉魚가 옆에 서서 생각하니 같이 정승에게 함께 입시하였다가 문벌과 유식 자랑 좌승상은 하였는데 나는 대답 없으면 주발周勃의 한출첨배汗出沾背 그 아니 무색하냐. 썩 나서서 대답하여 '신의 집이 문종文種으로 만고에 유명키로 천하대성天下大聖 공부자孔夫子가 신의 이름 빌려다가 그 아들을 이름하고, 왕상王祥 같은 정성이나 신의 집 곧 아니면 효자 될 수 없사오니 일척소서一尺素書 배에 품고 용문에 뛰어올라 성군을 섬기오니 천고 사기를 모를 것이 없사오되 충신이라 하는 것이 평시에는 알 수 없어 질품에 지경초知勁草요, 파탕播蕩에 식충신識忠信, 평시에 보올 제는 모두 다 충신이나 환란을 당하오면 충신 귀하외다…….'"

다음 대목은 토끼 잡으러 갈 자를 서로 천거하고 서로 회피하는 장면이다. 공부상서 민어가 고래를 천거하니 고래는 성을 내어 거절하고, 한림학사 깔따구는 조서詔書를 산군山君에 전달해 토끼를 잡아오도록 하란다.

"산군에게 조서를 전할 자가 누군가?"

용왕의 말이 있자 간의대부 모치가,

"표기장군 벌덕게가 의갑衣甲이 군사온데 열 발을 갖추어서 진퇴를 다 하옵고 제 고향이 육지오니 조서 주어 보내소서."

라고 했다.

게가 분이 잔뜩 나서 미처 말을 못하고 입에 거품을 뿜으면서 열 발로 엉금엉금 기어나와 말한다.

"수궁水宮의 벼슬들이 인간과 같잖아여 세도로도 못하옵고, 청으로도 못하옵고 풍신風神과 덕망으로 별택하여 하옵기로 농어는 거구세린巨口細鱗 잘생길 뿐 아니오라 장한張翰이 생각하고 소동파가 귀히 여겨 친구가 점잖기로 벼슬차지 이부상서吏部尙書, 방어는 하방낙리河肪洛鯉가 유명할 뿐 아니오라 이름자가 천원지방天圓地方, 방자方字 한 편 붙었기로 땅차지 호부상서, 문어는 팔족八足이니 팔조목八條目을 응하였고, 이름이 글 문자文字니 예문차지 예부상서, 수어는 용맹 있어 뛰기를 잘하옵고 이름자가 재기 준수 빼어날 수자秀字기로 군사軍士차지 병부상서, 준어는 가시 많아 사람마다 어려워하고 이름자가 용법엄준用法嚴峻이란 높을 준자峻字기로 형법刑法차지 형부상서, 민어는 뱃속에 갖풀 들어 장인匠人에게 긴하옵고 이름자가 이용만민利用萬民이란 백성 민자民字기로 장인차지 공부상서, 도미같이 맛이 있고 풍신이 점잖으되 이름 웃자 원정元定 없고 아래 어자魚字 안 들었다 상서尚書 승탁陞擢 못하는데, 한림학사 깔따구는 농어의 자식이요, 간의대부 모치는 병부상서 수어의 자식이라 저의 집 세력으로 구상유취口尚乳臭한 것들이 청요한 벼슬하여, 아무 사체 모르고서 방안 장담壯談 저리 하나, 수륙이 달랐으니 용왕이 한 조서詔書를 산군山君이 들을 건가, 저희들이 조서하고 저희들이 가라시오."

이렇게 의견이 엇갈려 장내가 소란할 때 자라가 자원해 토끼 간을 자기가 구해오겠다고 한다.

이 대목의 사설이 또한 기막히다.

"만조가 다 놀래어 에워 서서 살펴보니, 평생 모두 멸시하던 주부主簿 자라여든, 용왕이 의혹하여 자세히 묻는구나. '토끼를 잡자면 수국水國에서 양계兩界까지 몇만 리나 될 터이요, 허다한 천봉만학 어느 산을 찾아가며 삼백모족三百毛族 많은 중에 토끼를 어찌 알며, 설령 토끼를 만나기로 어찌하여 데려올지. 신포서申包胥의 충성과 공명孔明의 지략이며, 걸음은 과부夸父 같고, 눈 밝기 이루離婁 같고 소진蘇秦의 구변이며 맹분孟賁 같은 장사라야 그 노릇을 할 터인데, 너 생긴 모양 보니 어디 그리 하겠느냐. 백소주白燒酒 안주하기 탕湯감이 십상이다.'"

백소주 안주하기 탕감이 십상이다 하는 대목에서 웃음이 터졌다. 그

웃음을 계기로 봉란이 잠깐 쉬어야겠다며 손수건으로 이마를 닦았다.

"참으로 화려한 재능이군."

북채를 놓으며 성유정이 한 소리다.

"그런데 사설이 너무 어려워. 사설을 완전히 이해하려면 중국의 역사에 통달해 있어야 할 것 아닌가."

하는 조조의 말에,

"그러니까 기생들은 판소리의 사설을 통해 역사를 배운다고 하지 않는가."

하고 제갈량이 응했다.

이사마가 옆에 있는 수선에게 물었다.

"걸음은 과부 같고, 눈 밝기 이루 같다고 했는데 과부와 이루가 어떤 건지 아는가?"

"자기 힘을 헤아리지 않고 해님과 경주하다가 목이 말라 죽은 사람이 과부라고 배웠고, 백보 앞에서도 추호같이 미세한 것을 분간할 수 있었던 사람이 이루라고 배웠어요."

하고 수선이 수줍게 대답했다.

"그러고 보니 건성으로 부른 소리가 아니었군그래."

조조가 한 말이다.

"사설을 이해하지 못하고는 감을 잡을 수가 없지 않겠소. 그러니 판소리 잘하는 사람은 사설만큼이나 유식하답니다."

하고 봉란이 웃었다.

다시 신재효의 재능이 화제에 올랐다.

유두형은,

"중학교 교과서에라도 채택해서 신재효를 국민적 인물로 보편화하여 현창해야 한다."
고 힘주어 말했다.

그 의견에 반론을 제기할 사람은 아무도 없었다. 신재효의 재능과 공로를 기리기 위한 신재효상 전국 판소리 콩쿠르 같은 행사가 있어도 좋다는 의견도 나왔다.

봉란과 수선의 창을 좀더 듣고 싶었지만 통행금지 시간이 절박해 있었다. 시계를 보면서 유두형이 혀를 찼다.

"도대체 무슨 염병헐 통행금지 시간인가 말여."

"이 정도라도 판소리의 리사이틀을 남원에서 할 수 있었다는 것은 1972년의 8·15를 보람 있게 보낸 게 아닙니까."
하고 성유정이 유두형과 그 일행에게 감사의 뜻을 표했다.

꽤 술을 마셨는데도 모두들 주량이 강한 탓인지 심하게 취하진 않았다. 술을 마시는 시간보다 창을 듣는 시간이 길었기 때문인지도 모른다.

신월新月의 빛 아래로 여관을 향해 걷다가 제갈량이 문득 생각이 났다는 듯,

"오늘밤은 7월 7석이 아닌가, 음력으로."
하며 하늘을 보았다.

"견우 직녀 만나는 밤이래서 자네 엉뚱한 생각을 하고 있는 것 아녀?"
하고 조조가 껄껄 웃었다.

유두형의 권유로 광주에서 하루를 더 머물고 서울에 돌아온 이사마는 그동안에 겪었던 일을 정리해보았다.

겪었던 일이라고 해야 유두형으로부터 받은 자극이다. 유두형은 세상을 불신하고 있었고 현재의 정권을 저주하고 있었다. 저주가 진실을 인식하는 계기가 될 수 있다는 것을 이사마는 유두형을 통해 확인했다.

유두형은 저주하는 몸짓으로 산다. 평생을 응달에서 살며 저주를 통해 나름대로의 인식을 가꾼 것이다. 맹수가 자기의 상처를 핥으며 영기를 가꾸어나가듯 유두형도 자기의 상처를 어루만지며 저주의 정열을 길러나간다.

유두형은 신재효의 토끼타령을 예를 들어 이사마에게 '이디 아민'의 전기를 써보라고 했다.

"이디 아민은 극악한 정치가의 표본이다. 네로보다도 잔인하면서 네로의 센티멘털리즘은 없다. 네로보다도 흉칙하면서 네로의 로맨티시즘은 없다. 시골에 살기 때문에 그의 일상은 소상하게 알 수 없는 것이 유감이지만 독사를 알기 위해 독사를 따라다닐 필요가 없지 않는가. 왜 이디 아민이 문제인가. 바로 우리 가까이에 이디 아민이 있기 때문이다. 우리를 지배하고 우리 위에 군림하고 있는 것이 이디 아민이기 때문이다. 이디 아민의 정체를 밝힌다는 것은 곧 우리가 어떤 정치풍토에 살고 있는가를 알기 위해서다. 이디 아민은 그의 술수를 숨기지 않는다. 그의 야욕을 레토릭으로써 카무플라주하지 않는다. 그의 음탕을 수식하지 않는다. 권력자의 사고방식, 권력자의 실상을 적나라하게 드러낸다.

신재효의 「토별가」는 이조 정치의 통렬한 비판이 되었듯 이디 아민은 우리 현재의 권력구조를 조명하는 수단이 될 것이다. 이디 아민은 영국의 용병이었다. 억지소리를 늘어놓고 오보테 정권을 뒤엎는 명분으로 삼았다. 그만하면 알겠죠?"

하고 유두형은 또 이런 말을 했다.

"장차 닥칠 사태를 예견하기 위해서도 이디 아민의 연구는 필요하다. 난세에 있어서 세상世相의 실사實寫는 위험하다. 그러나 이디 아민을 쓰는 데야 어려울 것이 없지 않겠소."

이에 대해 이사마는,

"유 형은 미리부터 이디 아민에게 집심執心하고 있었던가, 나를 보고 갑자기 생각이 난 건가요?"

하고 물었던 것인데 유두형이 한 말은 이랬다.

"시골에 사는 내가 이디 아민을 어떻게 알았겠소. 이 형의 글을 읽고 알았지. 그리고 이번 이 형을 만나보니 그런 아이디어가 생겼어요. 이 형의 역량이면 멋지게 해낼 수 있을 것이오. 나는 요즈음 이 형이 쓴 칼럼에서 타협의 경향을 보았소. 이디 아민을 발견한 사람이 어떻게 아민의 동류와 타협할 생각을 가지게 되었을까 하고 의혹을 느꼈소. 서울에 살다 보면 혹시 명리에 사로잡혀 그렇게도 되는 것인가 싶었지만 한편 섭섭한 마음도 들더군요."

이사마는 유두형이 확실히 날카로운 후각을 가졌다고 느꼈다. 저주하는 몸짓의 사람은 과민할 정도의 판단력을 익히는가 보았다.

판소리의 사설로써 한이 맺힌 듯한 소리로써만 흘려들었던 스스로를 반성하는 기분으로 되며 이사마는 딱히 유두형의 권고에 따라서가 아니라 이디 아민을 좀더 철저히 살펴보아야겠다는 마음으로 되었다.

성유정도 그 아이디어에 찬성이었다.

이디 아민의 전기를 쓰려면 먼저 우간다라는 나라를 알아야 한다.

우간다는 나일강의 기원인 빅토리아호를 안고 있는 내륙국이다. 동부는 케냐, 서부는 자이르, 남부는 르완다, 북부는 수단과 국경을 접하고 있다. 케냐와의 국경에 있는 엘곤산은 해발 4천321미터, 자이르와의 국경에 있는 산 루웬조리는 해발 5천119미터, 르완다와의 국경에 있는

산은 무하부라, 해발 4천113미터다.

영토의 대부분이 해발 1천 미터 이상의 고지대. 동남부에 있는 빅토리아호의 호면 해발이 1천113미터, 북방에서 빅토리아호와 연결되는 앨버트호의 호면 해발이 618미터다. 북쪽으로 갈수록 고도가 낮아진다. 그중 가장 낮은 지역으로 앨버트나일강이 흘러 수단으로 들어가서 백白나일이 되는 것이다.

면적은 약 23만 평방킬로미터, 인구는 약 1천300만, 인구밀도는 1평방킬로미터에 56명, 국민총생산은 약 37억 달러, 국민소득은 1인당 290달러, 수출 약 3억 달러, 수입 약 3억 달러, 수도는 캄팔라.

주민은 아프리카인이 99.1퍼센트, 인도인을 주로 하는 아시아인이 0.8퍼센트, 백인이 0.1퍼센트다. 아프리카인은 닐로햄계(이테소족·카라모족), 닐로트계(랑고족·아촐리족) 등이 있지만 대부분은 반투계(바간다족·바냥콜레족·바기스족)다.

에티오피아 방면에서 남하한 인종들이 '부뇨로'·'부간다' 등의 나라를 세운 것은 16세기 중엽이었다. 처음엔 '부뇨로 왕국'이 강성했는데 19세기에 들어서서 '부간다 왕국'이 주도권을 잡았다.

1844년부터 아랍의 노예상인들이 빅토리아호 근처에 침투하고 수단으로부터도 노예사냥꾼이 들어와서 1870년대엔 이 지역의 지배권을 주장했다.

영국의 탐험가 J. H. 스피크와 J. A. 그랜트가 부간다 왕국을 방문한 것은 1862년, 영국이 이 지역을 장악하게 된 것은 1889년이다. 이해 영국의 '동아프리카 회사'가 통치를 담당하고 1890년엔 독일령 동아프리카 지역과 국경이 확정되었다. 통치자는 루카르드 대위였다.

1894년과 96년에 부간다 왕국을 비롯해 우간다 전역이 영국과 보호

령협정을 맺었다. 1910년대에 케냐와 밀접한 관계를 맺었는데 제1차 세계대전 후엔 그때부터 영국의 위임통치령이 된 탕가니카(탄자니아)와 더불어 세 나라가 공통의 통화·관세·교통·통신 등을 통해 영국의 지배하에 들어갔다.

우간다에 독립운동이 시작된 것은 1952년, 우간다 민족회의UNC가 조직되면서부터다. 1953년 11월, 영국은 '동아프리카 연방'의 구상을 강요했다. 이에 부간다 국왕은 퇴위했으나 1962년 10월 우간다의 독립을 계기로 헌법에 의해 연방제의 대통령이 되었다.

1966년 당시의 수상이던 오보테가 쿠데타를 일으켜 대통령이 되었다. 그리고 1971년 1월, 오보테가 영국 연방 수뇌회의에 참석차 외유한 틈을 타서 이디 아민이 쿠데타를 일으켜 의회를 해산하고 정당활동을 중지시키는 동시에 자신이 대통령이 되었다.

오보테 정권을 용공 정권·무능한 정권·부패한 정권이라고 몰아붙인 것과 의회의 해산, 정당활동의 금지, 용공분자·반대분자에 소급법을 적용해 체포·구금·단죄한 작품이 5·16사태를 방불케 한다.

그럼 이디 아민이란 사람은 어떤 인간인가. 그 윤곽을 이사마는 더듬어보았다.

이디 아민의 정식 이름은 '이디 아민 다다 오우미'다. 1924년 우간다의 코보코에서 탄생했다.

그는 정상적인 교육을 받은 적이 없다. 1943년 영국 식민지군 아프리카대대에 지원 입대했다. 이 군대는 아프리카의 독립을 아프리카인으로서 진압할 목적으로 만들어진 군대다. 일본이 한국인의 독립운동을 진압하기 위해 일본 사관학교·만주 사관학교에 지원 입교시킨 것과 동일한 취지라고 할 수 있겠다.

제2차 세계대전 중 그는 영국군으로서 버마의 전투에 참가했다. 이어 1952년부터 56년까지 케냐의 '마우마우당'을 토벌하는 작전에 참가했다. '마우마우당'은 케냐의 독립운동가이며 뒤에 케냐의 대통령이 된 케냐타가 영도한 케냐의 독립군이다.

그 자신 아프리카인이면서 아프리카의 독립운동가를 토벌하는 데 참가했다기보다 조국의 독립을 반대하는 편에 서서 싸운 것으로 된다. 케냐는 당시 우간다를 포함한 연방의 하나였고, 케냐의 독립이 곧 우간다의 독립을 촉진하는 사정에 있었기 때문이다.

아민은 케냐 독립군의 토벌에 큰 공이 있었던 모양으로 1962년 우간다가 독립하기 전에 영국군의 장교가 되었다. 영국군의 장교가 된 사람은 극소수였는데 그 극소수 중 한 사람인 것이다. 일제치하에 있어서 한국인으로서 일본군의 장교가 된 사람들을 상기하면 아민의 사람됨 정도를 짐작할 수 있다.

한편 그는 1951년부터 60년에 걸쳐 우간다의 중량급 권투 선수권자이기도 했다.

우간다가 독립하자 그는 재빨리 신정부의 군인으로 변신했다. 일제 때의 일본 군인이 해방되자 대한민국의 국군으로 변신한 사정과 비슷하다.

그는 갖가지 스캔들의 장본인이기도 했는데 육군과 공군의 참모총장이 되었다. 그러곤 1971년 1월 25일 쿠데타를 일으켜 우간다의 국가 원수 지위를 차지했다. 원래 소장이었던 그가 쿠데타 후 달마다 진급하여 중장, 대장으로 승진해선 이윽고 원수가 되고 종신대통령으로 군림하게 되는 것이다.

아민은 자기의 권력을 대리시키는 법이 없다. 모든 일을 직접 재결했다. 심지어 하급관리의 임면, 은행 업무에 대한 간섭까지 독점했다. 필요를 느끼면 갖가지 명분을 달아 실업가들로부터 돈을 거둬들이고, 모든 이권을 자기 마음에 맞는 자에게 나눠주었다.

법률을 자기 마음대로 뜯어고치고 일체의 반대파를 용서하지 않았다. 그는 또한 변의의 명수이기도 했다. 자기 자랑이 심해 바보 같은가 하면 꾀를 부리는 데 민첩하고, 부드러운 척 꾸미다가도 돌연 횡포해지곤 했다.

부하들을 부리는 데에는 서로가 서로를 시기하게끔, 또는 감시하게끔 술책을 부렸다.

"너만 믿는다."

는 말을 남발함으로써 심복을 만드는 요사스런 수단을 부렸다.

바로 그해, 1972년엔 우간다에서 모든 아시아인을 축출하는 폭거를 해서 그 결과 우간다의 경제상태는 파탄의 위기에 몰렸다. 수는 적었지만 아시아인이 경제의 중추를 이루고 있었기 때문이다.

미국의 시사주간지 『타임』의 기사를 다음에 옮겨본다.

지난주 우간다는 증오와 공포로써 마비된 나라가 되었다. 다음 어떤 일이 발생할 것인지 도시 분간을 못할 지경이다.

우간다의 독재자 이디 아민은 5만 명이 넘는 아시아인에게 축출명령을 내렸다. 그로써 아시아인의 사회는 산산조각이 났다.

아민은 점점 미치광이 같은 짓을 더해간다. 하루아침에 새 주州를 아홉 개나 만들어내는가 하면 경찰 수뇌 29명을 파면시켜버렸다. 군대는 그의 통제하에 있다고 하는데 술에 취한 병사들이 이곳저곳 돌아다니며 예사로 약탈 행위를 자행한다. 약 12명의 유럽인과 미국 관광객들이 두들겨 맞았다. 새로 임명된 미국의 르완다 사절단장이 임지로 가기 위해 우간다의 국경을 넘다가 그의 부인과 함께 욕설을 듣고 협박을 당하기까지 했다.

아민이란 자는 참으로 예측할 수 없는 괴물이다. 그는 르완다가 자기의 정권에 해를 끼치는 이스라엘의 첩자들을 수천 명이나 숨겨놓고 있다며 트집을 잡고 당장 부숴 없애버릴 것이라고 선언했다. 작은 나라 르완다는 우간다가 침범할 경우 도와달라고 벨기에 정부에 구원요청까지 했다. 국내에선 아민은 10대 소년 소녀들의 댄스를 금하고, 모든 사나이는 그의 앞에 왔을 때 최경례를 해야 하고 여자들은 무릎을 꿇어야 한다는 명령을 내렸다.

어느 아시아인의 의사는 자기는 추방령에서 제외되어 있는데도,

"이곳에 우리들을 위해 남은 것은 한 가지도 없다."

고 통탄했고, 아시아인의 어느 백만장자는,

"돈은 우리가 관심할 바 아니다. 돈이 무엇인가. 손가락 사이로 빠져 나가는 모래와 같다. 설령 우리들이 모든 것을 잃는다고 해도 우리들은 다른 곳에서 다시 시작할 수가 있다. 우리의 관심사는 우리의 생명이다."

하고 비명을 올렸다.

어느 아시아인 교사는 말했다.

"내 학급의 95퍼센트는 아프리카인이다. 정부는 그들에게 아시아인을 미워하라고 선동하고 있다. 그들 앞에 교사로서 어떻게 견디어 내겠는가."

2주일 전 케냐의 수도 나이로비에, 국경에서 우간다의 병정이 16명의 아시아인들을 사살했다는 보고가 들어왔다. 아시아인의 공

포는 심각해지지 않을 수가 없다.

아민은 우간다의 시민권을 가지고 있는 1만 3천 명의 아시아인이 추방 대상에서 제외된다고 말해놓고 침이 마르기도 전에 그들도 추방했다고 선언했다. 사보타주 또는 반역 행위를 했기 때문이라는 것이다.

지난주 아민은 1만 1천 명의 유럽인에 대해서도 추방령을 내릴 것이라고 공언했다.

아민은 우간다를 방문한 캐나다의 고등판무관 윌리엄 올리버에게,

"캐나다에서 여왕을 축출하면 캐나다인을 국가원수로 모실 것이냐?"

고 물었다.

어이가 없어 윌리엄은 다음과 같이 대답했다.

"나는 예언자가 아니다."

아민은 UN의 사무총장 쿠르트 발트하임에게 말했다.

"히틀러는 정당하다. 유대인은 죽어 마땅하다. 독일에 해독이 되는 유대인을 죽이는 건 당연한 노릇이 아닌가."

이따위 말을 하는 아민은 불과 1년 전 이스라엘에 가서 이스라엘에 대한 찬사를 아끼지 않았다는 것이다.

탄자니아의 대통령 줄리어스 니에레레에게 아민이,

"나는 당신을 사랑한다. 당신이 여자였으면 내가 결혼신청을 했을 것이다."

는 편지를 보냈다.

아민은 영국과 미국에 대해 입에 담지 못할 욕을 함부로 했다.

아민은 극단적인 부족주의 정책을 채택하고 있다. 아촐리족과 랑

고족을 비롯해 자기의 족과 다른 인종의 절멸을 지시했다.

아민은 또한 케냐와 탄자니아의 국경분쟁을 일으켜 '동아프리카 공동체'의 유대를 파괴하고 있기도 하다.

잠비아의 일간신문 『타임』은,

"아민은 추하고 잔인하고 비겁하고 주책이라곤 전연 없는 놈이다. 하나님이여, 우간다의 인민을 도와주소서."

라고 사설에 썼다.

정권을 잡은 이래 고문 또는 불법으로 아민이 죽인 사람의 수가 10만 명을 넘을 것이라고 추산하고 있다.

이렇게 윤곽만을 더듬어보아도 아민에 대한 관심은 다음 두 가지로 집약된다.

아민은 언제 죽을 것인가.

아민이 축출되는 날이 있을 것인가.

그렇다면 언제쯤 축출될 것인가.

아민이 존재하는 한 우간다엔 편할 날이 없을 것은 확실하다.

앞으로 무슨 짓을 할지 모른다.

우간다 국민이 바라는 바는 아민이 없어지는 일이다.

국민이 죽기를 바라고 있는, 또는 없어지길 바라고 있는 국가원수란 도대체 무엇일까.

그것을 밝히기 위해서도 「이디 아민전」이 필요할지 모른다.

이사마는 만일 여권을 얻을 수만 있다면 다른 곳 다 제쳐놓고 우선 우간다에 가보아야겠다는 마음을 먹었다.

가을이면 더욱 감상적으로 되는 것이 이사마의 버릇이다. 1972년의 가을에도 예외는 아니었다. 이사마는 「추풍사」라는 제목으로 작품을 발표했다. 답답한 마음으로 옛날의 친구를 회상하며 오늘의 시사를 풍자한 단편이다.

이 소설을 쓰면서 새삼스럽게 느꼈던 것은 주변 대부분의 사람들이 어떤 불려不慮의 사태를 기다리고 있다는 사실이다.

―이대로 지나가진 않을 것이다. 꼭 무슨 일이 터질 것이다.

모두들 이런 생각을 가지고 어떤 일인지 몰라도 장래에 있을 사건을 이미 마음속에서 받아들이고 있는 것이다.

지난해 3선 개헌의 소란이 대두하기 시작한 직전에도 그런 분위기가 있었다.

―어떤 형태로건 3선 개헌은 되고야 말 것이다.

이어 대부분의 사람들은, 도리가 없지 어떻게 나만은 다치지 않고 지나갈 수만 있다면 하는 생각으로 움츠러들었다.

한마디로 이러한 것을 '노예사상'이라고 해야 할지 모른다. 노예는 본능적으로 앞으로 닥칠 비상사태를 예감하고 이에 순응하려고 미리부터 몸을 도사린다. 더러는 스스로 노예인 것을 자각하기 싫어서 그럴 듯하게 순응의 논리를 꾸미기까지 한다.

독재는 독재자와 그 주변에 있는 몇 사람의 힘만으로 가능한 것이 아니다. 노예들의 순응이 있고서야 비로소 가능하다. 지난번 3선 개헌에 대한 국민의 찬성 투표가 90퍼센트를 넘어섰다는 사실이 바로 그 증거다.

독재가 나쁜 것은 독재자의 정책이 끼치는 해독 때문이 아니고 국민들로 하여금 노예사상에 익숙하게 하는 작용 때문인 것이다.

이사마의 「추풍사」는 이런 상황에 대한 감상의 빛깔로 사실의 핵심에까지는 이르지 못하고 그 언저리를 배회하는 꼴이 되고 말았지만 민감한 성유정은 작가인 이사마의 심정을 꿰뚫어보고 있었다.

"이 주필은 국민대중을 빙자해 자기가 노예사상에 익숙해지려는 것을 심정적으로 긍정하려고 하고 있다."

는 매서운 평으로써 「추풍사」를 일축해버렸다.

"성 선배 같은 독자들만 있으면 소설 못 쓰겠다."

고 이사마는 항복했다.

그런 일이 있은 며칠 후 성유정이,

"이디 아민은 어떻게 되었느냐?"

고 물었다. 이사마의 대답은,

"권력의 대수학을 꾸며볼 작정으로 있습니다."

"권력의 대수학?"

"정확하게 말하면 아민에 있어서의 권력의 대수학이 되겠지요."

"구체적인 설명이 있어야만 알아듣겠군."

"원래 권력의 원천은 정통적인 왕위의 계승, 국민의 동의, 아니면 구국의 영웅으로서의 공적이 아닙니까? 그런데 아민에겐 이 세 가지 중 아무것도 없습니다. 그는 권력의 찬탈로부터 시작했습니다. 시작부터가 무리한 출발이었지요. 정당한 권력의 기점은 J입니다. 저스티스 JUSTICE의 J말입니다. 그러니까 그 권력이 종언까지 가려면 상당한 과정이 있는 거죠. 그 과정에서 다시 원점인 J로 돌아갈 수도 있구, 잘하면 영구적 또는 반영구적일 수가 있습니다. 그런데 아민이 시작한 기점은 U입니다. 언저스트UNJUST, 언로풀UNLAWFUL의 U입니다. U의 다음은 V 아닙니까? 이 V는 빌러너스VILLAINOUS의 V입니다. V의 다음은 W, 이것은 롱WRONG 또는 왈로핑WALLOPING의 W입니다. 대개 여기서 끝장이 나는데 어쩌다 Y까지 갑니다. 이 경우의 Y는 얘프 YAP의 Y입니다. 미친개처럼 짖어제끼는 거죠. 못할 짓 없이 설쳐대는 거지요. 그러나 그로써 끝납니다. 제로ZERO."

"기껏 조크인가?"

"조크가 아니오. 아민에 있어서의 대수학은 V, W, X, Y, Z 등 각항으로써 구성되는데 그 항마다를 몇 개의 공식을 적용해 풀어보라는 겁니다. 아민의 U는 오보테 정권을 정복하는 데서 비롯되었습니다. 오보테 정권은 갖가지 시행착오를 범하긴 했지만 그래도 안정을 모색하는 덴 얼마간의 진척을 보이고 있었거든요. 겨우 걸음마를 배운 어린애 단계까진 갔습니다. 아민은 그걸 넘어뜨려버린 겁니다. 이런 경우도 오보테를 넘어뜨린 아민이 오보테보다 나은 인격과 식견의 소유자였으면 또 모르죠. 그런데 오보테를 50점쯤으로 평가할 수 있다면 아민은 마이너스 평점을 주어야 할 인간입니다. 아민은 우간다의 지사들이 독립운동을 하고 있을 때 영국의 용병 장교로서 우간다의 독립운동가들을 탄압한 자입니다. 그런 자가 도의적으로 우간다를 대표할 수 있겠습니까, 국민의 신임을 기대할 수 있겠습니까? 어차피 국민을 굴종시켜야 하는 거죠. 무리한 짓을 하게 마련입니다. 그 무리한 짓이 거듭되어 이윽고 빌러너스한 행동이 되고 맙니다. 대수학이란 결국 귀납법 아니면 연역법 아닙니까. 아민에 있어서의 권력의 대수학이 가능한 거지요."

"아이디어는 나쁘다고 할 수 없지만 그 아이디어를 살리려면 자료수집이 대단하겠군."

"그래서 우간다에 가보고 싶다는 것 아닙니까."

"권력의 대수학을 꾸미기 위해 우간다까지 갈 필요는 없을 것 같다."

"왜요?"

"우리가 바로 지금 그러한 권력의 현장에 있지 않는가."

"선배님은 무슨 일이 터질 것 같은 예감을 가지고 계시는 모양이네요."

"내가 어디 바본가."

"총통제가 되어버리면 성 선배는 어떻게 하실 겁니까?"

"어떻게 하긴. 총통제가 되어도 해가 뜨고 해가 지고 하겠지."

"그것뿐입니까?"

"그것뿐이지, 내가 달리 할 일이 무엇 있겠어."

"그렇다면 선배님도 노예사상에 젖어버린 것 아닙니까."

"그러나 이 주필과는 달라!"

"뭣이 말입니까."

"그러한 나 자신을 긍정하려는 것 같은 글은 쓰지 않을 테니까."

"나는 생각이 다릅니다."

"어떻게?"

"총통제가 실시된다면 나는 총통제 불가피론을 쓸 작정입니다."

"비슷한 얘기를 들은 것 같은데?"

"그것만 다릅니다. 박정희에게 있어서 총통제는 불가피하다는 사실을 증명해보고 싶은 겁니다."

"역설적으로?"

"아니지요. 직설적으로 쓸 참입니다. 동시대인의 증언으로써 말입니다."

"그렇게 써야 할 마음의 근거는 뭔가?"

"후세의 역사가들은 만일 총통제가 실시되었을 경우 형편없는 수작 또는 지각없는 짓으로 보아 넘길 것 아닙니까. 그런데 동시대를 산 사람의 처지로써 보면 그것이 결코 단순한 일이 아니었다는 것을 알리고 싶은 겁니다. 이게 기록자의 소명의식입니다."

"거창하게 나왔군."

하고 성유정 씨는 쓰디쓴 표정을 지었다.

사건은 며칠 후에 터졌다.

중대방송이 있을 것이란 예고가 있었다. 예고된 일시는 1972년 10월 17일, 오후 7시였다. 10월 17일 오후 6시쯤에 이사마와 성유정은 김선의 요정으로 갔다. 중대방송을 들으며 술을 마시자는 성유정의 제안에 따른 것이다.

내실에 조촐한 술상을 차려놓고 김선은,

"중대방송의 내용을 미리 알아맞히면 술값 받지 않겠다."

며 이사마와 성유정의 표정을 장난스럽게 살폈다.

"설마 총통제를 하겠다는 것은 아닐 거구."

성유정의 말이었다.

총통제를 실시한다고 하더라도 앞으로 임기가 남아 있으니 그처럼 서둘 까닭이 없다는 것은 이사마도 비슷하게 짐작하고 있었다.

"간첩단을 검거했다는 얘기가 아닐까?"

이사마가 해본 소리다.

"간첩단 검거를 미리 예고까지 하고 발표할라구요?"

하며 김선이 화사하게 웃었다.

"김선 씨는 알고 있는 게로군."

성유정이 김선의 눈치를 보았다.

"전 몰라요. 알 까닭이 없구요. 어쩐 일인지 요즘 사람들이 나타나지도 않아요."

하더니 김선이 미확인 정보라고 전제하고 이런 얘기를 했다.

"M이라고 하는 신인 여배우가 있지요? 나이는 스물 안팎일 거예요. 소녀티가 가시지 않은 여윈 몸매의 꽤 예쁜 얼굴을 가진 배우예요. 얼마 전 그 여배우가 걸려든 모양입니다. 자하문 밖에 있는 비밀장소로 차를 태워 데리고 가는데 울고불고 하는 바람에 혼이 났다고 해요."

"혼이 난 사람이 누군데?"

"데리고 간 사람이겠죠."

"글쎄 데리고 간 사람이 누군데?"

"싫어하는 여배우를 억지로 데리고 갈 만한 사람이니까 짐작이 되잖아요?"

"P? K?"

"P는 아녜요."

이러고 있는데 소리를 낮춰놓은 텔레비전 화면에 박 대통령의 얼굴이 나타났다. 김선이 얼른 텔레비전의 볼륨을 높였다.

카랑카랑한 금속성 목소리가 흘러나왔다.

친애하는 국민 여러분!

나는 우리 조국의 평화와 통일, 그리고 번영을 희구하는 국민 모두의 절실한 염원을 받들어 우리 민족사의 진운을 영예롭게 개척해나가기 위한 나의 중대한 결심을 국민 여러분 앞에 밝히는 바입니다.

이사마는 들었던 술잔을 놓았다. 박정희의 말이 이어졌다.

이 역사적 과업을 강력히 뒷받침해주는 일대 민족 주체세력의 형성을 촉성하는 대전기를 마련하기 위해 헌법 일부 조항의 효력을 중지시키는 비상조치를 국민 앞에 선포하는 바입니다…….

그날 밤 박정희가 선포한 내용은 다음과 같다.

△ 국회를 해산한다.
△ 정당 및 정치활동을 당분간 금지한다.
△ 효력이 중지된 헌법의 일부 조항의 기능은 비상국무회의에 의해 수행된다.
△ 비상국무회의의 기능은 현재의 국무회의가 수행한다.
△ 비상국무회의는 10월 27일까지 조국의 평화통일을 지향하는 헌법 개정안을 공고하고, 공고한 날로부터 1개월 이내에 국민투표에 부쳐 확정시킨다.
△ 헌법 개정안이 확정되는 절차에 따라 늦어도 금년 연말 이전에 헌정질서를 정상화시킨다.

"텔레비전 꺼버려요."
김선은 성유정의 말에 얼른 일어서서 텔레비전을 끄고 자리에 돌아와 중얼거렸다.
"도대체 어쩌자는 거지요?"
"어쩌긴. 쿠데타지. 그것도 파렴치하기 짝이 없는 쿠데타."
성유정이 자기 앞의 술잔을 들이켰다. 이사마는 어안이 벙벙해서 할 말을 잃었다. 순간 유두형의 얼굴이 뇌를 스쳤다.
"아무튼 도의심이 한 조각도 없는 자라……."

성유정이 뱉듯이 말했다.

이사마가 실소를 터뜨렸다.

"왜 웃지?"

성유정이 노려보았다.

"그 사람에게 도의심이 있을 것으로 기대했소?"

이사마가 쏘아붙였다.

"그래도 한 가닥 양심쯤은 있으리라고 생각했지."

"양심이 있는 사람이 쿠데타를 일으키겠습니까? 모든 화는 5·16에서 비롯된 겁니다. 이제 와서 이 소리 저 소리 해보았자 새삼스러운 얘기일 뿐입니다."

"그렇다고 치더라도 너무해. 그처럼 국민을 깔볼 수가 있어? 그처럼 국민을 무시할 수가 있는가 말이다. 그래 놓고 친애하는 국민 여러분은 또 뭐야. 이빨이 실 지경이다."

"성 선배님 흥분할 것 없습니다. 다음에 있을 국민투표나 지켜봅시다. 깔볼 수가 있으니까 국민을 깔보는 거고, 무시할 수 있으니까 국민을 무시하는 겁니다."

"내 말해두지만 이 주필의 그런 사고방식은 대단히 위험해. 총통제를 국민이 백 퍼센트 지지했다고 해서 그건 국민의 죄가 아니다. 강도의 협박을 받고 가진 것 안 내놓을 장사가 있겠어? 백 퍼센트 지지표가 나온다고 하면 그건 겁에 질린 행동일 뿐이다. 강도 앞에 벌벌 떤다고 해서 깔보여도 좋다는 얘기론 되지 않는다. 무시해도 좋은 국민이라고 칠 수가 없다. 나쁜 놈은 강도이지 협박을 당하는 사람이 아니다."

성유정의 이 말에 전적으로 공감한 것은 아니지만 이사마는 잠자코 있기로 했다.

"말하면 뭘 해요. 술이나 드세요."

하고 김선이 글라스에 얼음을 보태고 술을 따랐다. 그러곤 덧붙였다.

"불쌍한 건 결국 그 사람일 거예요. 아마 제명에 죽지 못할걸요."

"불쌍한 건 국민이지 왜 그 사람이 불쌍해. 설혹 불쌍하다고 해도 자업자득이니까 동정할 여지도 없어. 자아, 얘긴 그만하고."

하며 성유정이 이사마에게 불쑥 술잔을 내밀었다. 술을 마시면서도 이사마는 복잡하게 얽혀드는 상념을 정돈해보려고 애썼다.

결론이 먼저 나왔다. 이건 이미 나라가 아니라는 결론이다. 나라가 나라이려면 국민을 존중하고 국민을 사랑하는 정부가 있어야 한다. 국민을 존중한다는 것을 바꿔 말하면 법을 존중한다는 것이 된다. 법률을 존중하기 위해선 법률 자체가 위신을 가져야 한다. 법률이 위신을 가지려면 법률의 성립 과정이 정당하고 합법적이어야 한다.

자기가 선창해서 만들어놓은 헌법을 스스로 폐기한다면 될 말이기나 한가. 자기에게 불리한 헌법 조항은 무효로 하고 자기에게 필요한 헌법 조항의 기능만을 살린다면 그 사람의 지위는 헌법 위에 군림하고 있다는 얘기가 되지 않는가. 자기 마음대로 헌법을 뜯어고쳐 놓고 나서 헌정질서를 되찾겠다고 하는데 그렇게 되찾은 헌정질서가 과연 헌정질서일 수 있을까.

나라가 어느 인간의 사물私物이 되었다고 하면 이미 나라가 아니다. 국민의 생명과 재산을 보호하기 위해 어떤 위급한 사태에 발동시킬 수 있는 것이 계엄령이라면 나라를 사물화私物化하기 위한 이면의 계엄령은 강도 행위가 아니고 무엇이겠는가.

문제는 이러한 강도 행위가 박정희 정권에 있어선 불가피하다는 사실에 있다. 바로 그 불가피성이 문제의 핵심인 것이다. 그에게 있어서 왜 이런 사태가 불가피한가. 그 원인을 골고루 탐색해나가면 혹시 박정희를 구제할 수 있는 명분이 발견될지도 모른다는 생각에 이르자 이사마는 이디 아민을 연상하지 않을 수 없었다.

이디 아민은 자기에게 불평을 품은 자들을 악어의 소굴에 처넣어 악어밥이 되도록 했다. 그렇게 한 데는 이디 아민으로서의 불가피성이 있었을 것이다. 그 불가피성의 근거와 원인을 찾아보면 아민을 구제할 수 있는 명분을 발견할 수 있을까…….

이사마가 스스로의 생각에서 깨어났을 때 성유정과 김선 사이엔 운이라는 말이 오가고 있었다. 만사가 국운이란 것이다. 5·16쿠데타도 국운 탓이고, 박정희란 인간을 대통령으로 모시게 된 것도 국운 탓이며, 이번의 사태도 국운 탓이란 것이다.

"운명이라는 말이 등장하면 일체가 발언권을 잃는다."
는 말을 상기하곤 지금 조급하게 서둘러 판단할 것이 아니라 주의 깊게 사태의 진전을 지켜보아야 하겠다고 이사마는 마음을 다졌다.

예정대로 10월 27일 이른바 비상국무회의에서 의결한 개헌안이 공고되었다. 전문 12장 126조 부칙 11조로 된 개헌안을 공고할 즈음 박정희는 다음과 같이 말했다.

만일 우리가 이 시점에서 국력을 알차게 기르지 못하고 이를 조직화하는 데 실패하고 만다면 우리는 영원히 세계사의 진운에서 낙오되고 말 것이며 평화통일도 한갓 부질없는 꿈으로 화하고 말 것이다.

우리가 국력을 기르기 위해서는 모든 면에서 안정을 이룩하고 능률을 극대화해야 하며 국력을 자율적으로 집결할 수 있는 국민총화를 유지해야 한다. 그러나 지금까지 우리가 걸어온 길은 안정을 저해하고 비능률과 낭비만을 일삼아왔으며 파쟁과 정략의 갈등에서 벗어나지 못했다.

공고된 개헌안은 평화통일을 지향하며 능률을 극대화해 국력을 조직화하고 안정된 번영의 기초를 굳게 다져나감으로써 민주주의 제도를 우리에게 가장 알맞게 토착화시킬 수 있는 올바른 헌정생활의 규범임을 확신한다.

박정희의 담화는 이처럼 매끄럽고 다정하기조차한데 공고된 것은 도처에 가시가 돋쳐 있는 험악한 내용이었다. 그러면서도 이름은 유신헌법이다. 그 주요 골자는 다음과 같다.

△ 주권 조항을,

"국민은 그 대표자나 국민투표에 의해 주권을 행사한다."

고 규정했다. 이 조항을 근거로 해 대통령은 개헌안만이 아니라 중요 정책을 국민투표에 부쳐 결정할 수 있게 되었다. 이로 인해 국회는 있으나마나 한 기관으로 전락했다.

△ 국민의 기본권을 대폭 제한했다. 우선 구속적부심사 제도를 폐지했다. 역대 헌법이 보장한 근로자의 단결권·단체교섭권·단체행동권, 즉 노동 3권을 제약해 유명무실하게 만들었다.

△ 대통령직선제를 폐지하고, 통일주체국민회의에서 선출하도록 했다. 대통령의 임기는 6년으로 연장되었다. 연임 조항을 삭제해버렸다. 이로써 종신대통령의 길이 트였다.

△ 대통령은 국회해산권과 긴급조치권을 가지게 되었다.

△ 대통령은 국회의원 3분의 1에 해당하는 이른바 유정회 의원을

통대회의에 추천할 수 있는 권능을 가진다.

△ 통일주체국민회의를 구성한다. 이 회의의 대의원은 2천 명 내지 5천 명으로 하는데, 조국통일의 신성한 사명을 갖고 통일에 관한 중요 정책을 심의했다. 이 회의에서 대통령을 선거하고 의석 3분의 1에 해당하는 유정회 국회의원을 선거한다. 대통령을 선거하고 국회의원을 선거한다고 하나 이는 허울 좋은 개살구 격이다. 대통령 입후보자는 실질적으로 한 사람뿐이며 토의를 하지 않고 투표하기로 되어 있다. 국회의원 선거는 대통령이 지명한 자들을 역시 토의를 거치지 않고 투표해 선출하는 것이다.

△ 직접선거로 국회의원 3분의 2를 뽑고 3분의 1은 대통령의 지명에 따라 통대회의에서 뽑는다. 민선의원의 임기는 6년이고, 지명의원의 임기는 3년이다. 국회의 국정감사권을 말살하고 국회의 집회 횟수를 150일로 제한했다.

△ 법관추천회의 제도는 폐지하고 대법원장은 대통령이 국회의 동의를 얻어 임명하고 그밖의 법관은 대법원장의 제청에 따라 대통령이 임명하기로 했다.

△ 헌법위원회를 신설해 전에 대법원이 관장해오던 법률 위헌심사와 정당해산에 관한 심의결정권을 갖게 했다.

△ 정당 추천 위원제도를 폐지하고 대통령, 국회, 법원 등이 세 명씩 지명해 중앙선거관리위원회를 구성토록 했다.

△ 지방의회는 조국통일이 될 때까지 구성하지 않는다고 결정했다.

법률에 관한 지식이 부족한 이사마는 이른바 유신헌법의 성격을 보다 확실하게 파악하기 위해 변호사를 개업하고 있는 친구를 찾아가서

그의 의견을 물었다. 강신중이라는 이름을 가진 변호사는 이사마의 질문을 받자,

"이 선생, 이건 헌법이 아니고 억지법이란 겁니다."

하고 크게 웃곤 아래와 같이 설명했다.

"우선 현대의 헌법으로써 체모를 갖추려면 3권 분립에 관한 명백한 규정이 있어야 하는데 유신헌법에선 엉망입니다. 3분의 1의 지명의원을 규정함으로써 국회는 완전히 대통령의 손아귀에 들어가버렸습니다. 아무리 형편이 없더라도 여당이 의석의 3분의 1은 차지할 게 아닙니까? 그러니까 3분의 2 이상의 의원을 대통령이 좌지우지할 수 있게 되어 있습니다. 게다가 국정감사권 없는 국회가 무슨 수로 정부와 대등해질 수 있습니까. 뿐만 아니라 대통령을 탄핵할 권한은 없는데 대통령은 국회해산권을 가지고 있습니다. 대법원장을 국회의 동의를 얻어 대통령이 임명하기로 되어 있지 않습니까. 이 헌법에 의하면 대통령이 자기의 심복을 임명할 수 있게 돼 있습니다. 그러니 입법부·사법부가 대통령의 지배하에 있게 된다는 얘깁니다. 그런데 이걸 헌법이라고 할 수 있어요? 헌법이란 국민의 기본권을 보장하는 것이기도 한데 구속적부심사 제도를 폐기했다는 것은 그런 뜻으로 어불성설입니다.

노동 3권의 제약은 또 뭡니까. 이보다 더한 것은 53조에 규정된 대통령의 긴급조치권입니다. 이 헌법의 규정에 의하면 대통령의 긴급조치권은 대통령을 절대군주로 만들어버린 겁니다. 아무런 구애도 받지 않고 대통령 마음대로 발동할 수 있는 대권이니까요. 사건이 일어났으니까 발동하는 그런 것이 아니고, 예방한다는 구실로 미리 발동할 수도 있습니다. 흔히들 드골 헌법의 비상대권에 비교하고 있지만 터무니없는 소립니다. 프랑스에서 대통령이 비상대권을 발동하려면 까다로운

절차를 미리 충족시켜야 합니다. 예컨대 왜 비상대권을 발동해야 하느냐의 이유가 구체적으로 명시되어야 하고, 대권 발동의 기간에 대한 엄격한 규정이 있습니다. 그리고 그 기간 중에 국회가 소집되어 있어야 하고 국회를 해산할 수 없게 되어 있지요. 한마디로 말하면 이 헌법은 나라의 체면과 국민의 체면을 깡그리 짓밟아버린 세계 최악의 헌법입니다."

이디 아민은 우간다를 생지옥으로 만들었다. 당초 아민은 그런 결과를 고의적으로 의도한 것은 아닐 것이다.

영국의 용병이 되어 독립운동하는 동족과 적대적인 관계에 있었고, 배운 것이 없는 인간이라고 해도 쿠데타를 지도할 만한 인간이면 다소의 견식, 다소의 포부, 다소의 경륜은 있었을 것이 확실하다. 그런데도 우간다를 생지옥으로 만든 것이 불가피했다고 하면 그 원인은 어디에 있는 것일까.

언저스트(부정)한 출발이었기 때문이다. 부정한 출발이었기 때문에 무리를 감행하지 않을 수 없었다. 무리인 줄 알면서도 도리가 없었다.

무리로써 범한 과오는 무리로써 때워야 했다. 그러다 보니 반대파를 악어의 밥으로 만드는 극한수단까지 써야만 했다. 마지막의 파멸을 모면하려고 애쓰는 작태가 파멸을 앞당기는 결과가 되고 그것이 눈에 보이니까 더욱 광분하지 않을 수가 없게 되었다. 이렇게 불가피하게 불가피의 낭떠러지로 굴러내리게 된 것이다.

박정희의 경우도 이와 비슷하다. 원래가 무리한 출발이었다. 무리한 출발이었기 때문에 그 무리를 호도하기 위한 무슨 수단이 있어야만 했다. 혁명공약이라고 하는 도저히 실현 불가능한 목표를 내세운 것도 그런 필요에 의한 것이다.

도의심으로써 뭉쳐진 조직이 아니고 야심으로서 집합된 집단이었기 때문에 얼마 지나지 않아 이른바 주체세력 내부에 갈등이 생겼다. 갈등을 처리하기 위해선 술수가 있어야만 했다.

술수를 쓰다 보니 심복을 길러야 했다. 심복을 기르기 위해선 부정과 부패를 미끼로 하지 않을 수 없었다. 바깥으론 허장성세를 치고 내부는 썩어 들어갔다.

어느덧 인계할 수 없는 권력으로 화해버렸다. 권력에 도취하게도 되었다. 이 도취가 권력에 대한 망집으로 되었다. 일단 망집에 사로잡히면 무덤에까지 권력을 지탱해야만 한다.

인계할 수 없는 권력의 부담과 도취에서 오는 권력에 대한 망집이 상승작용으로 부풀어 올랐을 때 정신은 평형을 잃는다. 과대망상증과 피해망상증이 얽히고설킨다.

과대망상증은 '나 아니면 안 된다'는 거만한 자세로 나타나고 피해망상증은 도처에서 적을 발견하는 공포증으로 나타난다. 이미 막강한 권력을 행사하고 있으면서도 그것이 모자라 그럴 필요가 없는데도 불구하고 '긴급조치권'까지를 요구하게 되었다. 과대망상증과 피해망상증의 합병증이 만들어낸 현상이다.

그렇다고 치더라도 유신극維新劇의 연출은 종국에 가선 어떻게 될망정 우선 보기엔 멋들어진 기술이다. 첫째 본인이 만족했을 것이니 그렇고 얼마 동안은 그 체제 속에서 안주할 수 있을 것이니 그렇다.

유신극의 각본을 산 사람은 누구이며 연출자는 누구일까. 결국은 박정희 본인이다. 주변에 아무리 머리 좋은 사람들이 있었기로서니 그들은 조수들일 뿐이고 조연출자일 뿐이다. 그런 까닭에 유신극을 두고 상을 받아도 박정희가 받아야 할 것이며 벌을 받아도 박정희가 받아야 할 것이다.

유신극은 박정희에게 있어선 불가피한 작업이었다. 절실하다는 형용사를 필요로 한 불가피성이다. 유신극의 불가피성은 3선 개헌 불가피성의 연장이다.

1971년 4월 25일 장충단공원에서,

"오늘 이 자리에서 분명히 할 것은 내가 대통령으로 뽑아달라는 것은 오늘 이 기회가 마지막이라는 것입니다."

하고 연설을 한 그 찰나, 또는 그 직후에 유신극의 아이디어가 떠올랐다. 물론 종신집권의 야심은 5·16 당시부터 있었다. 유신극의 아이디어는 종신집권의 방법을 모색하는 가운데 파생한 것이다.

그렇다 치더라도 '유신'이라는 어설픈 단어가 등장한 것은 뭔가. 당장 연상되는 것이 일본의 메이지유신이고 쇼와유신이다. 만주 군관학교와 일본 사관학교에서 배운 사람다운 착상이라고 해버리면 그만이지만 독재의 철갑을 씌운 야심의 작동에 유신이란 글자를 붙였다고 하는 것은 보통의 강심장이 아니다. 일단 자리를 잡은 유신극의 아이디어는 차근차근 스토리를 잡아나갔다. 이사마는 그 스토리의 진행 과정을 더듬어보았다.

1971년 12월 6일에 있었던 일이다. 박정희는 느닷없이 국가 비상사태를 선포했다. 국가안보가 시급하다는 명분을 내걸고 한 짓이다.

나는 국가를 보위하고 국민의 자유를 수호할 대통령의 책임으로써 최근의 국제정세와 북괴의 동향을 면밀히 분석, 검토한 결과 지금 우리 대한민국의 안전보장은 중대한 위기에 처해 있다고 판단되어 오늘 전 국민에게 이를 알리는 국가 비상사태를 선포하였습니다……. 향토예비군이나 대학의 군사훈련마저도 그 시비가 분분할 뿐 아니라 진정으로 국가를 위하는 안보론보다는 당리당략이나 선거전략을 위한 무책임한 안보론으로 국민을 현혹시키고 있으며 또한 혹세무민의 일부 지식인들은 언론자유를 빙자하여 무책임한 안보론을 분별없이 들고 나와 민심을 더욱 혼란케 하고 있는 것이 오늘의 실정입니다…….

국민의 자유를 수호하기 위해 국민의 자유를 박탈한다는 자가당착도 이만저만이 아닌 선포를 한 지 10일 후 공화당은 국회에서 '국가보위를 위한 특별조치법'이라는 법률안을 단독으로 통과시켰다. 이 법률은 헌법에 규정된 국민의 기본권을 대통령이 임의로 제한할 수 있도록 한 비상대권을 마련했다.

야당이 반대할 수밖에 없었던 것은 필지의 사실이다. 야당은 비상조치법의 철회를 요구하며 극한투쟁을 벌였다. 공화당은 국회의 개회를 기피했다. 그 후 6개월 동안 국회의사당의 문은 열리지 않았다.

"자네 요즘 뭘 하는가?"

하고 물으면 국회의원이,

"집에서 아이나 보고 지내지."

한다는 항담이 유포되기까지 했다.

그런 판국에 7·4남북공동성명이 발표되었다.

"평양엘 다녀왔습니다."

하고 서두를 꺼낸 이후락 정보부장의 발표는 침체된 정국으로 거의 질식상태가 되어 있던 국민의 답답한 심성에 새 바람을 불어넣은 것이나 다를 바가 없었다. 그 발표로 인해 거리에 생기가 돋아났다고 해도 결코 과언은 아니다.

이른바 유신체제가 선포된 지점에서 이사마는 생각해보지 않을 수 없었다.

과연 이 사건이 유신극의 시나리오에 미리 포함되어 있었던 것인가, 아니면 별도로 진행된 노력이 결과적으로 유신극에 합류되었던 것인가?

유신극의 진행을 볼 때 결과적으로 7·4공동성명은 유신극과 밀접, 불가피한 관련 속에 있었다. 박정희 자신이 '10월 17일 선언'에서,

우리 헌법과 각종 법령, 그리고 현 체제는 동서 양극체제하의 냉전 시기에 만들어졌고 하물며 남북대화 같은 것은 전혀 생각지도 못했던 시기에 제정된 것이기 때문에 오늘과 같은 국면에 처해서는 마땅히 이에 적응할 수 있는 새로운 체제로의 일대 유신적 개혁이 있어야 하고, 남북대화의 적극적인 전개와 주변 정세의 급변하는 사태에 대처하기 위한 우리의 실정에 가장 알맞은 체제 개혁을 단행해야 한다.

고 말했던 것이다.

유신 선포가 있은 뒤 성유정의 견해는 이러했다.

"가히 천재적인 발상이고 능란한 연출이다."

그러곤 그 이유를 다음과 같이 설명했다.

"7·4공동성명이 유신극의 시나리오를 위해 획책된 일이라면 기막히지 않는가. 통일을 갈망하는 국민의 심정을 교묘하게 이용한 술책이다. 7·4공동성명의 연장선상에서 '통일주체국민회의'의 구성이 국민들에게 불가피한 것으로 받아들여지고, 통일을 위해서라면 어떤 불합

리한 처사라도 견디어야 한다는 심정적인 분위기를 만들어버리지 않았는가."

이사마는 성유정의 의견에 일부 동조하면서도,

"7·4공동성명을 술책으로만 보는 것은 지나친 일이 아닌가."

고 반박했다.

이사마로선 해방 이후 단절되었던 남북한 사이에 대화의 통로를 연 이 획기적인 사건을 어느 개인의 사용을 위한 술책으로만 보기엔 너무도 아까웠던 것이다. 사지에까지 가서 대화의 통로를 열기 위해선 순일한 정열을 가졌어야 할 일이었다. 부득이 그것이 독재체제를 강화하는 수단이 되었다고 해도 그 순일한 정열만은 평가해두어야 한다는 것이 이사마의 심정이었던 것이다.

"비록 순일한 정열이었다고 해도 갖가지의 원인이 있을 수 있다."

며 성유정은 소진과 장의의 고사를 예로 들었다.

"그들도 사지에서 활活을 구한 사람들이다."

하고 이사마의 심정을 센티멘털리즘에 불과한 것이라고 했다.

"진실은 뜻밖에도 센티멘털리즘에 있을지도 모릅니다. 비록 그것이 일종의 술책이었다고 해도 통일을 명분으로 내건 이상 승복할 수밖에 없는 것이 아닙니까."

이사마가 이렇게 맞서자 성유정은,

"정치는 결과를 가지고 따져야 하는 것이니 그 귀추를 좀더 지켜보고 판단하자."

고 하곤 덧붙였다.

"7·4공동성명을 긍정하고 지지할망정 그것을 핑계 삼아 영구집권을 노리는 행위는 용서할 수 없는 것이 아닌가."

이에 또 이사마가 주를 달았다.

"김일성을 상대로 대화를 하려면 그들의 체제에 맞먹는 체제를 이쪽에서도 만들어야 할 것 아닙니까. 선거를 통해 언제 소멸할지 모르는 정권을 상대로 그들이 진정으로 나오겠습니까. 김일성체제보다도 더 오래가는 체제라는 것을 보여줄 필요도 있겠지요."

"이 주필."

하고 성유정이 정색을 했다.

"당신, 제정신으로 말하는 거요. 남한이 완벽한 독재체제가 되었다고 해서 김일성이 굴복하고 들어올 줄 알아? 이편의 제안에 호락호락 순응해서 내일에라도 통일이 될 줄 알아? 김일성을 상대로 하려면 그 몰도의한 체제를 도의적으로 압도할 수 있는 진짜 민주체제를 갖추어야 하는 거여. 끝내 공산주의를 극복시킬 수 있는 것은 민주사상이고 민주체제다. 그게 이 주필의 소신이 아니었나? 통일의 원동력은 국민의 총화된 힘이고, 그런 총화를 이루기 위해선 민주주의의 이상을 완수할 수밖에 없다고 쓴 사람이 누구인가. 그런 글을 쓰다가 감옥살이까지 한 사람이 이제 와서 무슨 소리를 하는 건가."

"이상과 현실의 괴리를 알았다는 얘기지요. 이상론으론 통일이 불가능하다는 것을 알았지요. 그런데 내가 묻겠어요. 성 선배는 언제부터 이상론자가 되셨지요?"

"나는 이상론자도 현실론자도 아니다. 한마디로 비판주의자다. 통일에 중점을 둔다면 이 정권하에선 절대로 통일이 될 수가 없다. 이 정권의 생리는 절대로 통일하지 않겠다는 점이다. 마음의 바탕에선 통일을 거부하면서 통일을 정권 연장의 수단으로 이용하고 있다. 이건 뻔한 사실이 아닌가. 통일하겠다며 약간 지나친 언동이 있었다고 해서 투옥하고 고문하고 사형까지 서슴지 않았던 자가 갑자기 통일론자로 표변했다고 해서 그걸 그냥 믿을 건가?"

"나는 북한에까지 가서 대화의 통로를 연 사람들의 노고만을 정당하게 평가해주어야 한다는 말을 하고 싶었을 뿐이고, 정치가 현실인 이상 이 현실에서 대화를 계속하려면 이편에서도 그러기에 알맞은 체제를 갖추는 것이 불가피한 일이 아닌가 하는 의견을 말해보았을 뿐이지요."

"또 불가피론인가?"

성유정은 노골적으로 불쾌한 표정을 지었다. 이사마로선 성유정의 그러한 심정을 이해 못할 바는 아니었다. 다만 사태가 이렇게 되어버린 바엔 부정적인 태도로 일관할 것이 아니라 남북대화의 진전에 다소나마 기대를 걸어보자는 것이었다.

설혹 통일은 되지 않더라도 대화를 통해 민족의 동질성을 회복하는 데는 얼마간의 기여가 있을 것이고, 그 바탕 위에 먼 장래의 일이긴 해도 통일로의 길이 트일 수 있지 않을까 하는 희망마저 말살해버리긴 싫었던 것이다.

성유정은 그것을 부질없는 감상주의라고 했다.

"나서서 싸우진 못할망정 나는 이 정권, 이 체제엔 절대로 부정적이다."

그는 선언하듯 말했다. 이사마인들 박 정권, 특히 유신체제라는 것을 긍정할 까닭이 없었다. 다만 이런 체제 속에서 사는 사람들과 시대의 진실을 골고루 발견하는 것이 문학인 또는 기록자로서 해볼 만한 일이라면 부정 일방의 경직된 자세는 바람직한 것이 못 된다는 심정이었던 것이다.

정치가 또는 성유정 같은 철저한 방관자이면 또 모르되 생활인의 하나로서 대중과 더불어 애환을 같이해야 하는 문학인, 기록자로선 유연한 태도와 심정을 지녀야 하는 것이 아닐까. 강직한 태도와 심정만으론 사마천이 『사기』를 쓰지 못했을 것이 분명하다. 한꺼번에 먹칠로 뭉개버리고 싶은 사실들을 무슨 까닭으로 극명하게 기록하고 있었을 것인가. 혹리와 탐관과 비인非人들까지에도 명분과 근거를 찾아주려고 부지런히 붓을 놀렸을 것인가.

이사마의 이런 얘기를 끝까지 들어준 성유정은,

"유연한 심정도 좋은데 셀린처럼 될까 봐 겁난다."

고 했다.

셀린은 『끝없는 밤의 여행』을 쓴 프랑스 작가다. 그는 나치에 협력한 자로서 씻을 수 없는 오명을 남겼다.

"끔찍한 얘기 하지도 말아요."

했으나 이사마는 성유정의 다음의 말엔 귀를 기울이지 않을 수 없었다.

"셀린은 원래 나치에 기울어질 수 있도록 돼 있는 사람이니까 별 문제이겠지만 정치엔 함정이 있다. 유연한 심정을 가진 사람이 빠질 수 있는 함정이 도처에 깔려 있다는 이야기다. 한번 그 함정에 빠져들면 헤어 나오기가 힘들다. 반역자 또는 패덕한으로 낙인이 찍혀버리면 어떤 변명도 용납되지 않는다. 그러니 작가나 기록자는 그 함정을 피해 스스로 좁은 길을 택해야 하는 경우가 있다……."

그러고는 성유정은 노신의 동생 주작인의 예를 들었다.

주작인은 형 노신의 행동을 외형적으로만 이해하고 일본인과 교제하다가 친일분자라는 낙인이 찍혀 작가로서의 위신을 잃었다. 형 노신, 즉 주수인은 일본인과 교제를 하되 어디까지나 중국인으로서의 기골을 잃지 않는데 주작인은 그러질 못했다.

이를테면 노신은 동족은 물론 일본인과 교제하는 데 있어서 동이불화同而不和하는 소인의 태도로서가 아니고 화이부동하는 대인의 태도로 일관했는데 주작인은 뇌동을 범한 소인이었던 것이다.

스탈린의 체제가 스탈린적 인물이 불가하게 귀착해야 하는 것이었던 것처럼 유신체제도 박정희적 인물의 불가피한 귀착점이다. 권력에 대한 망집이 그러한 드라마를 꾸미지 않으면 안 되었다는 점에서 그렇고, 그렇게라도 하지 않으면 당장 감당 못할 파국에 직면하고 있었기 때문에 그렇다.

결국 박정희 자신이 자극해서 그렇게 만든 일이지만 극한태세를 취하고 있는 야당의 공세를 막기 위한 유일한 수단은 탄압이었다. 탄압을 하기 위해선 무제한한 비상대권이 있어야만 했다. 그러기 위해선 유신체제를 필요로 했다.

그런 뜻에서도 7·4공동성명은 다시 없이 편리한 명분이었다. 통일주체국민회의의 등장은 내일이라도 통일이 될 것처럼 국민들에게 환상을 심어주었다. 속셈을 알건 모르건 유신체제를 긍정하려는 사람들에게 명분을 주었다.

국제여론에 대해서도 일종의 방패가 되었다. 분단된 나라가 통일을 서두는 데 다소의 무리한 행동이 있기로서니 제3자가 무슨 말을 할 수 있겠는가.

한반도를 둘러싼 주변 정세에도 변화가 있었다. 1970년 2월, 미국 대통령 닉슨은 '괌 독트린'을 발표했다. 베트남에서 군대를 점차 철수할 뜻을 밝히는 동시 한반도에서도 점차 미군을 철수할 것이라고 했다. 이것은 소련과의 데탕트, 중공과의 접근을 겨냥한 외교정책이었다. 그리고 1971년 3월엔 주한 미군 2개 사단 가운데서 1개 사단을 철수시켰다.

이것은 박정희 정권에 대한 충격이 아닐 수 없었다.

국내적으론 정인숙 사건을 계기로 상층부의 도의적 퇴폐가 폭로되어 만만찮은 파란을 일으키고 있었고, 이 무렵 동대문의 평화시장 종업원 전태일 군의 분신자살 사건이 발생해 상층 인사의 호화로운 생활과 하층 시민들의 비참한 생활의 격차가 새롭게 주목받는 결과를 빚었다.

시인 김지하의 담시「오적」이 문제화한 것도 이러한 시기에 있었던 일이다. 게다가 경기도 광주단지의 주민 약 3만 명이 토지 분양에 관한 당국의 처사에 불만을 품고 경찰서에 방화하는 등 폭동을 일으켰다. 신진자동차의 노무자 7백 명이 파업소동을 벌였고, 한진의 노무자들이 대한항공의 빌딩을 점거하는 등 사건이 잇달았다.

사법부에선 정부의 처사에 반대해 법관들이 사표를 제출한 이른바 사법파동이 일어났고, 국회에선 오치성 내무부 장관을 대통령의 뜻과는 달리 파면 결의한 항명소동이 있었다. 대학가에서는 연일 학생데모가 회오리를 일으켰다.

이러한 사태에도 불구하고 권력의 핵심부는 정권을 영구화하기 위해선 무슨 수단도 써야만 했다. 그런데 7·4공동성명을 계기로 남북 간의 대화를 계속하게 되었다.

물실호기!

그래서 다음과 같은 단안이 내려지게 되었다.

"우리 헌법과 각종 법령 그리고 현 체제는 동서 양극체제하의 냉전시기에 만들어졌고 하물며 남북대화 같은 것은 전혀 예상치도 못했던 시기에 제정된 것이기 때문에 오늘과 같은 국면에 처해서는 마땅히 이에 적응할 수 있는 새로운 체제로의 일대 유신적 개혁이 있어야 한다. 그러므로 남북대화의 적극적인 전개와 주변 정세의 급변하는 사태에 대처하기 위한 우리 실정에 가장 알맞은 체제 개혁을 단행해야 하겠다."

성유정 씨의 표현을 빌리지 않더라도 실로 천재적인 발상이며 교묘한 대응이다.

남북대화가 진행되고 있었기 때문에 유신체제를 만든 것인가, 유신체제를 만들기 위해 남북대화를 서둔 것인가.

남북대화가 진행되고 있는 정세에 대처하기 위해 꼭 유신체제 같은 것이 필요했던 것인가. 그 외의 방법은 전연 없었던 것인가. 결과적으로 유신체제가 남북간 대화에 도움이 되었던 것인가, 아닌가.

이러한 의문에 대한 해답은 역사가 증명할 일이지 어느 개인이 추측할 수 있는 문제는 아니다. 그러나 확실한 것은 남북대화는 핫바지에 방귀 새어 나가듯 되어버리고 박정희를 종신대통령으로 만들 수 있는 체제만 남아버린 것이다.

이디 아민의 봄

1972년은 숨 가쁘게 저물었다.

10월 17일에 대통령의 특별선언 발표가 있었고, 그 선언에 따라 국회는 해산되고 비상계엄령이 선포되었다.

11월 21일엔 개헌안 국민투표가 실시되었다. 압도적 다수의 지지표가 나왔다.

12월 15일엔 '통일주체국민회의 대의원' 선거가 있었다. '덕망 있고 유능한' 2천359명의 대의원이 선출되었다. 12월 23일엔 이들 대의원들이 96.8퍼센트라는 표수로써 박정희를 대통령으로 선출했다.

12월 27일, 이른바 유신헌법이 공포되고, 동시에 박정희가 제8대 대통령으로 취임했다. 이날 경복궁에선 축하잔치가 열렸고, 이어 청와대에선 심복들만이 모여 노래자랑을 곁들인 파티가 있었다. 황성 옛터에 봄이 오고 미희美姬·미가美歌·미주美酒에 모두들 도연陶然한 봄 기분이 되었던 모양이다. 이를 일러 삼미주의三美主義의 승리. 누군가는 이것을 삼민주의三民主義로 잘못 알고 실소를 터뜨렸다는 얘기도 있다.

금준미주천인혈金樽美酒千人血은 동서고금을 통한 유행이다. 이런 발상 자체가 위험사상이라고 해 많은 사람들이 감방 신세를 지고 있었던 것은 물론이다. 봄은 계절에 있지 않고 정치에 있다는 것을 갈파한 것은 히틀러·스탈린과 그 에피고넨들이다. 천문조차도 정치 앞에선 언제나 무색하다.

서울에서의 이 소식을 듣고 누구보다도 갈채를 보낸 것은 캄팔라의 주민이며 우간다의 통치자인 이디 아민이다.

아민은,

"내가 진심으로 존경하고 친애할 수 있는 동지를 아시아에서 발견할 수 있었다는 것은 다시 없는 기쁨이다."

하고 박정희 대통령 앞으로 축전을 치라고 명령했다. 그러나 보좌관의 하나가 그런 축전을 치면 소련이 어떻게 생각할지 모른다고 했기 때문에 그 명령을 취소하고, 대신 빅토리아호반의 별장에서 비밀 국무회의를 개최했다.

국무회의 벽두에 아민이 물었다.

"이 가운데 박정희 씨가 훌륭하다는 사실을 구체적으로 알고 있는 사람이 있는가?"

"있습니다."

하고 손을 든 사람이 있었다. 정보부 장관이었다.

"정보장관, 말해보게."

"예, 각하."

하고 정보부 장관이 일어섰다.

"박정희 씨는 선견지명이 대단한 사람입니다."

"어째서 그런가?"

"그는 처음 국민학교 교사였는데 그런 고리타분한 직업에 만족할 수 없다고 해 군인이 될 것을 결정하고 그렇게 행동한 사람입니다."

"그 점은 나와 같군."

"박정희 씨는 현실감각이 뛰어난 사람입니다."

"그건 또 어째선가?"

"당시 한국은 일본에 예속되어 있었고 뜻있는 사람들은 반일 독립운동을 하곤 붙들려 고문도 받고 감옥살이도 하고 했습니다. 그런데 박정희 씨는 그런 위험한 길을 걷지 않고 스스로 일본 천황에 충성을 맹세하고 만주 군관학교, 일본 사관학교에 입교해 일본의 괴뢰국인 만주국의 장교가 된 사람입니다. 만주국의 장교로서 그가 한 일은 중국의 반일분자와 한국의 독립운동가를 소탕하는 일이었습니다. 이 얼마나 현실감각이 뛰어난 태도였습니까."

"그것도 나와 비슷하군. 그런데 정보장관의 표현이 잘못되었다. 아까 뜻있는 사람들은 반일 독립운동을 했다고 하는데 그건 뜻있는 사람들이 아냐. 시대착오적이고 공상적인 사람들이다. 우간다에서 기왕 반영 독립운동을 한 분자들 가운데 제대로 되어먹은 사람이 있던가."

"그렇습니다, 각하. 그런 현실감각의 소유자였기 때문에 박정희 씨는 그 많은 반일 독립운동가를 물리치고, 각하께서도 역시 그 많은 반영 독립운동가를 물리치고 각각 대통령이 되신 것 아닙니까."

"그밖에 박정희 씨가 훌륭한 것은 없는가?"

"왜 없겠습니까. 박정희 씨는 운신의 묘술을 터득한 천재입니다."

"구체적으로 말해보게."

"그는 일본이 패망하고 한국에 독립의 기운이 보이자 재빨리 미군이 관할하는 군사영어학교에 입교해 장차 한국군의 장교가 될 소지를 닦고, 실제로 한국군의 장교가 되었습니다."

"그것도 나허구 다를 것이 없군."

"그런데 각하와 다른 점이 있습니다."

"그게 뭔가?"

"당시 한국에선 공산주의 세력이 막강했습니다. 얼핏 보면 한국의 공산화는 필지의 사실인 것처럼 보였습니다. 이북에 소련군이 진출해 공산화의 교두보를 구축하고 있었기 때문입니다. 그때 박정희 씨는 공산당원이 되어 공산당의 도움으로 군 내에 공산당의 세포를 만들기 시작했습니다."

"그건 금시초문인데."

"미국 국방성 기록에 있는 것이니 사실임이 틀림없습니다."

"그래서 어떻게 되었는가?"

"그의 기도는 남한에 민족주의 정부가 수립되는 바람에 좌절되고 말았습니다. 그런데도 그는 한국군의 장교로서 건재했습니다. 그런 까닭에 운신의 묘술을 터득한 사람이라고 한 것입니다."

"비밀이 잘 보장되었을 뿐이지, 운신의 묘술이라고까지 할 건 없지 않는가."

"각하, 제 말을 끝까지 들으시옵소서. 그때 한국에 제주도 폭동 사건, 여순반란 사건을 비롯해 군 내부의 공산분자들에 의한 반란 사건이 빈번히 발생했습니다. 부득이 한국에선 숙군작업을 안 할 수 없게 되었던 것입니다. 이 숙군작업으로 인해 수천 명이 검거되고 처단되었습니다. 장교로서 총살 또는 교수형을 받은 사람이 수백 명이 넘었습니다. 그랬는데 박정희 씨는 살아남았습니다."

"그러니까 비밀이 잘 보장된 때문이 아닌가."

"아닙니다, 각하. 박정희 씨는 구속되어 군법회의 재판을 받고 총살 직전까지 갔습니다."

"그런데 어째서 처형을 면했는가?"

"그 이유를 설명하기 위해선 미국의 정보문서를 그대로 인용하는 것이 좋을 듯합니다."

하고 정보부 장관은 미국의 정보문서를 꺼내 읽기 시작했다.

"정보담당자의 보고에 의하면 박정희는 한국군 내 공산주의자의 일원이었다. 모든 증거에 의해 그는 여순반란 사건 당시에도 공산주의자였다. 그래서 그는 재판을 통해 사형선고를 받았다. 그런데 그는 군 내부에 잔존해 있는 약 3백 명가량의 공산분자를 밀고한 공적을 인정받아 징역 10년으로 감형되었다. 이렇게 된 데는 정일권과 몇몇 장성들의 노력이 있었다."

"그럼 그는 10년 징역을 살았나?"

"아닙니다. 숙군에 지대한 공로가 있다고 해 형 면제 처분을 받고 잠시 군문관軍文官으로 있다가 6·25 한국동란이 진행되는 동안 육군 소령으로 군에 복귀하게 되었습니다. 운이 좋았다고 할 수 있습니다."

"그건 운이 아니다. 공로에 대한 보수다. 그 사실을 우리 국민들에게 널리 선전해야 하겠군. 밀고를 잘하기만 하면 사형수도 사면될 수가 있고 장차 출세할 수도 있다는 것을 교훈으로 삼아 밀고를 권장하도록 해야 해."

"예, 알았습니다. 각하."

"그런 사람이 어떻게 쿠데타의 두목이 될 수 있었던가."

"그런 과거로 인해 박정희 씨의 진급이 늦었습니다. 뿐만 아니라 전투부대의 책임 있는 자리를 맡지 못했습니다. 항상 미군이 불신의 눈초리로 그를 보고 있었고 한국의 정보기관도 그를 경계하고 있었기 때문입니다. 자연 그의 주위엔 진급에서 탈락된 군내의 불평분자가 모이게 되었던 모양입니다. 박정희 씨는 그들을 잘 조종한 거지요. 하나하나 심복을 만들어나간 것입니다."

"군 내부의 불평분자를 규합하긴 쉽지. 그만큼 군 내부의 불평분자는 위험한 존재다. 폭발물과 같은 것이다. 정보부 장관, 그 점 잘 유의하고 있겠지?"

"유의하고 있습니다, 각하."

"그가 훌륭한 점은 그것뿐인가?"

"아닙니다. 그는 비상한 조직력을 가지고 있었습니다."

"공산당 세포조직의 경험이 있으니까 그것을 활용한 것이겠지."

"뿐만 아니라 그는 한국의 정치 상황을 예민하게 분석하고 한국에 군사 쿠데타가 가능하다는 것을 파악한 유일한 장군이었다는 사실에 주목할 필요가 있습니다."

"그 점도 나와 똑같군."

"박정희 씨가 쿠데타에 성공한 것은 무엇보다도 기회를 잘 포착한 데 그 이유가 있습니다. 이승만이란 초대 대통령이 있었는데 그는 12년 동안 집권하고 제4기째 집권하려고 할 즈음 학생들이 들고 일어나 4·19란 사태가 있었습니다. 학생들의 반대에 부딪히자 이승만은 순순히 권좌에서 물러났습니다."

"형편없는 사람이었군. 학생들의 반대에 부딪혔다고 해서 물러나다니. 학생들이 총이나 칼을 가지고 있었던가?"

"그런 건 전연 없었지요. 맨주먹의 항쟁이었으니까요. 이승만이 물러선 것을 보고 그에겐 그래도 양심이 있었다고 평을 합니다."

"정치가에게 무슨 양심이 필요해. 한마디로 그 사람 무능한 사람이군."

"무능했기에 정권을 내놓았겠지요. 그런데 여기에 주목할 사실이 있습니다. 만일 이승만 시대 박정희 일파가 쿠데타를 기도했더라면 어떻게 되었을까 하는 문제입니다."

"학생들의 맨주먹 반대에 물러난 자이니까 간단하게 성공했겠지."

"헌데 그렇게 되진 못했을 것이란 추측입니다."

"왜?"

"이승만의 성격상 학생들 앞엔 굴복해도 총칼의 위협 앞엔 굴복하지 않았을 것이라고 믿어지기 때문입니다."

"이승만이 군부를 상대로 굴복하지 않았을 것이란 말인가?"

"그런 뜻은 아닙니다."

"그럼 뭔가?"

"박정희 일파의 군세력이라고 해보았자 미미한 세력입니다. 그 세력이 총칼을 들이대어보았자 군 전체가 호응할 수 없게 되어 있었습니다. 이승만의 군에 대한 통제력은 비상했으니까요. 박정희 일파가 반란을 시도할 수 있는 형편이 아니었죠. 아까 제가 이승만이 총칼 앞엔 굴복하지 않았을 것이란 말은 설혹 그런 사정이 되어도 그랬을 것이란 뜻입니다. 이승만 시대에 쿠데타를 기도했다간 사전에 탄로나 박멸되었을 것입니다. 박정희 씨는 그 사정을 알고 있었던 거지요."

"그다음 어떻게 되었는가."

"허정을 수반으로 한 과도정권이 성립되었지요."

"그때 결행할 만도 하지 않았는가."

"그렇게 안 될 사정이 있었습니다. 그땐 한국 국민 전체가 민주주의에 들떠 있었으니까요. 곧 민주국가가 성립되려는 판인데 군대가 쿠데타를 일으키면 국민들이 가만있겠습니까. 처음부터 증오의 대상이 되었을 것이니까요. 그리고 미국이 가만있지 않았을 것입니다. 이승만을 물러서게 하고 과도정권을 만들게 한 데는 입김이 있었을 것이니까요."

"미국이 겁난다고 해서 할 일을 못해? 그 점은 나만 못하군. 나는 미국이고 영국이고 무시하고 일을 추진시키고 있지 않은가."

"확실히 그 점만은 박정희 씨가 각하보다 못합니다. 그러나 한국이란 나라의 사정도 아셔야 합니다. 1950년 북조선의 김일성이 한국을 침략했을 때 한국을 구출한 나라가 미국 아닙니까. 뿐만 아니라 한국은 미국의 경제원조 없인 존립할 수 없는 나라입니다. 그런 이유로 과도정부 때엔 쿠데타를 할 수 없었던 것입니다."

"그래, 어떻게 했는가?"

"박정희의 일파가 본격적으로 쿠데타 모의를 한 것은, 그들의 기록에 의하면 1960년 9월 10일로 되어 있습니다. 이날은 장면 정권이 수립된 지 불과 18일 만의 일입니다."

"이유 여하를 막론하고 권력을 탈취해놓고 보자는 거였군."

"그렇습니다. 그 점이 각하와 박정희 씨가 다른 점입니다. 아민 대통령 각하께선 오보테 정권이 수립되고 5년이 지난 후 쿠데타를 하셨습니다. 오보테 정권의 무능과 부패로 인해 조국 우간다의 현재와 장래가 위기에 처하게 되었다고 확신하셨기 때문입니다. 박정희 일파는 그것이 아닙니다. 수립된 지 18일밖에 안 되었을 때에 쿠데타를 모의했으니까요."

"어쨌건 권력에 대한 의지만은 장하지 않은가."

"그 의지는 장합니다. 권력에 대한 집념도 장하구요."

"권력이란 좋은 것이다. 권력이 좋다고 확인하고 그렇게 실천한 점에서도 박정희와 동지라고 할 수 있지 않은가."

"박정희 씨는 참으로 교묘했습니다. 동원된 병력은 불과 5천 명 안팎이었습니다. 그들은 먼저 육군본부를 점령하고 참모총장 장도영을 사로잡았습니다."

"명색이 참모총장이란 자가 어째서 그처럼 호락호락 사로잡혔을까?"

"그렇게 될 이유가 있었습니다. 다음은 한국의 모 언론인이 밝힌 것인데 그럴듯합니다. 그 언론인에 의하면 박정희 씨는 장도영 참모총장과의 인연을 멋지게 이용했다는 것입니다. 박정희 씨가 군복을 벗고 파면된 몸으로 문관으로서 복무하고 있던 것을 현역에 복귀시킨 것은 당시 정보국장으로 있던 장도영이었습니다. 박정희 씨는 그 은혜에 감복해 평생 충성을 바칠 것을 장도영에게 맹세했습니다. 장도영은 박정희야말로 자기의 심복이라고 생각하고 뭐든 시키는 대로 할 사람이라고 믿었던 모양입니다. 그런 까닭에 기회가 있을 때마다 장은 박에게 은혜를 베풀었습니다. 허정의 과도정부 시절 박은 예편될 처지에 있었습니다. 보직을 받지도 못했지요 그런 처지의 박을 구해준 것이 장도영입니다. 2군사령관으로 부임하게 되자 박정희 씨를 부사령관으로 데리고 간 거지요. 예편을 막기까지 하고 말예요. 그런 관계이니 장도영은 박정희를 더욱더 믿게 된 거지요. 얼마 되지 않아 장도영이 참모총장이 되었습니다.

이때 박정희의 각오가 굳어진 겁니다. 장도영이 참모총장을 하고 있을 때 쿠데타를 감행하자고. 아니나다를까 정보기관으로부터 박정희 일파가 쿠데타를 모의하고 있다는 보고가 들어와도 장도영은 이를 모르는 척해버렸습니다. 혹시 쿠데타를 하더라도 은인인 자기에겐 피해가 없을 것이란 안심도 있었고, 무슨 결정적인 순간에도 박이 자기 말을 들을 것이란 믿음이 있었기 때문이지요. 이러한 심리를 박정희는 역으로 이용한 겁니다. 어떻게 하건 장도영을 쿠데타의 전면에 내세우면 된다는 자신이 생긴 거지요. 참모총장이 쿠데타를 지지하면 그만 아닙니까? 박정희 씨는 일체의 권한과 영광을 장도영에게 제공하고 장도영을 설득한 거지요.

이미 장도영 명의로 계엄령을 선포하고, 방송을 통해 전 국민에게 선포하기도 해 장도영을 빼지도 박지도 못하는 처지에 몰아넣은 것입니다. 계엄사령관도 당신이 하시오, 정부의 수반도 당신이 하시오, 육군참모총장도 당신이 하시오, 국방부 장관도 당신이 겸하시오, 이렇게 해놓으니 장도영이 어안이 벙벙해진 겁니다. 국내의 유혈사태를 피하기 위해서라는 구실과 명분을 내걸고 장도영이 쿠데타 세력에 합세해버린 겁니다. 박정희 씨는 쿠데타 세력의 실권을 쥐고 장도영 참모총장의 뒤에 서버린 거지요. 이렇게 되니 미국 국무성이나 미 군부가 어떻게 합니까. 한국군을 자기들이 지휘해 싸울 수도 없고, 그들의 힘만으로 한국군과 맞붙어 싸울 형편도 아니고……."

"교묘하군. 그래서 소 뒷걸음치다가 쥐를 잡았다는 말이 나오게도 되었군."

"그렇습니다, 각하. 당시의 상황을 기록한 문서가 있는데 그걸 읽어드릴까요?"

"읽어보게나."

"이건 박정희 일파의 쿠데타에 의해 밀려난 장면 수상이 쓴 고백입니다."

"패자의 고백이 무슨 쓸모가 있겠는가만 어쩌면 도움이 될지 모른다. 빨리 읽어봐."

"그럼, 읽겠습니다."

5·16과 함께 이날 이때에 이르기까지 일체의 대외적인 발언을 삼가왔다. 누구보다도 책임감을 느껴서, 정치를 잘했느냐 못했느냐에 대한 것은 후일 사가의 비판을 받을 일이지만 여하튼 도의적으로 보아 무거운 책임을 느꼈기 때문이다.

5·16정변이 일어난 동기가 장 정권이 무능하고 부패해 국정을 바로잡기 위한 혁명이라고 널리 선전했음은 이미 구문에 속한다. 무엇이 무능이고, 무엇이 부패였던가. 이 문제에 대해서는 아는 사람만이 알 것이다.

『군사혁명 비사』라는 그들이 쓴 책을 보면 우리가 집권한 지 18일 만에 정권 전복의 모의가 시작되고 있다. 집권 18일 만에 대체 무엇을 어쩌자는 셈이었을까. 그동안에 부패와 무능이 나타나고 있었던가? 아니면 부패와 무능을 미리부터 예언할 수 있었다는 얘기인가?

세상에 이러한 모순은 없다. 처음부터 정권을 잡겠다는 야욕이 있었다고 그들은 한번이라도 정직하게 발표한 일이 있었는지 과문한 나는 듣지 못했다. 부패와 무능을 기다렸다는 것이라면 또 모른다. 전부터 정권을 쥐고야 말겠다는 야심을 지닌 증거는 되어도 우리가 잘못한 때문에 쿠데타를 시작했다는 말은 되지 않는다. 그러면 장차 무능해지고 부패할지도 모르니 미리 쿠데타를 모의했다는 주장은 성립될 수 있을까? 하여튼 장 정권이 무능 부패했기 때문에 쿠데타를 일으켰다는 공언은 앞뒤가 어긋나는 얘기다.

뜻있는 국민이 어떻게 생각할지는 의문이지만 침식을 잃고 양심껏 한다고 했을 뿐인데 무엇이 어떻게 부패했는지 알 길이 없다. 5·16 후 군사정부는 민주당 정부의 전 각료 및 관련자들을 감금해놓고 취조를 거듭해 이른바 장 정권의 부패상을 색출하려고 갖은 방법을 다 썼다. 그러나 이렇다 할 만한 부패상은 없었다.

'장 정권의 부패상'이라고 도하 각 신문이 앞다투어 대서특필로 보도했지만 그 내용은 무엇이었나. 두드러진 예를 들어 방직협회에서 받았다는 23억여 원 정치자금 수탈설은 사실과 거리가 너무 먼 얘기다. 방직협회가 7·29총선거를 전후로 선거자금으로 민주당을 위해 자진해서 2억 원 내외를 제공한 일은 있다.

여러 차례에 걸쳐 중앙정보부에서 민주당 정권의 부정부패상을 들춰냈지만 결국 그들 자신의 노력에 의해 민주당이 '깨끗한 정부'였음을 증명해주는 결과밖에 초래한 것이 없다. 조재천 씨가 공산주의자로 몰리고, 김영선 씨가 부정축재자로 몰려 옥살이를 했는데 결국 조 씨는 아무런 혐의가 없다 해 자유의 몸이 되었고 김 씨는 부정축재자가 아니라는 판결이 났다.

성실한 태도로 진정한 민주주의의 실현을 위해 권력의 남용으로 독재를 하지 않았다고 해서 '무능'이라는 것이 혁명의 대상이 되는 것인가. 8개월간의 짧은 시정施政 끝에 덮어놓고 부패와 무능이라는 누명밖에 씌울 것이 없다면 이는 쿠데타를 정당화하기 위한 구실 이외의 아무것도 아니다. 민주당 정권이 국민 앞에 큰 과오를 범해서 쿠데타를 당하지 않으면 안 되게끔 정국이 악화되었다는 자각은 없었다.

아마 내가 군부를 너무 믿었기 때문인지 모른다. 또 민주당 정권이 실책을 거듭해 이를 전복하지 않으면 안 되겠다고 생각한 것이 군 전체의 지배적인 주장이라고 보지 않는다. 지금까지도 필연적으로 쿠데타에 의해 정권을 내놓아야 할 정도로 제2공화국이 큰 과오를 범했다는 의식적인 자각은 없다.

다만 정권을 유지 못한 탓으로 국민 여망에 어긋나게 된 결과에는 나 자신 뼈아프게 도의적 책임을 느낀다.

"바로 그거야."
하고 아민이 소리쳤다.
"정권을 유지 못한 그 죄가 가장 큰 죄다. 바로 그게 무능한 탓이 아닌가. 패자의 말은 언제나 저렇단 말이다. 그런 까닭에 우리는 정권을 유지하기 위해 만전의 노력을 다해야 한다. 알았나?"
모두들 '알았다'는 대답을 했다.
정보부 장관이 아민에게 물었다.
"장면의 고백은 아직도 남아 있는데 다 읽어야 하겠습니까? 이쯤으로 그만두는 게 좋겠습니까?"
"패자의 변도 들어봐야지. 계속해서 읽어!"
정보부 장관이 다시 책자를 폈다.

……모든 혼란이 종식되고 의욕적인 제2공화국이 튼튼한 기반 위에 설 준비가 끝난 때였다. 5월 16일 일주일 전에 나는 군 일부에서 군사 쿠데타 모의가 진행되고 있다는 정보를 입수했다. 그 전에도 2, 3차 다른 부류의 쿠데타 모의가 있다는 미확인 정보를 입수하고 비밀리에 내사케 한 일이 있었다.
내사 결과, 쿠데타 모의가 전연 없었는지 내사가 철저하지 못했는지 알 수 없으나 하여튼 그 전의 2, 3차 모의설은 불발이었다.
그러던 차 이것이 네 번째의 정보였다. 나는 이를 확인하기 위해 당시의 육군 참모총장인 장도영을 불렀다. 내가 입수한 정보는 박정희 소장을 주동으로 한 일부 군인들이 쿠데타 모의를 진행하고 있다는 것이어서 그 정보의 내용을 장도영에게 전하고, 어떻게 된 일이냐고 물었다.

장도영은 내 말을 듣자,

"천만의 말씀입니다. 그런 일이 있겠습니까."

하고 태연히 대답했다.

이것은 5월 초순경의 일이다. 장도영의 대답을 들은 나는 도시 안심할 수가 없었다. 내가 입수한 정보는 막연한 것이 아니라 구체적인 것이었기 때문이다. 대구 어느 중국 음식점에 몇몇이 모여 모의한 사실과 민간인 모씨가 자금 조달을 위해 활약하고 있다는 내용도 알고 있었던 것이다.

"염려 말고 안심하십시오."

라는 말만 반복하는 대답이 불만스러워 나는 정색을 하고 그에게 엄숙히 말했다.

"참모총장이 먼저 알아서 나에게 보고해야 할 성질의 사건을 반대로 내가 참모총장에게 지시하고 있으니 책임지고 내사해보시오."

이러한 내 말에도 그는,

"알아는 보겠습니다만 그럴 리가 없습니다."

하는 대답만 반복할 뿐이었다.

나는 그에게 엄밀히 조사할 것을 단단히 부탁해두는 한편, 이 사건에 관련된 민간인도 확인해보라고 검찰에 명령했다. 검찰로 말하더라도 그 무렵에 2, 3차나 그와 비슷한 정보를 입수하고 조사해본 일이 있었다. 이렇다 할 단서가 잡히질 않아 정보 사기꾼에게 속은 줄로만 알고 있었다.

내 지시가 있은 지 며칠 후에 쿠데타 관련 민간인 혐의자 한 명을 체포했다는 보고가 있었다. 그러나 그를 신문해본 결과 끝내 만족할 만한 자백을 듣지 못했다고 해 결국 또 하나의 사기에 걸린 것으로만 여기고 있었다.

검찰 측에서는 장도영을 만나 이 사건에 대해 문의해보았던 모양이다. 이때에도 장도영은,

"군내에 그런 일이 있을 수 없소. 공연한 염려니 국무총리더러 안심하라고 하시오."

라고 해 흐지부지되고 말았다. 결국 군 책임자와 검찰 측의 말이 염려 없다는 것으로 되었다.

육군 참모총장과 검찰 측의 말이 한결같으니 더 이상 추궁해 불신의 태도를 보일 수가 없었다. 그런데 군내에서 쿠데타를 모의하고 있다는 정보는 계속해 들어왔다. 재차 내 추궁을 받은 장도영의 대답은 여전했다.

"모두 공연한 모략입니다. 아무 염려 마십시오. 제가 있는 동안엔 절대 그런 일이 없습니다."

나에게뿐만 아니라 국방부 장관, 유엔군 사령관 맥그루더 장군에게도 같은 말로,

"안심하라."

는 말뿐이었다. 5월 15일에도 나는 아무런 관심 없이 당 회의를 가졌다.

다음날 새벽 1961년 5월 16일 새벽 2시경이다. 장도영에게서 전화가 왔다. 나에게 직접 온 것이 아니고 경호실을 통한 보고였다. 그때 나는 반도호텔 809호실에 있었고 경호실은 808호실이었다. 그런데 그 보고는 30사단에서 장난을 하려는 것을 막아놓았고, 지금 해병대

공수부대가 입경하려는 것을 한강에서 저지시키고 있다는 것이 아닌가.

그러면서도,

"아무 염려 마시고 그저 그런 일이 있다는 것만 알고 계십시오."

하는 것이다. 깜짝 놀란 나는,

"한 주일 전에 내가 말한 그것 아닌가."

"아니 별것 아닙니다. 염려 마십시오. 제게 맡기십시오."

"염려 말라는 말만 말고 내게 곧 와줘. 와서 직접 자세히 보고를 하게. 맥그루더 사령관에게도 보고했나?"

"네, 했습니다."

"그래 곧 좀 왔다 가게."

"곧 가겠습니다."

경호원을 호텔 현관에 대기시켜놓고 불안과 초조 속에서 장도영을 기다렸으나 종내 나타나지 않았다.

얼마 후에 총성이 요란하게 들렸다. 신변의 위험을 느꼈다. 이성을 잃은 군인들이 무슨 짓을 못하랴 싶었다. 사세부득이 그 자리를 피했다. 반도호텔에 군인이 들어오기 전 불과 10분 앞서였다.

가야 할 목적지를 정하고 나선 것은 아니다. 우선 길 건너 미국 대사관으로 가보려 했으나 문이 절벽으로 잠겨 있었다. 무교동 골목을 빠져 청진동으로 달려가 한국일보사 맞은편 미 대사관 사택지 문을 두드렸다. 어떤 엄명이 내렸는지 문이 열리지 않았다. 집으로 돌아갈 수도 없고 길에서 방황할 수도 없어 일단 안전한 곳에서 정세를 파악하기 위해 잠시 몸을 피하기로 했다. 어디로 가야겠다는 작정은 없었다. 잠시 피신해 정세를 보기 위해서 아무도 짐작 못할 혜화동의 수도원으로 가보았다. 내자가 전부터 친교가 있던 원장에게 사정을 말하고 허락을 받아 방 하나를 얻었다. 혹자는 내가 겁에 질려 꼭꼭 숨어만 있었던 것처럼 말하고 있으나 사실은 그런 것만은 아니다. 거기서 무엇을 어떻게 했는지는 아직 말할 단계가 아니므로 보류해둔다.

이때 받은 충격은 너무나 컸다. 무슨 까닭으로 이런 변을 당해야 하는지 알 수 없었다.

16일이 밝아왔다.

시민들의 얼굴은 무표정 그것이었다. 군사 쿠데타의 절실한 필요를 느껴, 이 박사의 하야 때처럼 호응하는 얼굴은 아니었다. 쿠데타에 가담한 일부 사병들도 영문을 몰랐으리라. 이것으로 봐도 이 쿠데타가 군 전체의 의사가 아니었음은 틀림없는 사실이다.

쿠데타가 지난 지금 말할 수 있는 것은 당시 장도영이 양다리를 짚지 않고 처음부터 굳세게 나갔거나, 맥그루더를 만난 윤 대통령이 진압할 뜻을 표시했다면 5·16정변은 결코 성공하지 못했을 것이다. 윤 대통령은 이러한 사태가 벌어지기를 바랐던 바이고 먼저 내통을 받았을 때에도 기대하고 있었던 일이었기 때문에,

"올 것이 왔다."

는 말을 하게 되지 않았던가. 윤 대통령의 이러한 심사를 나는 도저히 이해할 수 없다. 민주당 덕분에 대통령이 되고, 같은 제2공화국의 원수요, 총리라면 도의상으로라도 운명을 같이해야 옳을 일이지 어서 정부가 전복되기만 바라고 있었다는 것은 도저히 상식으론 상상조차 못할 일이다.

5월 18일 나는 사임을 정식으로 발표했다. 내가 사임을 결정하게 된 직접적인 동기는 윤 대통령의 태도를 알았기 때문이다. 쿠데타

를 지지하는 태도를 처음에는 알지 못했으나 17일경에는 알게 되었다. 미 대사관으로부터 윤 씨 태도에 대한 연락을 받았다. 윤 씨가 그렇게 나오는 한 자기들도 별 도리가 없다는 것이다. 그는 군의 쿠데타를 지지할 뿐 아니라 쿠데타 진압을 방지하기 위해 온갖 방법을 다 쓰고 있음을 알았다.

대통령 비서 김 모를 1군사령관 이한림에게 보내 쿠데타 진압을 저지하도록 했다. 국군통수권을 쥐고 있는 대통령의 태도가 이러한 것을 알고는 쿠데타가 진압되리라는 희망을 포기하는 수밖에 없었다. 나라의 운명은 결정되었다.

윤 대통령뿐만 아니라 장도영까지도 쿠데타에 가담하게 되고 보니 나의 총리 사임은 필연적인 귀결이었다…….

"그로써 끝인가?"

아민이 물었다.

"남은 부분이 있지만 구질구질한 푸념뿐입니다. 감금당했느니 구속당했느니 하는 일들이 적혀 있습니다."

"박 대통령은 교묘했군. 윤 대통령과 장면 총리를 이간시킨 술책, 참모총장을 자기 편으로 만든 술책 같은 것은 당통·탈레랑·메테르니히 이상이 아닌가. 그래 윤 대통령은 어떻게 되었는가?"

"쿠데타 정권이 미국의 승인을 받을 때까지 붙들어두었다가 그 후 사표를 받아버렸습니다."

"당연하지. 장도영은 어떻게 했나?"

"쿠데타가 궤도에 들게 되자 반혁명으로 몰아 감옥에 처넣고 사형선고를 내렸지요."

"그것도 당연한 처사이지. 그래 장도영을 사형 집행했는가?"

"사형 집행까진 못한 모양입니다."

"그렇게 대가 약해가지고 어떻게 한담."

"대가 약해 사형을 집행하지 못한 것이 아니라 미국의 간섭으로 중단한 것입니다."

"그런 것까지 미국의 눈치를 봐?"

"박정희 씨는 현실감각이 뛰어난 사람이니까요. 자기에게 손해될 일은 안 하는 사람입니다."

"같이 쿠데타를 한 사람 가운데 아직 박정희 씨와 결속되어 있는 사람은 몇이나 되는가?"

"5분의 4쯤은 떨어져나가고 5분의 1 정도가 남아 있는 모양입니다."

"떨어져나간 5분의 4는 어떻게 되었는가?"

"더러는 반혁명으로 몰려 감옥살이를 하고 더러는 실각한 채 궁박하게 살고 있는 모양입니다."

"그가 사형한 사람의 숫자는 얼마나 되는가?"

"정확한 통계가 나오질 않아 잘 모르겠습니다만 수백 명 되지 않을까 합니다. 집권한 이후 사형 선고를 받은 사람이 백여 명이고, 이승만 정권·장면 정권 시절 선고만 내려놓고 집행하지 않았던 사람들을 모조리 해치웠다고 합니다."

"그건 썩 잘한 일이다."

"박정희 씨는 말로는 관기숙정官紀肅正을 부르짖고 이면에선 부패를 권장한 양면정책을 쓴 듯싶습니다."

"어째서 그렇게 말하는가?"

"쿠데타 당시엔 셋방살림을 하던 사람들이 박 정권하에서 수백 억을 축재한 예가 비일비재하고, 수십억, 수억을 축재한 사람은 부지기수이기 때문에 그렇게 말할 수 있는 것입니다."

"축재도 하나의 기술이 아닌가."

"그런데 문제가 되는 것은 쿠데타 직후 혁명재판소란 것을 만들어서 5천만 환 정도의 축재를 한 장군들에게 징역 10년 또는 15년을 과하고 재산을 환수한 바로 그 사람들이 집권하자마자 수백억, 수십억의 부정 축재를 했다는 데 있습니다."

"탄로가 났으면 총살을 하겠지."

"그러지 않았으니까 부패를 조장한 것이라고 단정하는 것입니다."

"부하를 그만큼 사랑했다는 말이 되기도 하는 것이 아닌가."

"그럴지도 모르지요. 그러나 박정희 씨는 부하를 끝끝내 신임하지 못했던 것이 아닌가 합니다. 부하들로 하여금 상호 견제하도록 묘한 인사정책을 썼다고 합니다."

"그건 당연하다. 이 세상에 믿을 놈이 어디에 있겠는가. 그런데 그 사람, 미녀들을 꽤 좋아했던 모양이지?"

"특히 가수나 여배우들을 좋아했다고 들었습니다. 최근엔 패션모델까지 끌어들여 잠자리 친구로 삼았다고 합니다."

"됐어. 호걸은 술을 좋아하고 영웅은 호색을 좋아하게 돼 있느니라."

"그런 점에서 박정희 씨는 호걸이며 영웅입니다. 술도 잘하는 모양이니까요."

"그 재미 빼곤 권력의 보람이 어디에 있겠는가. 그런 재미 보려고 쿠데타를 한 것이 아니겠는가. 그 사람이 내 마음에 들어."

"그러나 국민들 가운덴 좋지 않게 생각하는 사람들이 있는 것 같습니다. 1964년 1월 5일 박순천 씨는 국회에서 이런 말을 했습니다.

—5·16은 일부 극소수 군인이 정권욕에 사로잡혀 헌정을 중단하고 군사적인 독재정권을 수립함으로써 4·19와는 본질적으로 다를 뿐 아니라 독재의 재등장이라는 의미에서 5·16은 4·19의 반대사태다. 현정권은 곧 군정의 연장이다. 1960년 9월 10일 서울 충무로에서 밀회해 쿠데타를 음모할 때는 장 정권 성립 후 불과 18일인 만큼 이것은 혁명이 아니고 의거도 아닌 정권 획득을 위한 쿠데타다. 5·16 군사 쿠데타의 명분은 허위였으며 그 이념과 공약이 양두구육 격이었고, 그 후로 정권욕에 시종해왔다. 현 여당의 거대한 조직비·사무당원 유지비·사상 유례 없는 추악한 매수선거 자금·야당 파괴 공작금·비밀정보비 등 막대한 정치자금의 출처가 어딘가. ……쿠데타의 논공행상식으로 창설된 기관과 채용된 공무원 수는 5·16 당시에 비해 약 4만 명이 증가되었다. 군사정권 유지를 위해 수도방위사령부·중앙정보부 등을 만들어 경찰국가화하고 국민을 공포 분위기 속에 몰아넣었다. 논공행상 또는 정치자금 조달 방법에 의한 특혜 등은 일개인의 치부를 낳고 대부분 국민의 경제적 희생은 물론 중산계급의 몰락을 초래했다. 뿐만 아니라 군정 이래의 민권 억압·고리채 정리 실패·4대 의혹 사건·주체세력 간의 갈등·암투·번의·군인 데모·완전범죄형 부정선거·학원과 언론탄압 등등 신악은 구정치인을 무색케 할 정도이며 민생고는 갈수록 가중되어 집단자살이 매일처럼 신문을 뒤덮으니 이것이 과연 쿠데타를 합리화하기에 흡족한 유능하고 깨끗한 정치의 모습인지 사가들의 평가를 기다릴 뿐이다."

"쿠데타로써 획득한 정권이 스스로를 보호하기 위해 무슨 짓을 못해. 박순천이나 장면 등은 정신 나간 사람들이로구먼. 정치는 현재진행인데 역사가의 평가를 기다려서 뭣에 쓸 건가. 그런데 우리나라에도 역사가라는 것이 있지?"

"있습니다."

"놈들을 죄다 붙들어 악어밥으로 만들어."

"귀찮은 건 역사가뿐이 아닙니다. 소설가라는 것도 없애버려야 합니다."

"소설가를 다 없앨 수야 없지. 소설가를 없애놓으면 포르노 소설은 누가 쓸 것인가."

"포르노 소설은 영국이나 프랑스, 일본 등에서 수입하면 될 것이 아니겠습니까."

"안 돼, 민족적 포르노는 있어야 하니까."

"박 정권하에서의 시인·소설가의 처우는 어떠한가를 살펴보았습니다. 포르노 비슷한 소설을 쓰는 사람은 무난하게 살고 자기의 소신을 살리려는 시인이나 소설가는 행세하기가 곤란한 모양입니다."

"그것 봐. 소설가는 세 종류쯤으로 나눠 처리하라. 똑똑한 척하는 놈은 악어밥으로 만들고, 포르노를 열심히 쓰는 놈은 상을 주고, 어중간한 놈은 감옥에 넣어 반성을 촉구하고……."

"그렇다면 역사가도 모조리 죽이지 말고 선택할 필요가 있을 것 같습니다."

"대체로 우리 우간다엔 역사가 필요 없어. 현재가 있을 뿐이다. 과거를 뒤적거려 무엇 하겠단 말인가."

"역사가를 없애버리면 우리 영명하신 아민 대통령 각하 찬사를 쓸 사람이 없게 됩니다. 그게 걱정스러워 드리는 말씀입니다."

"나에 대한 찬사는 내가 쓰면 돼."

"한국에선 박 대통령의 찬사를 쓸 사람을 양성하고 있다고 들었습니다."

"그 점은 나와 다르군. 그런 건 쓸데없는 것이다. 언젠가 정상회담에서 만날 기회가 있으면 충고를 해야겠군. 정치가에게 있어서 찬사는 소용없어. 아니 권력자에겐 권력만 있으면 그만이다. 찬사를 의식하면 권력을 휘두를 수가 없다. 국민이란 탄압을 받아야 하는 존재들이다. 국민을 탄압하면서 인도주의자가 될 수는 없는 거야. 권력이냐 찬사냐, 최고권력자는 망설여선 안 돼. 찬사를 버리고 권력에 집착해야 한다고 그에게 가르쳐주어야겠다."

"가르쳐주지 않아도 박정희 씨는 이미 그렇게 실천하고 있습니다. 이번 그가 만든 '유신체제'라는 것이 바로 그것입니다."

"그렇지. 내가 가르칠 것이 아니라 내가 그에게서 배워야 하겠구나. 법무부 장관."

"예."

"우리 우간다에도 '통일주체국민회의'를 만드는 것이 어떨까?"

"우리나라는 이미 통일되어 있지 않습니까. 그러니 그런 것을 만들 필요가 없다고 봅니다."

"법무부 장관, 무슨 정신 빠진 소릴 하고 있어. 겉으로만 통일되어 있을 뿐 우간다는 분단국가나 마찬가지다. 아촐리족이 있지 않은가. 랑고족이 있지 않은가. 이 두 종족이 전멸되지 않는 한 우간다에 통일은 없다. 이름이 꼭 같지 않아도 좋다. 나를 종신대통령으로 할 수 있는 기구를 서둘러 만들어라."

"예, 알겠습니다."

"박정희 씨는 종신대통령으로서 만족할 것인가?"

"만족하겠지요."

"그럼 죽고 나면 그만 아닌가."

"그렇겠습죠."

"내가 짐작컨대 그는 종신대통령으로서 만족할 사람이 아니다. 그에 겐 딸이 있고, 아들이 있다며? 통일주체국민회의 같은 편리한 기구를 만들어놓고 그걸 이용하지 않을 사람이 아니다. 그가 임종에 들게 되면 반드시 아들이나 딸을 그 회의를 통해 대통령으로 뽑게 할 것이다."

"각하, 그 추측은 약간 지나친 것 같습니다."

"어째서 지나치단 말인가."

"아무리 밸이 없는 한국 국민이기로서니 그걸 반대하지 않고 견딜 수야 있겠습니까."

"머저리 같은 놈! 이번 유신체제는 국민의 반대가 없어서 성립되었 나? 국민의 반대를 원칙적으로 봉쇄할 수 있는 방법은 얼마라도 있다. 반대자는 죽인다. 반대할 가능이 있는 놈까지 모조리 죽인다. 죽여라, 죽여라로 나가면 어떤 국민이 꼼짝인들 할 수 있겠는가. 북조선 김일성 은 자기 아들 김정일에게 권력을 승계하도록 정해놓고 있지 않는가. 북 조선에서 될 일을 남조선에서 못할 것이 있겠는가. 두고 보게나. 대만 의 예도 있지 않은가. 그러니 우리도 박정희를 한발 앞서자는 것이다. 우간다를 왕국으로 만들어버리자. 그 법적인 작업을 지금부터 시작하 면 어떨까?"

"좋습니다."

하는 환성이 터졌다.

이디 아민은 만족스럽게 각료들의 얼굴을 둘러보며 마지막의 훈시 에 들어갔다.

"우리의 위대한 꿈은 우간다에 대왕국 또는 제국을 건설하는 데 있 다. 우리들이 시험해본바 민주주의는 비현실적이란 것을 깨달았다. 결국 일종의 위선에 지나지 않는다. 나는 히틀러의 말을 상기한다. 그는 선거를 협잡으로 보았다. 스페인의 프랑코는 현명하다. 그는 투표에 의해 성립된 정권을 위선의 결과라고 보았다. 정권은 탄환으로써 만들어져야 하고 탄환으로써 수호되어야 한다. 정권은 힘이다. 힘으로써 모든 것은 합리화된다. 그러니까 힘을 만들어야 한다. 제국을 건설하기에 앞서 우리가 자각해야 할 것은 우리나라가 적성국가들에 의해 포위되고 있다는 사실이다. 케냐? 우리의 적성국가다. 탄자니아? 이것도 적성국가다. 르완다? 이것 역시 적성국가다. 뿐만 아니라 우리 내부에도 적이 있다. 아시아인·유럽인·아촐리족·랑고족·기타 불평불만분자들이다. 그런 까닭에 나는 아시아인을 추방했다.

왜, 그들은 사사건건 우리가 하는 짓을 비판적인 눈으로 보고 있고, 비판적인 행동을 할 뿐 아니라 그들의 불평불만을 편지에 적어 그들의 고국으로 보냄으로써 우리의 위신을 해치고 있다. 이들은 조국의 통일, 나아가 제국의 건설에 장애가 될 뿐 아니라 장차의 화근이 된다. 그래서 그들을 추방하기로 결정한 것인데 그 결과는 대성공이었다. 그들의 재산을 국유화함으로써 재정적으로 우리는 적잖은 이득을 보기도 했다. 나치스의 히틀러는 유대인을 박멸함으로써 독일을 순화했을 뿐 아니라 유대인의 재산을 몰수해서 세계 최강의 나라로 만들기 위한 군비를 확충했다. 히틀러의 과오가 있었다면 그의 정책에 있었던 것이 아니라 그가 적성국가에 의해 패배했다는 사실에 있을 뿐이다. 우리가 히틀러의 전철을 밟지 않으려면 적성국가와 싸워 패배하는 일이 없어야 한다. 유럽인도 미국에 추방할 작정이지만 아촐리족과 랑고족에 대한 대책은 이들을 전멸시키는 이외의 방법이 없다. 그들을 추방할 곳이 없기 때문이다.

다음에 우리가 적성국가에 지지 않을 방책을 제시하겠다. 첫째, 적성국가와 내통할 위험이 있는 자는 모조리 색출해 사형에 처한다. 이 수법은 아마 박정희에게 배워야 할 것이다. 듣건대 그는 1964년엔 '인민혁명당 사건'을 색출해 관련자들을 사형하고, 1967년엔 '동백림 사건'을 일으켜 수십 명을 처단하고, 1968년엔 '통일혁명당 사건'을 색출해 많은 사람들을 사형에 처했다. 큰 사건만 해도 이러하다. 우리 우간다 정보부는 한국의 정보방법을 배워 적성분자 검거에 철저를 기해야 할 것이다.

둘째는 언론을 탄압해 정부를 비판하지 못하게 할 뿐 아니라 우리의 불미스러운 일이 국외로 누설되지 않도록 하는 일이다.

셋째는 철저하고 세심하게 야당을 감시하는 일이다. 어떻게 야당을 감시하고 파괴하고, 때론 매수하고 위협하는가 하는 수법도 박정희에게 배워야 할 줄 안다. 뿐만 아니라 모든 분야에 있어서 그를 배워야만 한다. 그는 일제의 용병 장교로서 입신해 수많은 독립운동가를 제치고 해방된 지 16년 만에 한국의 최고 권좌에 앉은 비상한 능력의 소유자다. 그는 한직의 말단 장군으로 있으면서 수많은 중장, 대장 등 자기의 상위장을 제치고, 한줌밖에 안 되는 병력을 동원해 이윽고 전군의 위력을 과시할 만큼 술수에 능한 인물이다. 그는 또한 도도한 민주정치의 흐름에 역행해 그의 독재정권을 반석 위에 얹어놓은 마술사와 같은 인물이다. 그는 자기의 이익을 위해선 수백 명 동지를 팔아먹는 것을 주저하지 않았고, 한때 공산주의자였던 과오를 씻기 위해선 죄 없는 사람을 소급법으로 몰아 사형장으로 보내길 주저하지 않은 과단성이 있으며, 비정에 철저한 정략가이기도 하다. 그런 뜻에서 나는 박정희 씨를 20세기 중반 후기에 있어서 걸출한 위인이라고 숭배한다. 한마디로 우리는 박정희를 배움으로써 우간다를 융성한 나라로 만들 수 있다고 장담한다. 나는 그의 유신을 기념하고 축하하기 위해 우간다 최고훈장을 그에게 수여하는 동시 선물로 악어 5백 마리를 보냈으면 한다."

"악어를 보내는 뜻이 무엇입니까, 각하."

재무부 장관의 질문이었다.

이디 아민은 정색을 하고 말했다.

"박정희의 유신체제는 많은 반대자를 속출케 할 것이다. 그 반대자를 물리치려면 죽이는 방법밖엔 없을 것이다. 그 많은 반대자를 죽여 없애는 것은 결코 용이한 일이 아니다. 그런데 우리 우간다의 악어는 하루 한 사람을 잡아먹고 능히 소화시킬 수가 있다. 악어 5백 마리면 하루 5백 명을 처리할 수 있다. 하루 5백 명이면 1년에 18만 명을 너끈히 처리한다. 그런 처리능력을 가진 나라는 별로 없다. 나는 우리의 모범국이 될 박정희 치하의 한국이 잘될 것을 원한다. 그의 권력이 영구히 존속할 것을 원한다. 그 나라가 우리의 거울이 될 것이기 때문이다. 박정희가 성공하면 나도 성공한다. 우리는 그의 모범을 따르면 될 것이니까. 모두들 나의 뜻을 알았지? 이 비밀 국무회의는 우간다를 위한 일대 전기가 될 것이다. 박정희 만세! 우간다 만세!"

국무회의가 끝난 뒤 이디 아민은 성대한 잔치를 베풀었다.

갖가지 고기가 쟁반에 가득하고 술은 샘처럼 솟았다. 가수·배우·무희를 비롯해 우간다의 미희가 장내를 메웠다. 그 미희들 가운덴 흰 장미꽃을 가슴에 꽂고 머리에 산호잠을 찌른 몇몇 여자가 있었다. 그 여자들에겐 예사로 접근하지 못하게 되어 있었다. 이디 아민의 애인이거나 애첩으로 삼을 것을 미리 점찍어놓은 여성들이기 때문이다.

고기로써 배가 부르고 술에 취했을 무렵이다. 이디 아민의 독창이 있었다. 그의 음성은 암스트롱을 닮아 있었고, 그는 암스트롱을 닮은 음성을 자랑하고 있었다.

아프리카의 시저를 모르느냐.
시저는 로마에서 죽었지만
이 아프리카 우간다에서 부활했느니라.
세상 사람들이여! 아프리카의 시저를 모르느냐!
미녀들이여 나오너라,
빅토리아호수에 배 띄워놓고 이날을 즐기자…….

이디 아민의 노래에 이어 펄 아트라시의 답가가 있었다. 펄 아트라시는 우간다 최고의 가수일 뿐만 아니라 우간다 최고의 미희다. 그녀의 피부는 올리브 빛깔이며, 그녀의 눈동자는 흑마노처럼 빛났다.

오오 이디 아민
그대는 우리들의 아폴로!
그대는 우리들의 마르스!
위대하여라, 이디 아민,
거룩하도다, 이디 아민,
그대는 우간다의 태양,
영원한 우리들의 광명!

술과 노래에 시간은 신나게 흘렀다. 몽롱한 취안으로 허공을 바라보고 솥뚜껑 같은 왼손으로 미희의 궁둥이를 만지며 아민은 옆에 있는 측근에게 중얼거렸다.

"내 존경하는 박정희 씨에게 권할 일이 한 가지 있어. 그건 우리 종교를 가지라는 것이다. 우리 종교만 가지면 그는 스캔들을 겁내지 않고 미희와의 환락을 얼마든지 즐길 수 있지 않겠는가. 일부일처제이기 때문에 스캔들이 되는 것이다. 폴리개미─夫多妻制에선 스캔들이란 있을 수 없다. 소문을 겁내 정부情婦를 죽일 필요가 어디에 있겠는가. 박정희 씨가 우리의 종교에 귀의하지 않는 건 유감천만한 일이다."

이날 아디 아민의 기분은 한량없이 좋았다. 서울에서 온 소식이 그처럼 그를 감격하게 한 것이다.

그 까닭은 단순하다.

이미 아민은 큰소리치면서도 그의 정치가 민주주의에서 벗어난 데 대해 항상 열등감과 공포의식을 지울 수 없었다. 그가 밀어낸 오보테 전 대통령이 망명지에서 기회 있을 때마다 민주주의를 표방해 아민을 비난하고 있었기 때문이다. 그런데 서울에서의 이른바 유신 소식은 그로 하여금 민주주의의 망령으로부터 해방되게 했다. 게다가 권력 유지를 위한 구체적이며 효과적인 계시를 서울의 유신에서 배웠다.

박정희 방식을 채택하기만 하면 종신대통령의 길이 트일 뿐만 아니라 제국 건설의 꿈도 불가능하지 않은 것이다.

이처럼 이디 아민의 봄이 우간다의 캄팔라에서 만발하고 있다는 것을 한국의 박정희 대통령이 알고 있었는지 어쩔는지 모른다는 것은 유감스런 일이다.

이디 아민이 박정희 대통령 앞으로 악어 5백 마리를 보내겠다는 호의는 호의만으로 끝나고 실행을 보지 못했다. 안타깝게도 우간다엔 악어 5백 마리를 수송할 만한 배가 없었다. 우간다는 내륙국이어서 해군은 빅토리아호를 관리하는 정도의 것이었을 뿐이다. 외국 선박을 빌리려고 했으나 수송품이 악어라고 듣곤 어떤 선박회사도 그 주문에 응하려 하지 않았다는 것이다.

이디 아민은 한국 문제 전담부를 설치하고 박정희의 정치전술을 배우려고 했다. 1973년 8월 김대중 사건이 있자 이디 아민은 그의 비밀경찰을 불러,

"한국은 일본에 있는 김대중을 감쪽같이 납치해 오는데 네놈들은 뭣 하는 것이냐."

고 호통을 치고 탄자니아에 망명 중인 오보테 전 대통령을 납치해오라고 명령했다.

아민의 밀명을 받고 탄자니아에 들어간 일곱 명의 특공대원은 아무리 애써도 그들의 목적이 성사될 수 없음을 알고 오보테에 항복해버렸다. 빈손으로 돌아가 보았자 총살이 기다리고 있을 뿐이란 걸 알았기 때문이다.

특공대 일곱 명이 오보테에 항복했다는 소식을 듣고 아민은 그 가족들, 부모 형제 자식들을 합친 40여 명을 허기진 악어들이 있는 지하 풀에 차 넣었다. 그러고는 비밀경찰의 두목을 파면시켰다.

이때 아민이 의아스럽게 생각한 것은 박정희 대통령이 어째서 모처럼 납치해 온 김대중을 살려두었는가 하는 문제였다.

"김대중은 일본과 미국에서 박 대통령에 대해 욕설을 퍼부었을 뿐만 아니라 반한단체에 가담하지 않았던가. 그랬는데도 어떻게 그를 무사하게 방면해두는가 말이다. 그 사람 마음이 약해진 것 아닌가? 그보다 못한 놈도 반역죄로 다스려 예사로 사형해버린 사람이 어째서 김대중을 놓아두는가."

아민으로부터 이런 질문을 받고 사법상 헨리 쿠예마는,

"미국을 비롯해 세계의 여론이 두려워 죽이지 못한 것입니다."

하고 대답했더니 아민은 다음과 같이 통탄했다는 것이다.

"사흘을 못 가는 게 여론이 아닌가. 일국의 통치자가 미국이 무서워 마음대로 못한다면 한심스러운 일이다. 내가 존경하는 사람이 그처럼 마음이 약하다고 들으니 가슴이 아프다."

1974년 1월 박 대통령은 헌법 논의를 금지하는 긴급조치 1호와, 민간인을 다스리기 위한 비상군법회의를 설치한다는 긴급조치 2호를 선포했다.

이디 아민은 즉각 이것을 모방해 긴급조치령을 내렸다. 그 제1호는 우간다의 현 제도와 법률을 비판하는 자는 사형에 처한다는 것이고, 제2호는 재판을 생략하고 행정명령으로 사건을 처리한다는 내용이었다.

이런 긴급조치 없이도 이디 아민은 반정부인사라고 보면 즉결 처분을 하고 재판 수속 같은 것을 생략했음에도 불구하고 한국을 따라 그런 조치를 새삼스럽게 선포한 것이다.

긴급조치에 의해 한국에선 장준하·백기완 등이 구속되어 비상고등군법회의의 검찰부에 기소되었다. 서울지검은 이호철 씨 등 문인, 지식인이 낀 간첩단을 적발했다고 발표했다.

이호철 씨는 김일성 치하에서 탈출해 월남한 문인으로서 간첩단에 낄 사람이 아니었다. 이 사건으로 한국의 공기는 어둡고 무겁게 변했다.

1974년 8월 15일, 광복절 경축식장에서 박 대통령 저격미수 사건이 발생했다. 박 대통령은 저격을 피했으나 동석하고 있던 대통령 부인 육영수 여사가 총탄에 맞고 죽었다. 범인은 재일교포 문세광이었다.

이 사건이 이디 아민에게 큰 충격이 되었다.

"박 대통령의 경호태세는 세계 제일이라고 들었는데 어떻게 그런 일이 있을 수 있었느냐?"

"어떻게 범인이 권총을 갖고 식장에 들어갈 수 있었느냐?"

하고 아민은 부하를 시켜 그 세부까지 조사하도록 했다.

아민의 태도야 어떠했건 이 사건은 유신체제의 전도에 검은 그림자를 드리우게 되었다. 탄압이 가중되었지만 이에 대한 반발 또한 거셌다.

학생데모는 전국에 확산되어 전국의 대학은 휴교상태가 되었다. 동아일보 기자들의 '자유언론 실천선언'이 전국의 신문, 방송, 통신에 파급되었다.

1975년에 들어 시인 김지하 씨가 반공법 위반 혐의로 재구속되었다. 4월 9일 인민혁명당 관련자 8명이 사형 집행되었다. 이 사건은 1964년에 최고형 3년으로 낙착된 것이었는데 10년 후 이런 결과로 나타난 것이다.

이날 사형 집행된 사람은 서도원·도예종·하재완·송상진·이수병·우홍선·김용원·여정남 등이다.

이중 서도원·이수병은 이사마가 잘 알고 있는 사람이다. 5·16 직후 혁명재판에 걸려 서대문 감옥에서 같이 지낸 적이 있었다.

이사마는 설혹 그들에게 과오가 있었기로서니 사형을 받아야 할 죄를 그들이 범했을 까닭은 없다는 생각으로 우울했다.

"그렇게 많은 억울한 사람들을 만들어놓고 박정희는 어떻게 할 것인가?"

하는 통분을 금할 수가 없었던 것이다.

그들의 사형이 전해지던 날 이사마는 김선의 집에서 흠뻑 술을 마셨다. 그래도 취하질 않았다.

붓과 벼루를 가지고 오라고 해서 맹자의 문장을 다음과 같이 썼다.

故國者非謂有喬木之謂也 고국자비위유교목지위야

김선이 무슨 뜻이냐고 물었다.

"고국이란 것은, 아니 조국이란 것은 큰 나무가 있대서 그렇게 말하는 것이 아니다. 사람을 아낄 줄 아는 나라라야만 고국이랄 수가 있는 것이다."

"또 조국의 부재설이군요."

김선이 조용히 말했다. 그녀는 이사마가 '조국이 없다'는 글을 썼기 때문에 형무소생활을 했다는 사실을 알고 있었던 것이다.

이디 아민으로 얘기를 돌린다.

이디 아민은 박정희의 유신체제를 본떠 1976년에 종신대통령이 되었다. 일거에 황제가 되려고 했으나 박정희식 단계를 밟아야 한다는 측근의 건의를 들어 일단 종신대통령으로서의 위치를 굳혀놓은 것이다.

앞지른 얘기가 되는 것이지만 박정희의 충실한 제자 이디 아민은 박정희 대통령이 시해되기 6개월 전인 1979년 4월 13일, 오보테가 영도하는 국민당 군대의 침공을 받아 리비아로 도망을 쳤다.

한때 아민 정권의 각료였던 헨리 쿠예마가 『유혈의 나라─이디 아민의 내막』이란 저서를 냈다. 그 책에 의하면 아민은 서울의 유신 소식을 듣고 미칠 정도로 흥분했다는 것인데 스승 박정희에 앞서 실각하고 말았다. 현재 그는 사우디아라비아에 있다는 얘기다. 영국 BBC방송국의 특별취재반을 앞에 하고 아민은,

"우간다는 내 나라다."

하고 아직도 기염을 토하고 있더라고 한다.

긴급의 시대

1973년 가을 어느 날 K군이 찾아왔다. 5·16 직후 한동안 서대문 형무소에서 이사마와 한 방에 지내던 청년이다. 그는 혁신정당을 결성하려고 하다가 주창자인 서민호 씨와 함께 서리를 맞고 은둔생활을 하고 있다고 들었는데 뜻밖에 찾아온 것이다.

우선 반가웠다. 이사마는 과묵하면서도 인정이 많고 독실한 성격의 K군을 자기보다 젊은 나이인데도 존경하고 있었다. 그는 목재상을 하고 있었는데 당국의 감시가 사업에 지장을 끼칠 정도로 극심해 도저히 계속 할 수 없을 지경이라고 했다.

예컨대 무슨 일만 있으면 기관에서 나타나 이것저것 묻고 더러는 연행되어 이틀, 사흘 밤씩 묶여 있다가 풀려나고 하니 사업상 중대한 약속을 어겨야 할 경우가 많다는 것이다.

이런저런 얘기를 하고 나서 그는 정색을 하고 물었다.

"선생님, 이런 세상에 살아갈 수 있습니까?"

"콧구멍이 있고 공기만 있으면 그럭저럭 살 수 있는 것이 아닌가."

"농담이 아닙니다. 선생님은 세상이 이래도 좋다고 생각하십니까?"

"이 세상을 두고 좋다고 생각하는 사람이 있겠는가. 특수한 사람들을 제외하고……."

"가만있어서 될 일입니까?"

"가만있지 않으면 어떻게 할 텐가."

"최선을 다해봐야지요."

"어떻게 최선을 다한단 말인가?"

"가능한 한의 수단을 써보는 거지요."

"가능한 한의 수단이라니. 구체적으로 어떻게 하겠다는 것인가?"

"지금, 개헌을 청원하는 서명운동을 전개하고 있는 사실은 아시지요?"

"그런 일이 있다고 듣긴 했지."

"선생님은 서명하시지 않으렵니까?"

"글쎄."

"글쎄가 아닙니다. 선생님이 그 서명에 빠진다고 해서야 말이 됩니까."

"말이 안 될 건 또 뭔가."

"이런 사태를 그저 방관만 하고 있다는 것은 긍정하는 거나 마찬가지로 됩니다. 선생님의 사상이나 처지로선 이런 사태를 긍정할 수 없는 것 아닙니까. 결연하게 의사를 표명하셔야죠."

"서명운동을 하면 보람이 있을까?"

"가령 3천 만이 서명했다면 보람이 있고도 남을 겁니다. 만일 이 청원에 응하지 않는다면 국민의 의사를 완전히 무시하는 것으로 되니까요."

"3천 만의 서명을 모을 수 있을까?"

"3천 만을 목표로 하겠지만 그 숫자가 문제되는 것이 아니고 국민들의 의사가 이처럼 절실하다는 걸 알리는 데 문제가 있는 것입니다."

"국민들의 의사를 존중한다면 원래 그런 헌법을 만들지 않았을 것 아닌가. 국민들의 의사쯤은 그들의 안중엔 없어."

"그러니까 이 서명운동을 불씨로 해서 국민의 반대 의사를 요원의 불길처럼 불태워 올리려는 겁니다."

"효과가 있을까?"

"효과를 만들어야죠."

그러곤 K군은,

"이대로 방치해두면 스페인의 프랑코 체제처럼 됩니다. 3, 40년을 이대로 가는 거죠. 그 결과의 가공함을 생각하면 치가 떨립니다. 등골이 오싹해집니다. 15년 집권에 국민의 정신상태가 어떻게 되어 있는지 그 꼴을 보십시오. 집권 기간이 길어질수록 병소病巢는 단단하게 됩니다. 암이 되는 거지요. 암은 전이작용을 합니다. 선생님도 이 운동에 참가하셔야 합니다. 앞장서라는 부탁은 안 하겠습니다. 지금 서명자는 30만이 넘었습니다. 이 30만의 대열엔 선생님이 끼어야 할 게 아닙니까?"

하고 언성을 높였다. 과묵하고 신중한 성격인 K군이 이처럼 이사마 앞에서 소리를 높여 주장한 적은 일찍이 없었던 일이다.

그러나 이사마는 거절했다.

이유로써 언젠가 대학생들이 '민주화 추진'의 성명서에 서명해달라고 왔을 때에 한 것과 꼭 같은 내용을 댔다.

"서명을 한다고 해서 효과가 없을 것은 뻔하다. 그런데 검찰이나 경찰, 아니면 기관에 불려갈 것은 명백하다. 그땐 아들이나 손주 같은 나이의 수사관 앞에 초라하게 앉아 각종 욕설을 섞은 심문을 받아야 한다. 그 광경을 상상해보라. 첫째, 미학적으로 불쾌하다. 요컨대 애매한 목적으로 구체적인 굴욕을 사고 싶지 않다. 나는 지사도 아니고 투사도 아니다. 그늘에 숨어 사실의 한 오라기라도 놓치지 않으려고 애쓰는 기록자로서 만족할 작정이다."

대강 이러한 것이었는데 K군은 분해서 못 견디겠다는 표정을 하며,

"선생님의 생각이 꼭 그러시다면 그런 사람이 쓴 기록이 무슨 가치가 있겠습니까?"

하고 대들었다.

만일 상대가 K군이 아니었더라면 이사마는 마음대로 생각하라며 일어서버렸을 것이지만 이사마는 그럴 수가 없었다. 사마천이 임안에게 보낸 편지를 인용하면서까지 이사마는,

"그런 굴욕을 참았으니, 아니 그런 비굴함을 견디었으니 오늘날 『사기』가 남아 있게 된 것이 아니냐."

며 구구한 변명을 했다.

그러자 K군은 말했다.

"선생님은 노신을 존경한다고 하셨지요. 노신을 존경한다는 선생님이 왜 그러십니까. 너절한 정신의 소유자가 쓴 백 권의 기록보다 노신이 쓴 짤막한 기록이 몇백 배 빛을 발한다는 사실을 모르십니까? 제가 선생님께 기대하는 것은 노신이지 사마천이 아닙니다. 사마천 같은 인물은 이 시대엔 필요가 없습니다. 녹음기가, 컴퓨터가 사실을 수록하고 있는 시대에 개인의 구구한 사실의 수집이 무슨 보람이 있습니까. 한 줄의 문장이라도 정신이 담기고 기백이 담긴 그런 것이라야 합니다. 나라를 위해 인민을 위해 약간의 고통쯤은 각오하셔야 되지 않겠습니까."

"군의 말은 옳다. 그러나 나는 서명운동에 참가하진 않겠다."

K군의 눈이 슬픈 빛깔로 변했다.

이사마는 십수 년 전 서대문 형무소의 감방에 있을 때 간혹 본 눈빛이란 생각을 했다. 같은 방에 있던 어느 노인이 주책없는 말을 함부로 지껄이고 있으면 K군은 그런 눈빛을 하고 그 노인을 바라보곤 했던 것

이다.

"도리가 없지요."

하고 K군은 한마디 보탰다.

"선생님의 심정 이해합니다."

K군은 일어서며,

"제가 흥분해서 실례된 말을 한 것 같습니다."

라고 했다. 선배에 대해 마음을 쓰는 그의 말이 가슴에 와 닿았다. 그런 태도가 정면으로 쏘아붙이는 비난의 말 이상으로 이사마에겐 아팠다.

K군이 떠나고 난 후 암울한 공간이 남았다. 이사마는 자기가 너무나 비굴한 사람이 아닌가를 반성해보았다. 유신헌법이 악한 헌법이면, 그렇게 단정할 수 있다면 마땅히 그것을 바꾸라는 운동에 서명해야 옳았을 것 아닌가. 그런데 이사마에겐 그 나름대로 생각이 있었다. 최후까지 투쟁할 기백과 용기가 없을 바엔 그런 서명 따위를 하는 것은 무의미한 노릇이 아닌가 하는 생각이다.

그런데도 마음이 편하지 않은 것은 어떻게 된 까닭일까. 결과의 성부成否엔 관계없이 스스로의 소신을 표명하는 것으로 서명쯤 하는 것이 이른바 지식인으로서의 도리가 아니었을까.

술을 마실 의사도 없었고 아무것도 손에 잡히질 않았다. 도스토예프스키의 『작가의 일기』를 꺼내 그냥 펼친 대목을 읽기 시작했다. 울적한 심정일 경우 이사마에게 위안을 줄 수 있는 사람은 도스토예프스키밖에 없었다.

그의 『작가의 일기』는 논리정연한 이론의 전개가 아니다. 그저 심정의 표현일 뿐이다. 때론 애절한 푸념이 있기도 하지만 무슨 논을 세우려고 하면 억지가 된다. 그 억지가 이사마의 공감을 불러일으켰다. 영감에 가까운 지혜, 폐부를 뚫는 통찰력, 박람강기한 기억력을 가지고 있는 천재가 왜 억지소리를 하지 않을 수 없었던가. 바로 그 점이 이사마의 심금을 울리는 것이다.

도스토예프스키가 비인도의 극단에까지 횡포했던 차르의 절대권력을 긍정했을 까닭이 없다. 그러니 그가 차르에게 도전하지 않았다는 것은 긍정이 아니고 항복을 뜻한다. 왜 항복했느냐. 차르가 무서워서? 그것만은 아닐 것이다. 도스토예프스키는 차르에게 항복한 것이 아니라, 러시아의 제정을 있게 한 러시아의 역사, 러시아의 땅, 러시아의 기후, 그밖의 갖가지 조건에 대한 항복이었고 승복이었다.

『작가의 일기』를 쓰고 있는 동안 도스토예프스키의 마음은 일순도 사형장에 섰던 스스로의 모습과 그때의 심정에서 떠날 수 없었으리라.

'나를 살려만 준다면 북빙양의 얼음 조각 위에 백년 천년 서 있으라고 해도 나는 그렇게 하겠다.'

고 다짐하고 애원하던 그 순간을 잊지 않았으리라!

뿐만 아니라 그는 세상일이 될 대로밖엔 되지 않는다는 사실을 뼈저리게 알고 있었다. 정의와 진리만으로 혁명이 성공할 수 없으며 악마적인 그 무엇, 정의와 진리를 종국적으로 짓밟지 않곤 이룩할 수 없는 혁명의 실상을 누구보다도 잘 알고 있었다. 이를테면 차르 이상으로 무자비한 세력이 아니고선 차르를 타도하지 못하는 악령적인 인식이 그의 심중에 뿌리를 내리고 있었다.

그는 혁명을 믿기엔 인간의 약소함을 너무나 잘 알고 있었다. 사람은 약하다. 약한 때문에 못할 짓이 없다. 약한 때문에 용서할 줄 모른다. 약한 때문에 무자비한 짓을 예사로 한다. 도스토예프스키의 천재는 '약한 자로서' 인간을 생각하는 데 있었다. '약한 자로서' 인생을 관찰하는 데 있었다.

그러니까 그에겐 해답이 없다. 그는 해답을 신에 기대할 수밖에 없었다. 도스토예프스키의 신을 전지전능한 섭리라고 풀이하면 속되게 되겠지만, 모든 불합리와 모든 부조리를 고귀한 것과 지선한 것, 아름다운 것까지를 합쳐, 즉 일체의 현상을 신의神意로 보고 그대로 승복하며 그 해결을 오직 신의에 바랐던 것이다.

그래서 그는 하나의 해답, 어떻게 보면 해답 아닌 해답에 도달했다.

즉,

—신의 뜻 아니고는 아무것도 바꿀 수 없다. 모래알 하나 옮겨놓는 데도 신의 뜻이 있어야만 가능하다.

그런 의미에서 이사마는 도스토예프스키가 이 유신체제 속에 살아 있다고 치면 어떻게 행동할까를 상상해 보았다.

그도 역시 서명운동에 참가하지 않을 것이 아닌가. 그리고 K군에겐 다음과 같이 말할 것이 아닌가.

"서명한다고 해서 될 일이 아니다. 불쌍한 희생자만 생길 뿐이다."

그러면 K군은 반론한다.

"그렇다고 해서 가만있어야 합니까."

"신의의 발동을 기다릴 수밖에 없다."

"그럼 영원히 프랑코 체제가 되어버리게요?"

"영원은 신의 영역이다. 프랑코가 영원할 까닭이 없다. 유신체제가 영원할 까닭이 없다."

"그렇다면 혁명운동가를 부인하는 겁니까?"

"그것도 신의 작용이다. 누가 말려도 혁명운동가는 혁명을 하려고 달려들 것이다. 그러나 그 백만의 힘도 신의의 한자락 숨소리엔 미치지 못한다."

"결국 그건 숙명론이 아닙니까."

"그렇다. 혁명운동을 하는 사람도 숙명에 의한 것이고 혁명운동의
대열 밖에 있는 사람도 숙명에 의한 것이다."

이사마는 유신체제를 타도하려는 운동이 전개되었을 경우를 상상해
보았다. 운동이 전국적으로 확대되어 치열해지면 전 국토가 불바다가
될 것이다. 국민의 저항이 강하면 강할수록 탄압의 강도도 보태질 것
이다. 누누한 시체의 더미 위에 유신체제가 강화되든지, 아니면 북쪽의
군대가 침입해 와서 화중火中의 밤栗을 주우려고 할 것이다.

개헌 서명운동을 그대로 방치해둘 까닭이 없다. 1974년 1월 박 대통
령은 긴급조치 1호와 2호를 선포했다. 긴급조치 1호는 헌법에 관한 논
의를 금지한다는 내용이고, 2호는 비상군법회의를 설치해 민간인도 긴
급조치 위반자는 군법회의에서 처리한다는 내용이다. 이른바 대통령
비상대권의 발동이다. '긴급의 시대'가 시작된 것이다.

긴급이란 무엇일까.

나라를 위해 긴급하다는 것인가.

민족을 위해 긴급하다는 것인가.

헌법에 관한 논의가 국가와 민족에 해독이 된다는 얘긴가.

정권이 긴급할 뿐이다. 정권의 옹호가 긴급할 뿐이다.

이사마는 일제시대를 회상했다. 일제 말기 비상시라는 말이 천하를
휩쓸었다.

비상시국에 이게 무슨 짓이냐며 사람을 체포했다. 비상시를 내세워
모든 자유를 구속했다. 그런데 그 비상시는 군벌정치가들이 만들어낸

것이었다. 군벌들이 일을 꾸며선 동양 곳곳에 불집을 터뜨려놓고 그 뒷수습은 국민들에게 책임을 지웠다.

이와 꼭 마찬가지다.

국민의 반발을 살 일을 꾸며놓고 국민이 반발한다고 해서 체포, 투옥하는 기술을 도대체 어디서 배워온 것일까. 민간인을 투옥하기 위해 군법회의를 이용하겠다는 것도 독창적이다.

경찰을 가꾸어놓고, 검찰을 키워놓고, 법관들의 진용이 당당한데도 그것이 모자라 현역 군인을 동원해야만 재판이 가능하다고 하면 나라의 체모는 이미 망쳐진 것이다.

재판과 투옥을 능률적으로 효율적으로 하기 위해 비상군법회의를 필요로 한다면 법률의 명분은 사라진 거나 다름없다. 명분 없는 법률이 법률일 수가 없다. 그러고 보니 법치국가는 괴멸되었다고 말할 수밖에 없다.

체모 없는 나라로 왜 타락해야 했는가. 무법이 법률을 왜 지배할 수 있게 되었는가. 그 원인이 무엇인가.

한 사람의 야심 때문이다.

한 사람의 야심에 의해 나라는 체모를 잃고 법률은 명분을 잃었다. 그럴 바에야 양심 있는 인물의 살 곳은 교도소라고 할 것이다.

이윽고 체포의 선풍이 불었다.

유명·무명의 인물들로써 교도소는 만원이 되었다. 인구 비율로 보아 교도소 인구가 가장 많은 나라가 한국이 아닐까 하는 생각이 든다.

물론 이것은 공산국가를 제외하고 해야 할 말일 것이다. 솔제니친의 기록에 의하면 소련의 수용소군도 인구는 1천만 명을 넘는다니까. 북한의 경우는 알 수 없으나 소련의 경우와 엇비슷하지 않을까 한다.

대한민국을 닮은 나라가 공산진영 이외에도 있긴 있다. 이디 아민의 우간다.

K군이 체포되었다고 들은 것은 1월 20일이다. 그 이튿날 비상군법회의 검찰부의 발표가 있었다. 김경락 목사 등 11명이 구속되었다는 것이다.

해럴드 라스키의 기록에 의하면 기독교 개신교도들은 예외 없이 체제 편에 서는 경향이 있다고 했는데, 그러한 체제지향의 종교가 한국에선 이렇게 반체제의 색채를 띤다는 것은 연구해볼 만한 현상이다. 온유해야 하고 겸손해야 하고 세속적인 싸움엔 말려들지 말아야 한다는 신조를 가진 크리스천도 이 나라에선 반체제로 되지 않을 수 없다는 얘기인가.

이사마는 이 무렵 울적한 심정을 달래기 위해 단편소설 하나를 썼다. 주인공은 폐결핵 중증으로 병보석이 된 사나이다. 그의 기분으로선 자기 자신은 아직 교도소에 있고 결핵균이 석방된 것이다. 결핵균이 자리를 잡고 있는 몸뚱어리를 내보내지 않을 수 없었다는 얘기다. 이 사나이는 이런 생각을 한다.

─죄인이란 무엇일까. 범죄란 무엇일까. 대영백과사전엔 '범죄, 형법 위반 행위의 총칭'이라고 되어 있다는 것이고, 제임스 스티븐은,

"그것을 범한 사람이 법에 의해서 처벌되어야 하는 행위 또는 부작위."

라고 되어 있고 유식한 토머스 홉스는,

"법이 금하는 짓."

이라고 말하고 있다는데 나는 이런 해석을 납득할 수가 없다. 형법 어느 페이지를 찾아보아도 나의 죄는 없다는 얘기였고, 그밖에 어떤 법률

에도 나의 죄는 목록에조차 오르지 않고 있다는 변호사의 이야기였으니까. 그런데도 나는 10년 징역을 선고받았다. 법률이 아마 뒤쫓아 온 모양이었다. 그러니까 대영백과사전도 스티븐도 홉스도 나를 납득시키지 못한다. 나는 스스로 나를 납득시키는 말을 만들어야만 한다.

죄인이란 권력자가 '너는 죄인이다.' 하면 그렇게 되어버리는 사람이다.

이 나라의 감옥엔 권력자가 '너는 죄인이다.' 해서 죄인이 되어버린 사람들이 만원을 이루고 있다. 권력자 한 사람의 정권욕을 만족시키기 위해 이처럼 많은 죄인을 만들어내도 되는 것일까.

나는 아무런 죄 없이 넥타이공장(사형장)에서 죽어간 사람들을 알고 있다. 그 가운데서도 나와 같은 감방에 있다가 사형을 당한 J씨와 C씨는 착하디 착한 사람들이다. J씨는 이 나라의 통일에 얼만가의 도움이 되겠다고 자기 돈을 써가며 노력한 사람이고 C는 6·25사변 전에 학살된 아버지의 뼈를 찾아 장례를 지내려 했다고 해서 붙들린 사람이다. 통일하겠다고 노력한 것이 죄일까. 억울하게 죽은 아버지의 원혼을 위로해주려는 것이 죄일까. 아아 그들의 억울한 죽음!

나는 그들에게 비하면 행복한 사람이다. 그러나 그런 죽음을 피했다고 해서 과연 행복한 것일까?

이사마는 이 소설을 쓰면서 울었다. 자기가 겪은 체험이었기 때문이다. 이사마 자신 아슬아슬한 고비를 넘겨 사형을 면했다.

히틀러·스탈린·프랑코·김일성 등과 같은 권력의 망자妄者들에 의해 지배를 받는 세상에선 사형의 함정이 도처에 파여 있는 것이다.

1974년의 7월 11일엔 이른바 인민혁명당 관련 피고 21명의 선고 공판이 있었다. 그 가운데 여덟 명이 사형 선고를 받았다. 이어 7월 13일엔 민청학련 관계 피고 32명의 선고 공판이 있었다. 일곱 명이 사형이고, 일곱 명이 무기징역이었다.

비상군법회의는 이처럼 능률적이다.

해방 29년째의 8·15 경축일엔 박 대통령 저격미수 사건이 발생했다. 박 대통령은 무사하고 그 대신 부인인 육영수 여사가 절명했다. 범인은 문세광. 재일조총련에 속하는 자라고 했다.

이윽고 학생데모가 전국에 확산됐다. 전국의 대학은 휴교상태에 들어갔다. 이처럼 정국이 경색되어 있을 때 유엔군은 비무장지대에 북괴가 파놓은 땅굴을 발견했다. 긴급한 시대임을 북쪽의 김일성이 증명해 준 셈이다.

"그러니까 유신체제가 필요하다."

"그러니까 긴급조치가 필요하다."

"그러니까 군법회의는 보다 능률적이어야 한다."

어느 신문의 사설은 이러한 전제를 깔고,

"안보 없이 민주주의가 가능할 까닭이 없다."

고 주장했다.

지극히 당연한 주장이다.

전쟁이 발생하면 민주주의고 뭐고가 있을 수 없다. 그런데 유감인 것은 참된 안보, 알찬 안보가 진실된 민주주의로써 이룩될 수 있다는 사실을 그 사설이 빠뜨린 점에 있다. 생명을 다해 애착할 수 있는 민주국가라야만 국민 모두가 나라의 요새가 된다. 국민의 총화와 단결 이상으로 안보의 길이 없는 것이 아닌가. 제2차 세계대전이 그 사실을 증명하고 있다. 독재국가는 패망했다. 승리자는 민주국가였다.

그러나 이와 같은 말들은 잠꼬대나 다를 바가 없다. 유신체제는 가는 데까지 가고야 말 것이었다. 그 자체의 중력으로서 압살되지 않는 한 미동도 않는 철벽으로 화化하고 있는 것이다.

그 증거가 1975년 2월 12일에 실시한 '유신헌법 찬반 국민투표'의 결과다. 국민의 압도적인 다수가 유신헌법에 찬성했다. 그 결과가 긴급조치 9호로 나타나게 되었다. 헌법을 비방 또는 반대하는 행위는 극형으로써 보복당하게 되었다.

이사마는 이 국민투표를 두고,

"민주주의를 말살하기 위해 민주적인 방법을 도용한 것."

이라고 그의 일기에 적어 넣었다.

인혁당 관계 여덟 명의 피고에게 사형을 집행했다. 이 사건이 플레임 업된 것이라고 모두들 짐작하고 있었지만 아무도 입을 떼지 않았다. 대신문大新聞을 비롯해 언론계도 완전히 침묵을 지켰다. 비록 죄가 있었다고 해도 사형을 집행한 것은 너무하다는 말이 없지 않았으나 쑥덕공론으로 끝났다. 이사마는 이 사건을 가능한 한 철저히 검토해볼 것을 스스로의 숙제로 했다.

암울한 나날이었고 불투명한 사건의 연속이었지만 움츠릴 대로 움츠리고 있는 이사마에게 직접 와닿는 바람은 없었다.

그런데 난데없이 이사마는 광풍과 같은 사건에 휘말리게 되었다.

1975년 7월 9일 '사회안전법'이란 것이 국회를 통과했다. 이 법의 취지는, 북한 공산진영의 위협을 부단히 받고 있는 상황 속에서 형기를 마쳤다고 해서 사상범을 그냥 방치할 수 없다는 데 있었다.

그리고 그 골자는 이들 대상자에 대해 죄질에 따라 '보안감호', '주거제한', '보호관찰' 등으로 구분해 관리한다는 것이다. '보안감호'는 대상자를 구속 수용한다는 것이고, '주거제한'은 문자 그대로 함부로 이사할 수도 여행할 수도 없게 규제를 가한다는 것이며, '보호관찰'은 치안당국이 정하는 방법에 따라 감시를 받아야 한다는 것이다.

그 적용 범위는 보안법 위반으로 투옥된 사람, 반공법 위반으로 징역을 산 사람, 기타 유사한 법률에 의해 형기를 끝낸 사람이었는데 그 적용 범위 안에 이사마가 혁명재판에 걸려들게 된 법조문, 즉 '특별범죄에 관한 특별법 제6조'가 포함된 것이다.

이 법률이 통과되자 관할 경찰에서 신고를 하라는 지시가 있었다. 아닌 밤중에 홍두깨란 이런 경우를 두고 쓰는 말이다. 이사마는 곰곰이 생각한 끝에 걱정을 하고 달려온 성유정 씨에게 이런 말을 했다.

"나는 가장 가벼운 처분인 보호관찰도 받기 싫습니다. 이편의 의사와 관계없이 이때까지도 감시를 받아왔는데 이제부턴 이편에서 감시를 해달라고 자진해서 신고를 하라고 하니 이에 응할 수가 있습니까. 하물며 주거제한도 난 싫습니다. 보안감호는 더욱 싫고요. 그런 처분을 받을 바엔 나는 당당히 징역을 살겠습니다. 사회안전법 위반자로서 말입니다. 사회안전법에 규정된 애매한 명분으로 자유를 빼앗기는 것보다 사회안전법을 무시했다는 뚜렷한 명분으로 징역을 살겠다 이겁니다. 나는 신고하지 않을 겁니다. 신고하지 않고 체포당할 작정입니다."

이에 대해 성유정 씨는 아무 말 없이 돌아갔다.

이사마는 주변을 정리하기 시작했다. 정리한다고 해보았자 몇천 권의 책을 다른 곳에 분산 처리한다는 것이고 자기가 쓴 기록을 소개한다는 것뿐이다.

책과 기록은 일단 성유정 씨의 집에 맡기기로 했다. 가족들은 아파트와 자동차, 서화 등을 판 돈을 안겨 시골로 내려보내기로 했다.

이렇게 작정하고 이사마는 성유정 씨를 찾아가서 의논했다. 성유정 씨는 자기도 골똘하게 생각했던 모양으로,

"상대가 정권인데 패배가 뻔한 도전을 할 필요가 있는가. 기껏 '보호 관찰' 정도의 처분일 것이고, 그런 감시는 지금도 받고 있는 것이 아닌 가. 울컥하는 심정을 모르는 바 아니지만 이왕 참고 견디었으니 조금만 더 참을 요량을 하면 어떻겠는가."

하고 더듬더듬 신고를 권했다.

"난 그렇게 안 할랍니다. '나를 보안처분해주시오' 하고 비굴하게 신 고하는 것보단 체포당하는 편을 택하겠습니다."

하고 이사마는 성유정 씨의 권고를 거절했다.

이사마는 평소엔 부드러운 성격이지만 한번 틀어지면 옹고집이 된 다. 그 성격을 잘 아는 성유정 씨는 더 이상 말을 하지 않고 한숨만 쉬고 있더니, 김선의 집에 가서 술이나 마시자고 했다.

"붙들려 가면 술도 못 마실 테니까 실컷 마셔둬야지요."

하고 이사마는 따라나섰다.

성유정의 사정 설명을 조심스러운 얼굴로 듣고 있더니 김선이 단호 한 어조로 말했다.

"이 주필의 생각이 옳아요. 사회안전법인가 뭔가는 무시해버리세요. 그걸 무시하고 징역 사는 것이 훨씬 떳떳해요."

그러자 성유정이,

"나는 이 주필을 설복하는 데 김선 씨의 도움을 청하려고 했는데, 그 것 무슨 말을 그렇게 하시오."

하고 언짢은 표정을 지었다.

"말도 되지 않는 법률에 승복해요? 저 같아도 절대로 승복하지 않겠어요. 이 주필께선 소신껏 하세요. 옥바라지는 제가 해드릴 테니까요. 설마하니 이런 정권이 얼마나 계속 될려구요."

김선의 이 말이 큰 위안이 되었다.

이사마는 호기 있게 술을 마셨다. 술에 얼근하게 취하자 비장감이 솟았다. 마하트마 간디의,

"굴복하지 말라."

는 말이 상기되기도 했다. 마하트마 간디는 영국 정부의 '소금 전매법'에 항거해 '소금 행진'을 시작해서 바닷가에 가서 손수 소금을 만듦으로써 '소금 전매법'을 어겼다.

이사마는 '사회안전법'을 무시함으로써 나름대로의 저항 자세를 취할 각오를 다짐했다.

그러곤 그 이튿날부터 비슷한 처지에 놓인 친구들을 찾아다니며 동지들을 결속할 운동을 시작했다. 그런데 모두들 입을 합쳐 그 감정과 취지엔 공감할 수 있으나 신고를 거부할 수 없다고 했다.

"이왕 슬픈 나라에 사는 형편이니 더더욱 슬픈 꼴을 당해보지."

하고 울음을 터뜨린 친구도 있었다.

"사람을 묶는 법률을 그처럼 많이 만들었는데도 그것이 모자라 또 이런 법률을 만들어?"

하고 비분강개하는 친구도 있었다.

그러나 한 사람도 신고하지 않겠다고는 하지 않았다. 간디의 '소금 행진'을 닮아보겠다고 한 이 주필의 의도는 좌절됐다. 그래도 자기 혼자만은 신고 거부를 관철할 각오를 굳혔다.

이미 법치국가의 명분을 팽개쳐버린 정부를 상대로 사회안전법의 배

리背理를 들먹이는 것은 하나마나 한 노릇이지만 그렇다고 치더라도 가만있을 수가 없다. 사상범이라고 해도 인권은 존중되어야 할 것이고 사상범의 전과가 있다는 이유로 법적으로까지 푸대접을 받을 수야 없다.

특히 '보안감호 처분'은 중대한 문제다. 혹독한 악법이다. 사상범을 그냥 방치해둘 수 없다고 해도, 이런 가혹한 처사를 하지 않더라도 보람을 가질 수 있는 방책이 얼마든지 있다. 오랜 감옥살이를 하고 풀려나온 사람을 위험하다는 주관적 판단만으로 다시 구속한다는 것은 언어도단의 일이다. 개과천선했을지도 모르지 않는가. 아니라도 일체의 정치의욕을 포기하고 체관의 경지에 들어섰을지도 모르는 일이 아닌가.

게다가 감호처분의 기한을 2년간으로 규정하고 있지만 법무부 장관의 명령으로 몇 번이나 갱신할 수 있게 되어 있는 것이니 어쩌면 무기형에 가까운 부정기형을 살아야 하는 결과가 되기도 한다.

신고 기간이 박두하자 경찰에서 이사마를 찾아왔다. 어김없이 신고하라는 반위협·반권고였다. 이사마가,

"나는 신고하지 않을 작정이다."

라고 하자 정보계 형사는,

"농담을 하시는군요."

하고 웃으며 돌아갔다.

그런데 어느 날 이사마가 사회안전법 적용이 면제된 대상자의 하나가 되었다는 통지가 왔다. 제6조 '특별법'에 해당해 형을 받은 사람 가운데서 법무부 장관의 직권으로 일곱 명에게 사회안전법 적용 면제 처분을 내렸다는 것이다.

수백 명의 대상자 가운데서 면제된 극히 소수자에 끼었다고 해서 기뻐할 일인가. 이사마는 되레 면제 처분이 되지 않은 것만 못하다는 기분이었다. 이사마는 자기가 무슨 이유로 면제되었는지 그 이유를 알 수 없었다. 그 이유를 알려고도 하지 않았다. 뒷맛이 썼지만 쓴 그대로 사태를 받아들이지 않을 수 없었다.

신고를 하지 않겠다고 억지를 쓰지 않아도 된 것만은 여하간 다행이었다. 그 대신 사회안전법을 거부하는 저항자가 되겠다는 비장감을 잃은 것은 섭섭했다.

이 소식을 듣자 성유정과 김선은 축하의 잔치를 벌이자고 제안했지만 이사마는,

"술은 마시되 축하는 하지 말자."

고 사양했다.

수천 명의 사람이 걸려들어 있는데 자기만 모면했다고 해서 그것이 축하할 일인가. 여전히 포로의 신세, 노예의 신세인데 얼마간의 벌칙을 면제해주었다고 해서 축하할 기분이 된다면 그것이야말로 너무나 비굴한 꼴이 아닌가.

그보다도 이사마는 자신이 면제 처분을 받았다고 해서 결코 유쾌한 기분이 될 수 없는 사정이 그의 주변에 있었다. 그 사정을 적은 것이 이사마의 단편소설 「내 마음은 돌이 아니다」다.

이사마는 그 소설을 다음과 같이 시작했다.

그 사람을 생각하고 있으니 마음이 시의 빛깔로 고인다.

이끼가 끼기 시작한 석상의 그 바래진 슬픔을

살결에 스미이고

일월日月을 가둬놓고 살기 위해

그 사람은 그곳으로 간다.

그는 시를 싫어한 사람이다. 그의 말에 의하면,

"시는 구체적인 슬픔, 개체적인 죽음을 추상적으로 일반적으로 때론 감동적으로 페인트칠해선 슬픔의, 또는 죽음의 또 다른 의미가 있는 것처럼 꾸민다. 허무를 노래해 허무에도 원인이 있는데 그 원인을 없애야겠다는 의욕을 마비시킨다. 절망을 노래해선 절망 속에 무슨 구원이 있는 것처럼 조작한다. 총알 하나면 말살할 수 있는 인간을 무슨 대단한 존재처럼 추켜 올리기도 하면서 무수한 생명을 짓밟은 자의 발에 찬사를 새긴 꽃다발을 보내는 노릇이다."

그런데도 그를 생각하면서 어쭙잖게 시를 모방하는 심정으로 기울어진다는 게 무슨 까닭인지 알 수가 없다.

그는 나와 가깝지도 멀지도 않은 사람이었다. 그에게 애착이나 동정을 느끼고 있는 바도 아니다. 그런데도 나는 그를 지나쳐버릴 수가 없는 것이다. 그 사람의 이름은 노정필.

노정필은 무기형에서 감형된 20년의 형기를 꼬박 채운 사람이다. 그 동안 친동생을 사형장에서 잃기도 했다. 2년 전 출옥했는데, 출옥 이래 전연 말이 없어 주위의 사람들은 그가 실어증에 걸린 사람이 아닐까 생각할 정도였다.

찾아온 친척이나 친구에게 인사말 한마디 없었다니까 그는 완전히 세상과는 담을 쌓고 지내려는 각오인가 보았다. 돌이 되어버린 사람,

사람의 형상을 지닌 돌이니 석상일 수밖에 없는 사람, 그것이 이사마가 알고 있는 노정필이었다.

노정필과 이사마는 먼 사돈이었다. 그러나 그 사돈관계로 해서 이사마가 노정필에게 접근한 것은 아니다. 노정필의 동생 상필이 중학 시절 이사마의 2년 선배였다. 그 상필이란 사람이 형장의 이슬로 사라졌다.

만석꾼의 아들로 태어나 형은 무기징역을 받고 아우는 사형을 당했다. 그 동기와 경로가 어떻게 된 것일까. 좌익운동을 했다고 치더라도 지나친 중형이 아닌가. 그 사상은 어느 정도로 철저하며, 지금의 심정은 어떠할까 하는데 이사마는 호기심을 가졌다.

추석이 가까운 어느 날 이사마가 노정필을 찾아갔다. 부인의 말이 노정필은 성묘하러 고향에 갔다고 했다. 노정필은 부인이 아무리 권해도 고향엔 가지 않겠다고 하고 성묘도 하지 않겠다고 버티어온 사람이다.

「내 마음은 돌이 아니다」에서 인용하기로 한다.

그 사람이 어떤 심정의 변화로 성묘할 생각을 했을까.

"어떻게 그런 생각을 하게 되었을까요?"

마음속의 중얼거림이 물음으로 되었다.

"글쎄 말입니다."

하 여사(노정필의 부인)는 고개를 갸웃했다. 그건 60세 가까운 여인의 동작이라기보다 소녀의 동작이라고 할 수 있는 그런 동작이었는데 고개를 갸웃한 자세 그대로 하 여사는 조용히 말을 엮었다.

"바로 나흘 전의 밤이었습니다. 책을 읽고 계시더니, '여보' 하고 부르시지 않겠어요? 그 말소리가 어찌나 부드러운지 가슴이 철썩 내려앉았습니다. 왜 부르느냐고 물었지요. 그랬더니 나 이번 추석에 성묘하러 갈 작정이라고 하셨어요."

하 여사의 말소리가 떨렸다.

"하도 놀랍고 기뻐서 멍청하니 그일 쳐다보고 있다가 '그럼 저도 같이 갈까요.' 했더니 제가 같이 가면 일이 너무 번거롭게 될 거라면서 올해는 당신 혼자 가시겠다는 말씀이었습니다. 내년엔 저와 같이 가서 장인 장모의 성묘까지 하시겠단 말씀도 있었어요."

하 여사는 이 마디에서도 뭉클한 가슴을 진정시켜야만 했다.

"혼자 가시기로 결정을 하곤 돈 쓸 줄을 몰라 걱정이라고 하셨습니다. 해방 후 얼마 동안을 제외하곤 돈을 만져본 일이 없었으니 무리도 아닌 얘기죠. 쌀 한 되 값이 얼마, 고향까지 기차비가 얼마, 자동차비가 대강 얼마 하는 식으로 가르쳐드렸습니다. 그랬더니 웃으면서 하는 말씀이, 중학교에 입학했을 때 삼촌으로부터 돈 쓰는 법을 배웠는데 그때 생각이 난다는 얘기였습니다. 그리고 아무리 궁하게 살기로서니 오랜만에 고향엘 돌아가시는데 맨손으로 갈 수야 없지 않아요. 십촌 이내의 조카들, 손주뻘 되는 아이들만 대강 헤아려보아도 서른 명이 더 될 것 같았습니다. 연필을 사가지고 가기로 했지요. 백화점에 그것을 사러 갔습니다."

"노 선생이 백화점엘 가셨어요?"

"덕택에 20수 년 만에 처음으로 부부동반하고 나들이를 했습니다"

"백화점에 가보시고 무슨 말이 없으셨습니까."

"별 말씀 없으셨지만 대단히 놀라신 것 같았어요. 추석 대목이라서 그런지 사람들이 들끓고 있었는데, 이렇게 모두들 경기가 좋은가 하고 중얼거렸습니다. 어쩌면 그렇게 좋은 물건이 많은지. 그인 이게 모두 어느 나라의 상품이냐고 물어보았어요. 전부 국산품이라고 하니까 믿으려 하시질 않아요."

"연필을 사셨습니까?"

"열 다스를 샀습니다. 집에 돌아와 연필을 깎아 써보시더니 대단히 감탄하시던데요. 썩 좋은 연필이라구요. 오랜만에 연필을 쥐어보니 감동이 새로웠던 모양입니다. 한참 동안을 쓰고 계셨으니까요."

그 무렵 이사마는 노정필에 관해 다음과 같이 쓴 적이 있다.

노정필 씨는 오늘도 내가 그 집을 나올 때 인사말이 없었다. 이를테면 철저하게 나를 무시할 작정인가 보았다. 나는 바로 그것을 기점으로 해서 그를 경멸할 자료를 만들 수가 있다. 그가 어떤 주의와 사상으로 잔뜩 무장한 성이라고 치고, 내가 서두르기만 하면 그 무장이 기실 돈키호테의 갑옷이며, 그 성의 내부는 거미줄로 꽉 찬 폐품 창고나 다름없다는 검증을 해낼 수 있을지도 모른다. 그가 겪고 쌓은 경험의 진실이란 것이 사실은 녹슨 칼과 창이란 것을 증명할 수 있을지 모른다.

어떤 착각을 신념인 양 오인하고 있는 하나의 폐인을 발견할지도 모르지만 설혹 그렇다고 치더라도 나는 그를 민족의 수난이 만들어낸 수난의 상징으로 보고 소중하게 감싸줄 아량을 가지고 있다. 그러나 나는 가톨릭의 신봉자 박희영 군과 마르크스주의자인 노정필을 대비해 다음과 같은 판정을 내린다. 노정필과 박희영을 대비해 우열을 말할 수는 없다. 그러나 인간은 인간적인 사람을 좋아하게 마련이다. 나는 천주교를 믿을 생각이 없지만 박희영의 천주만은 믿고 싶은 생각이 든다. 인간을 보다 인간적일 수 있도록 하는 계기가 되는 천주란 소중한 존재가 아닌가. 이와 같은 판정의 배후엔 노정필의 마르크스주의에 대한 상정이 있다. 노정필은 어느 때 분연히 말한 적이 있다.

"이 선생은 간혹 내 앞에서 마르크스주의의 과오 같은 것을 증명해 보이려고 하는데 그런 수작은 앞으론 말도록 하시오. 나와 마르크스주의와는 아무런 관계도 없소. 내가 이해한 마르크스주의는 똑같은 물인데도 젖소가 먹으면 젖이 되고 독사가 먹으면 독이 된다는 이치일 뿐이오."

이러한 노정필의 의식에 차츰 변화가 생기기 시작했다. 이사마와 다음과 같은 대화를 할 만큼 부드러워진 것이다. 노정필이 목공소에 취직했을 무렵에 있었던 일이다.

"다음 일요일에 이 선생을 찾아볼까 했는데."

"하실 말씀이 있습니까?"

"솔제니친을 읽었습니다. 토론을 하려구요."

(얼마 전 이사마가 솔제니친이 쓴 『수용소군도』를 노정필에게 갖다 준 것이다.)

"목공소에서 일을 하시면서도 책을 읽을 수 있었어요?"

"밤 시간이 있으니까요. 그리고 여덟 시간 노동, 오전 오후로 각각 30분 쉬고 점심시간이 한 시간이니까 여섯 시간 노동인데다 토요일은 반휴, 일요일은 노니까 책 읽을 시간은 충분합니다."

그러면서 노정필이 담배를 피워 물었다.

"담배를 피우게 되었습니까."

"일을 하자니까 피우게 되더구면. 쉬는 시간에 하품만 하고 있을 수도 없구."

"담배를 피우시니까 어울리는데요."

"돌부처는 면하겠습니까?"

"어떻게 목공소에 나가실 결심을 하셨습니까?"

"열을 좀 내라고 한 것은 이 선생 아니오? 형무소에서 배운 기술입니다."

"노동 사정은 어떻습니까?"

"생각하기보단 좋습니다."

"보통의 능력으로 보통의 노력만 하면 한국에서 사람답게 못살 바 아니라는 그런 생각은 해 보시지 않았습니까?"

"글쎄요."

"나는 대한민국이 보통의 능력을 갖고 보통으로 노력만 하면 살 수 있는 나라라고 생각해요."

"그럴까요?"

"정치에 너무 많은 것을 기대하는 건 잘못이라고 생각합니다. 정치에 너무 많은 기대를 하니까 과격파가 생겨나는 것 아니겠습니까. 좌익이나 우익이나 과격파는 모두 정치에 지나친 기대를 하는 데서 나타나는 현상이라고 봐요. 정치란 본래 그렇고 그런 것이다, 하는 한계의식을 갖고 부족한 건 각기 자기자신의 수양과 노력으로 채우도록 해야 하지 않겠어요?"

"그렇게 하면 이 선생 같은 건전한 인격과 식견을 갖게 된다, 그건가요?"

노정필의 말엔 약간 가시가 돋쳐 있었지만 말투는 부드러웠다.

"제 말에 틀린 게 있습니까?"

"틀리지 않은 말이 전부 옳은 말은 아니니까요. 그래 이 선생은 대한민국을 완전무결한 나라라고 생각해요?"

"완전무결이란 말이 어떤 뜻인지 모르겠습니다만 북쪽의 김일성이 지랄만 안 하면 이보다 훨씬 좋은 나라가 되겠지요."

"이북에 있는 사람들도 그와 비슷하게 말하겠지."

"북쪽에선 그런 말 할 수 없을 텐데요. 공산당 정권의 생리 자체가 국민을 억압하는 시스템을 갖게 마련이 아닙니까. 소련의 예가 있지 않소."

"이 선생이 하는 말은 대한민국의 우등생이 하는 말 같소."

"노 선생은 어떻게 생각하십니까? 솔제니친의 작품을 읽으셨다니까 묻는 말입니다."

"내 솔직한 심정은 소련도 커졌구나 하는 느낌이었소. 솔제니친 같은 반체제의 작가가 공공연하게 등장할 수 있다는 점에서요."

이사마는 책을 읽는 방법도 갖가지구나 하는 생각으로 웃고 다시 물었다.

"스탈린의 만행에 대해선 어떻게 생각하죠?"

"스탈린의 만행이 어떻건 자체 내에서 그만한 비판을 할 수 있다는 게 대단한 일 아닙니까."

"그런 흉물을 있게끔 한 것이 공산당의 생리라곤 생각하지 않으세요?"

"그건 생리가 아니고 병리겠죠, 어느 조직에건 병적인 부분이 있는 거니까."

"병리를 통해 생리를 알 수 있는 겁니다."

"이 선생은 개혁에 대한 의지를 부정하는 겁니까?"

"개혁에 대한 의지를 부정하고 어떻게 살겠습니까."

"그렇다면 마르크스주의를 그런 개혁에 대한 의지로 보고 일단 승인

할 순 없겠소?"

"나도 마르크스주의 중 일부의 진리는 승인합니다. 그러나 마르크스주의가 진실로 인간의 복지에 도움이 되려면 간디주의, 즉 마하트마 간디의 사상으로써 세례를 받아야 한다고 생각해요"

"폭력을 배제해야 한단 말씀이군요."

"그렇습니다."

"간디주의는 그야말로 지나친 이상주의가 아닐까요?"

"계급을 없애고 각 개인의 자유가 만인의 자유와 통하도록 해야 한다는 마르크스주의는 지나친 이상이 아니구요?"

"간디주의는 이상주의라고 하기보다 몽상이라고 하는 편이 옳지. 몽상 갖곤 일보도 전진하지 못합니다."

"그래, 마르크스주의는 몽상이 아니라서 계급 없는 사회를 만든다고 떠벌리고 철저한 억압사회를 만들었습니까?"

"이렇게 되고 보니 영락없이 마르크스주의를 대변하는 처지가 되어버렸구려. 헌데 그런 게 아니고 그 개혁에 대한 의지만은 존중할 줄 알아야 한다는 그 정도의 뜻입니다, 내 얘긴."

"내가 말하고자 하는 것은 마르크스주의의 개혁에 대한 의지는 승인하되 간디주의의 세례를 거쳐야 한다는 뜻입니다. 노 선생은 간디주의를 몽상이라고 간단하게 말하지만 결코 그런 것은 아닙니다. 폭력으로써 어느 목적을 달성할 수 있을지 모르나 폭력을 썼기 때문에 거기서 새로운 문제가 생겨서 모처럼 달성한 그 목적의 보람이 망쳐버린다는 지혜가 함축되어 있는 겁니다. 말하자면 폭력으로써 어떤 개인이나 집단의 일시적인 야심을 이룰 수는 있으나 인류가 염원하는 궁극의 목적을 달성할 수 없다는 뜻입니다.

스탈린인들 즐겨 그런 흉악한 짓을 했겠어요? 폭력으로써 잡은 정권이기 때문에 끝끝내 폭력으로써 지키지 않으면 안 되게 된 게 아닙니까. 폭력 없인 이룰 수 없는 것이라면 폭력을 써서도 이룰 수 없다는 것이 간디주의입니다. 간디의 독립사상도 마찬가지요. 인도의 독립을 원하는 건 독립 자체가 귀중해서가 아니라 인도의 백성이 잘살기 위한 조건으로서 독립해야 한다는 겁니다."

이에 대해 노정필이 한 말은,

"이 선생은 행복한 사람이오. 인도로부터 간디를 떠메고 올 정도로 정열이 있으니까 말이오. 지금 내겐 아무런 생각도 없소. 마르크스주의에 대한 미련도 없소. 다만 이조의 장롱 같은 목물木物을 한 개라도 만들 수 있었으면 하는 것이 나의 소원일 뿐이오."

이런 대화가 있고 몇 달인가 지났다.

사회안전법을 만든다고 논의가 나돌기 시작했다.

이사마는 어느 일요일 오후 노정필을 방문했다. 사회안전법에 대한 그의 반응을 알아볼 겸 갔던 것이다.

노정필은 마루에서 목재에 대패질을 하고 있었다. 뜨락에 판자며 각목이 쌓여 있었다.

"목공소를 차렸습니까."

인사말 대신 이사마가 물었다.

"공일을 이용해서 장롱을 만들어보려구요."

"예술품이 생겨나겠습니다."

하고 이사마는 마루에 걸터앉았다.

그리고 물었다.

"여전히 신문을 보시지 않습니까?"

"안 봅니다."

"라디오도?"

"안 듣습니다."

"무슨 소식 듣지 않았습니까?"

"못 들었는데요. 원래 삼불주의니까."

삼불三不이란 불견不見·불청不聽·불언不言을 뜻하는 것이다.

"무슨 좋은 소식 있습니까?"

노정필은 깎던 나무와 연장을 대강 설겆고 손을 털며 물었다. 이사마는 사회안전법의 얘기를 꺼낼 수가 없어,

"요즘 기분이 어떻습니까?"

했다.

"나쁠 건 없지요. 곰곰이 생각해보니 이 선생의 말이 옳은 것 같아요. 정치에 지나친 기대를 가지지 말아야죠. 사람은 제각기 노력해서 인생을 개척해야 한다는 것을 알았소. 보통의 노력을 해서 보통으로 살아갈 수 있으면 더 바랄 것이 없다는 것이 이 선생의 말이었는데, 그런 뜻에서 한국도 이 정도면 됐다는 생각을 하게 되었소."

노정필의 그 말을 들으니 이사마의 가슴이 무거워졌다.

"안색이 좋지 않은데."

노정필이 이사마의 얼굴을 살피더니,

"어디 아프신 것 아닙니까?"

하고 물었다.

"아픈 덴 없습니다. 그런데 노 선생의 생각이 그렇게 달라진 덴 무슨 동기가 있었을 것 아닙니까?"

"동기가 뭐 있겠소. 매일 노동을 하고 있으니 차츰 마음이 밝아진 게

죠. 무엇을 만든다는 것, 노동의 보람을 느끼며 산다는 것, 그게 좋은 거더구먼. 목공소의 분위기도 좋구요. 모두들 구김살이 없어요. 가난하긴 하지만 궁하진 않게 사는 사람들이니까요. 그래 생각했지. 이 정도의 생활 분위기를 만들어낼 수 있는 정치면 굳이 경계할 필요도 없고 반대할 필요도 없고 지나치게 몸을 도사릴 필요도 없다구."

"학생들이 데모를 했다는 소식은 듣지 않았습니까?"

"공장에 있는 아이들이 그런 소리를 하데요. 그러나 모두들 냉담합니다. 돈푼이나 있어 갖고 대학에나 다니니까 까부는 거라구."

"비상조치에 관해선 어떻게 생각하십니까?"

"이 정부로선 당연한 처사겠지요. 자위책을 갖지 않는 정부가 어디 있겠소."

이사마는 자기 앞에 앉아 있는 사람이 얼마 전까지만 해도 세상을 저주하듯 석상처럼 도사리고 있었던 바로 그 사람이라곤 생각할 수 없었다. 다소의 변화는 예상할 수 있었지만 이렇게 급격한 변화가 있을 줄이야 상상도 못했던 것이다.

"노 선생은 많이 변했습니다."

"현실을 긍정적으로 받아들이기로 했지요."

하고 노정필이 지난번 유신체제 지지 여부를 묻는 국민투표에 이 세상에 나고 처음으로 투표를 할까 하고 마음먹었다가 쑥스러운 기분이 들어 자긴 기권했지만 부인에게 투표를 시켰다고 했다.

이사마는 이윽고 사회안전법의 얘기를 꺼냈다. 그 취지와 골자에 관한 설명을 듣자 노정필의 얼굴에 묘한 웃음이 일었다. 그러나 그건 순간적으로 꺼져버렸다. 평시의 얼굴로 돌아갔다. 그리고 한 첫 마디가 이랬다.

"당연한 일이지."

"당연하다뇨?"

"나는 이 정부가 너무나 관대하다고 생각하고 있었소. 그럴 까닭이 없을 텐데 하는 생각도 했구요."

"……"

"일제 때 보호관찰법이란 무시무시한 법률이 있었소. 그런 법률의 본을 안 보는 게 이상하다 했지."

노정필은 이어 중얼거렸다.

"그럴 줄 알았지. 당연하지."

"그러나 모릅니다. 그 법률이 제정될지, 어떨지."

이렇게라도 말하지 않곤 배겨낼 수 없는 기분이어서 이사마가 한 말인데 노정필이 정색을 했다.

"두고 보시오. 절대로 그 법률은 성립됩니다."

그리고,

"그렇게 되면 이 선생도 행동에 제한을 받겠구면요."

하고 근심스러운 표정을 지었다.

부인 하영신 여사가 외출에서 돌아온 기척이 있었다. 노정필이 이사마의 귀에 대고 나직이 속삭였다.

"내 아내 앞에선 그 법률 들먹이지 마시오."

그날 밤 노정필과 이사마는 실컷 술을 마셨다. 사회안전법의 '사'자도 입 밖에 내지 않고 바람 가고 구름 가는 소리만 하며 애써 유쾌한 기분을 날조했다. 이러한 기분에 편승해 이사마가 물어본 것이 있다.

"노 선생은 만석꾼의 아들로서 왜 하필이면 그런 길을 택하셨소? 예술의 길도 있고, 학문의 길도 있고 데카당스한 길도 있는데 말이오."

"모든 길은 로마로 통한다고 생각한 거요."

"로마로 통하는 길이 감옥으로 통해버렸군요. 대부호의 아들이면서 무산자의 선봉에 서서 으쓱해보고 싶었던 거죠? 색다른 영웅이 되고 싶었던 거죠?"

"영웅이 아니라 용이 되어 승천할 작정이었소."

"실컷 이용만 당하고 부르주아의 반동이란 낙인이 찍혀 숙청당할 것이란 생각은 안 했습니까?"

"용이 되어 하늘을 날 생각을 했다니까."

그런데 취중에 이런 말이 왜 오가게 되었는가를 하영신 여사는 알고 있었다. 사회안전법의 위험을 미리 감지하고 있었다.

이윽고 1975년 7월 9일 사회안전법이 통과되고 정식으로 공포되었다.

8월 말 궁금하기도 해서 이사마는 오랜만에 노정필 씨를 찾아갔다.

노정필은 '보안감호'의 처분을 받고 교도소에 끌려가고 없었다.

마음을 고쳐먹고 한국의 국민이 되었을 때 정부는 그를 한국의 적으로 몰아 구금해버린 것이다.

단정히 날아갈 듯한 치장을 하고 한동안 우아했던 하영신 여사의 모습은 온데간데가 없고 70세가 내일 모레인듯 여겨지는 노파가 이사마를 보자 울음을 터뜨렸다.

마루 한구석에 노정필이 짜다가 만 장롱의 형해가 애처로웠다.

이사마는 그 자리에 있을 수가 없어 인사도 한 듯 만 듯 그 집에서 빠져나왔다.

이사마는 소설 「내 마음은 돌이 아니다」의 끝을 다음과 같이 맺었다.

거리는 폭서에 이글거리고 사람들은 쇠잔한 몰골로 붐비고 있었다. 언제 슬픔이 없는 거리가 있어 보기나 했던가. 나라가 잘되기 위해선 노정필 같은 인간이야 다발다발로 역사의 수레바퀴에 깔려 죽어도 소리 한번 내지 못한들 어쩔 수 없는 일이다.

"나라가 잘되기 위해선"은 발표하기 위한 문면文面이고 이사마의 원고엔 "한 사람의 정권욕을 채우기 위해선"이라고 되어 있다.

썩은 일월

10년, 20년 동안이나 징역을 살고 겨우 풀려나와 한시름 돌리고 있는 사람들에게 '사회안전법'은 청천의 벽력이나 다를 바 없을 것이다.

그런 사람들은 대개 한때의 노정필 씨처럼 돌이 되어버렸거나 뼈란 뼈는 죄다 녹아 낙지처럼 되어버렸을 것이 뻔하다. 그중에 혹시 보복과 저항의 의지를 가꾸고 있는 사람이 있겠지만 마음뿐이지 행동으로 나타낼 사람은 거의 없을 것이라고 짐작해도 과언이 아니다.

있다고 가정해도 적당하게 감시만 하면 화를 미연에 방지할 수가 있다. 그들이 무슨 화란을 일으킨다고 해보았자 별게 있을 까닭이 없다.

그보다도 이 나라엔 사람을 묶어 감옥에 보내기 위한 법률이 너무나 많다. 그 많은 법률이 모자라 게다가 또 사회안전법을 만들어 보태야 할 필요가 있을까.

이사마는 노정필 씨를 생각하면 가슴이 아프다. 노정필 씨는 끌려가며 무슨 생각을 했을까. 다시 영어의 몸이 되어 무엇을 생각하고 있을까. 2년마다 감금 기한을 갱신한다고 하지만 하한도 상한도 없고 보면 영영 자유의 몸이 될 날은 없지 않겠는가.

노정필 씨와 같은 운명에 말려든 사람이 얼마나 될까. 아마 상당한 수일 것이다. 6·25 때 이른바 복역을 했다고 해서 장기복역을 하고 나온 사람들은 죄다 걸려들었을 것이니 말이다. 그 숫자를 알아본들 무슨 소용이 있을까만 이사마는 그 숫자를 알아보아야겠다고 마음을 먹었다.

법무부 관리들 가운데 아는 사람을 찾아 알아보려고 했으나 무위로 끝났다. 알고 있는 것인지 모르고 있는 것인지 화제가 그 사실에 미치면 입을 봉해버리는 것이다.

신문사의 조사부에도 자료가 없었다. 이사마가 아는 어느 변호사도 자료를 가지고 있지 않았다. 수감자의 수로 미루어 대강 짐작할 수 있다지만 대강의 숫자로썬 만족할 수가 없다.

이사마는 황 법무부 장관에게 면회 신청을 했다. 황 씨는 왕년에 서울대학에서 법철학을 강의한 학자다. 한때 정비석 씨의 소설 『자유부인』을 두고 지상토론을 한 적이 있었는데, 그 무렵 이사마는 황 씨와 몇 번 만난 적이 있었다. 리버럴하면서도 강직한 학자로 알려진 사람이다. 그런 사람이 법무부 장관이 되어 '사회안전법' 같은 법률을 만드는 데 참여했다는 것은 야릇한 일이다. 황 장관은 이사마를 알아보고 반갑게 맞이해주었다. 우선 이사마는 자기를 '사회안전법'의 대상에서 풀어준 조치에 대해서 감사하다는 인사를 했다.

"이 선생이야 어쩌다 잘못 혁명재판에 걸려든 것일 뿐, 엄밀하게 말해 사회안전법의 대상이 될 사람입니까. 당연히 제외되어야죠."

황 장관의 말은 이처럼 활달했다. 이어 그는,

"장관의 직권으로 자동적으로 사회안전법의 대상에서 제외된 사람은 이 선생을 합쳐 불과 7, 8명입니다."

했다.

그 말투에 이사마는 황산덕답지 않다는 느낌을 받았다. 이사마가 아는 황산덕은 어떤 일이든 간에 생색을 내는 그런 사람이 아니었다.

이사마는 비로소 짐작할 수 있었다. 황 장관이 쉽게 면회 신청을 허락한 것은 그가 베푼 은전 때문일 것이라는 사실을. 사람이란 자기가 베푼 은혜가 있으면 그만큼 그 상대자에게 관대해진다. 상대방의 반응을 보고 싶어지기도 한다. 그러나 이사마가 그런 데까지 생각이 미친 것은 아니다.

이사마가 입을 열었다.

"나와 비슷한 사람들이 많을 것 아닙니까. 그 사람들은 어떻게 되는 겁니까?"

"그런 사람들은 심의 신청을 내야지요. 신청을 내면 심의위원회에서 심사를 하게 되어 있습니다. 심의위원회에서 이유가 있다고 인정하면 대상에서 풀려나게 됩니다."

그런 대답을 듣자는 것은 아니다. 이사마가 물었다.

"황 장관께선 그런 법률이 꼭 필요하다고 생각하십니까."

"필요하지요."

황 장관의 말은 결연했다. 이사마는 실망했다. 다소 고민하는 흔적을 기대했던 것이다.

"대학교수 시절의 황산덕 선생 같으면 그렇게 생각하시진 않으실 것 아니었을까요."

"혹시 그랬을는지 모르지요. 순 학문적, 즉 법철학적으로 보면 하자가 있는 법률이지. 그러나 국가를 운영하는 입장에서 보면, 더욱이 우리나라의 형편에선 꼭 필요한 법률입니다."

"하지만 황 장관, 이 법률 때문에 억울한 사람이 얼마나 많이 생겨났는지 상상해보신 적이 있습니까?"

하고 이사마는 노정필의 경우를 들먹이고 나서 말했다.

"이와 비슷한 사례가 많을 줄 압니다. 아무튼 나는 황산덕 선생과 같은 법철학의 권위자가 장관으로 있을 때 이런 법률이 만들어졌다는 것을 유감으로 생각합니다."

"내가 행정가라는 사실을 잊지 말아주었으면 좋겠습니다. 학설을 연구하는 것하고 행정을 하는 것하곤 다릅니다."

어디까지나 평행선이 될 수밖에 없는 이론을 토해보았자 소용없는 일이다.

"사실은."

하고 이사마는 오늘 장관을 찾은 목적을 말했다.

"사회안전법의 대상이 되는 전체의 숫자, 이 법률 때문에 수감된 사람의 숫자를 알았으면 합니다."

황 장관의 얼굴에 긴장하는 빛이 보였다. 한동안 묵묵하더니 되물었다.

"그런 걸 알아 갖고 뭣을 할 겁니까?"

"한 시대의 기록자로서 그저 알아두고 싶을 뿐입니다."

"현재로선 말씀드릴 수가 없군요. 행정엔 행정에 따른 기밀이란 게 있습니다. 직접 담당하고 있는 사람에게 물어보고 무방하다고 하면 곧 알려드리기로 하지요."

하고 황 장관은 서류를 뒤지며 바쁘다는 시늉을 했다. 이사마는 일어설 수밖에 없었다.

광화문 거리의 은행잎이 벌써 시들시들해진 느낌이다. 곧 단풍이 들 차림이다.

—맨 먼저 단풍이 드는 게 은행.

─맨 먼저 낙엽하는 것이 은행.

은행은 멀쑥하게 키가 크다. 그만큼 슬픈 나무라고 할 수가 있다.

그 은행의 가로수를 왼편으로 보고 걸어 A동에 있는 친구 사무실로 갔다. 그 친구는 온갖 풍상을 다 겪었는데도 언제나 싱그러운 농담을 즐긴다.

"몇 번 죽었다가 도루 살아나고 보니 세상이 시들해 보인다."
는 것이 그의 인생관이다.

13층에 있는 그 친구의 사무실에 갔더니 북악을 볼 수 있는 쪽의 문이 죄다 커튼으로 가려져 있었다. 그 사무실에 가면 창 너머로 북악을 볼 수 있어서 좋았던 것이다.

그런 까닭으로 그 커튼이 마음에 걸렸다. 일 보는 아이에게,

"이처럼 날씨 좋은 날에 왜 커튼을 쳐 놓았는가. 커튼을 걷으라."
고 일렀더니 P가 어설픈 웃음을 하는 말이 이랬다.

"청와대 쪽의 창문을 폐쇄하고 커튼을 치거나 셔터를 내리라는 명령이 있었다."

문세광 사건이 있고부터의 조치라고 한다. 청와대로 향해 열린 창은 모두 청와대를 노리는 총구가 될 수 있다는 논리라고도 했다.

청와대 근처에까지 김일성의 특공대가 침입한 적이 있다. 광복절 경축 식장에서 대통령을 향해 총을 쏜 자가 있다. 청와대의 주인이 적 속에 둘러싸여 살고 있는 것 같은 공포감을 가질 만도 하다.

그렇다고 해서 풍경을 몽땅 몰수할 수 있는 것인가.

"새로 임명된 C란 경호실장이 박 대통령에게 되게 겁을 먹이는 모양이다. 청와대에 도청장치를 할 수 있는 놈들이니 유리창을 뚫고 들어오는 레이저 광선을 준비할 수 있지 않겠는가 하구. 그래 놓고 이렇게 말

한다는구먼. '그러나 각하, 내가 옆에 있는 동안엔 절대로 걱정 없습니다. 나는 각하의 안전에 백 퍼센트의 보장을 해놓지 않곤 각하의 곁을 한순간인들 떠나지 않을 것입니다.' 그래 놓으니 박 대통령은 C가 자기 의사로 곁을 떠나지 않는 이상 나가라고 할 수 없다는구먼. 그러니까 자연 모든 국정을 C가 파악하게 되고 따라서 모든 일에 간섭하게 되고 심지어는 C가 먹으라고 하지 않으면 음식 한 가지 제대로 먹을 수 없게 되어 있대……."

농담과 익살이 심한 P의 말이고 보니 액면 그대로를 전부 믿을 순 없는 것이지만 그 말의 골자는 부중不中일망정 불원不遠이라고 할 수밖에 없다.

"북악에 면한 창문을 봉쇄하게 한 것도 그 C의 명령인가?"

이사마의 질문에 P는 뭘 그런 새삼스러운 것을 묻느냐는 표정이었다.

"그자가 아니고 누가 그런 착상을 하겠어."

하고 P는 말을 이었다.

"먼저 경호실장은 그래도 사람으로서의 폭도 있고 유연하기도 했어. 정치엔 그다지 간섭도 안 한 모양이구. 그런데 C라는 자는 못할 짓이 없다는 거여. 장관 차관은 물론이고 장군들까지 그 앞에 가면 절절맨다고 하니 볼 장 다 본 것 아닌가."

그러고는 여러 가지 실례를 들었다.

국무총리가 C앞에서 맥을 추지 못한다는 얘기, 어느 장군이 혼이 난 얘기, 국회의원이 불려가서 뺨을 맞았다는 얘기, 정보기관의 책임자도 C를 통하지 않곤 대통령을 만날 수 없다는 얘기 등등.

그러나 이 모든 것이 이사마에겐 시들하게만 느껴졌다. 권력이 말기 증상에 들면 괴기하고 추잡하고 창피하게 된다는 것은 동서고금의 역사가 이미 증명하고 있는 것이다.

이사마는 P의 얘기를 도중에서 막았다.

"그런 것보단 어떻게 하면 살아남을 수 있는가를 연구해야 될 게 아니냐."

"난세를 사는 방법이 세 가지 있다. 하나는 철저하게 권력에 아부하는 노릇이고, 또 하나는 철저하게 기는 노릇이며, 다른 하나는 철저하게 항거해 사중에 활活을 구하는 길이다."

P의 말은 하나같이 씨알머리가 없다. 누구나 아부할 수 있는 것이 아니다. 아부도 어느 자리에 있어야 할 수 있고, 아부 또한 기술이다. 철저하게 긴다고 하지만 아무리 긴다고 해도 법률이 뒤로부터 쫓아와 목덜미를 잡아버리면 그만이다. 항거해 사중지활死中之活을 얻는다고? 말도 안 되는 소리!

"그러나 걱정 말게. 어느 때라도 살아남는 놈이 있다네. 일제 때도 그러지 않았나. 죽은 놈보다 살아 있는 놈이 많다네. 히틀러의 그 무자비한 학정에서도 살아남은 놈이 있다. 스탈린의 치하에서도 살아남은 놈이 있다. 유신체제라고 해서 국민을 다 죽이기야 하겠나."

말은 이렇게 하고 있지만 P의 가슴이 끓고 있다는 사실을 이사마는 알고 있다. 그렇기 때문에 그를 찾아와서 말 상대를 하고 있는 것이다.

이사마가 그날 P를 찾아간 덴 특별한 용무가 있었다.

"자네, 김용직 군의 소식을 들었나?"

이사마가 물었다.

"요즘은 통 못 들었다. 무슨 일이 있었나?"

"간첩으로 붙들렸다네."

"간첩으로? 어떻게 그가 간첩으로."

"곧 발표가 있을 것이라니까 그때 가서 대강의 사정은 알 수 있겠지."

"그게 사실인가? 자넨 그 얘기를 누구한테서 들었나."

"용직 군의 어머니가 어젯밤 나를 찾아왔더라."

"흠"

하고 P는 팔짱을 끼고 먼 곳을 바라보는 눈빛으로 되었다.

"자네, 그곳에 친하게 지내는 사람이 있지 않은가."

"아는 사람은 있지. 그러나 그런 일로 부탁할 만큼 친한 사람은 없다. 그보다도 자네 일가가 있지 않은가."

"그 사람은 벌써 그곳을 그만두었다."

침묵이 흘렀다.

이사마를 찾아온 김용직의 어머니는 재판이야 어떻게 되었건 심한 고문을 받지 않도록 해주었으면 좋겠다는 부탁이었다. 이사마의 일가 형이 아직 그 자리에 있는 줄 알고 온 것이다.

그 사람이 그 자리를 그만두었다고 듣자 용직의 어머니는 거의 실신 하다시피 했다. 작년인가 재작년엔 용직이 학생운동 관계로 붙들려 가서 반병신이 되어 풀려나온 일이 있었기 때문이다.

"조심을 할 일이지."

P가 중얼거렸다.

"용직인 조심하고 있었다고 하더라. 바깥에 나다니지도 않았고 친구들과의 접촉도 없었다는 얘기였어."

"그런데 어째서 그렇게 됐나?"

"알 수가 없지."

"간첩을 누구나 할 수 있는 노릇인가?"

"글쎄 말이다."

"내가 한번 K라고 하는 사람에게 의논을 해보지."

하고 P는,

"용직인 그만두고 그 어머니 되시는 분의 팔자도 참으로 딱해."

하며 한숨을 쉬었다.

그 부인으로 말하면 참으로 딱한 팔자를 타고나신 분이다. 시집을 온 이래 거의 40년간을 옥바라지만 하고 지냈으니까.

부인이 시집왔을 무렵 시아버지는 옥중에 있었다. 6·10 만세 사건의 주모자의 한 사람으로 검거되어 7년 징역을 받고 복역 중이었던 것이다.

시아버지가 옥사하고 나자 만주에서 독립운동을 하던 남편이 붙들려 와서 징역을 살게 되었다. 남편의 옥바라지를 한 것이 10년 남짓, 해방이 되어 풀려났다 싶었을 땐 6·25동란. 동란 통에 남편은 행방불명이 되었다.

김용직은 6·25동란 때 낳은 아이다. 용직은 대학에 입학하자 학생운동에 말려들었다. 실형을 받진 않았으나 빈번히 경찰에 끌려가고 풀려나오곤 했다. 말하자면 그 부인은 삼대에 걸쳐 옥바라지를 해야만 될 팔자인 것이다. 이사마완 사돈의 8촌쯤 되고, P완 옛날 같은 마을에 살았기 때문에 집안끼리 왕래가 있었던 사이다.

"우선 살기가 매우 딱한 것 같더라. 얼만가 돈을 만들어주었으면 하는데 어떨까."

이사마는 겨우 이렇게 말을 꺼내놓았다. 아사마보다는 P의 형편이 나았다. 부산에 공장을 가지고 있는 회사의 서울지점장을 하고 있었다. P가 일어서서 경리를 보는 아가씨에게 가더니 돈 10만 원을 가지고 왔다.

"이걸 갖곤 태부족이겠지만 요즘의 내 형편도 말이 아니다."

하고 P는 암울한 표정을 지었다.

"미안하네만."

이사마는 자기에게 10만 원을 빌려달라고 했다. 월말쯤에 원고료가 들어오게 돼 있었다.

"그러지."

하고 P가 경리를 불렀다.

"이 선생이 돈 10만 원만 빌려달랜다. 떼어먹을 사람이 아니니 네 앞으로 가불을 해서 빌려드리도록 해라. 나는 이 달에 너무 가불이 많다."

경리가 돈 10만 원을 갖다주며 이사마를 보고 생긋 웃었다. 귀찮다는 내색을 하지 않는 것이 고마웠다.

"월말에 갚아줄께."

하고 이사마는 P가 낸 것과 합쳐 20만 원을 호주머니에 넣었다.

그 길로 모래내에 있는 김용직의 집으로 갈 작정이었다.

"돈 받았다고 그저 가는 놈이 어딨어. 요 아래 가서 한잔하자. 용직의 집엔 어둡고 나서 가는 게 좋을 거다."

아닌 게 아니라 이사마는 술이라도 한잔해야만 될 기분으로 되어 있었다. 황 장관 방에서 겪은 일도 따분했고 김용직의 사건도 마음을 무겁게 했다.

이사마와 P는 인사동에 있는 S집으로 들어섰다. S집은 이사마와 고향을 같이 한 여자가 경영하는 대중음식점이었지만 독특한 분위기를 가진 술집이다.

기어들고 나는 문이 허술하게 달렸고 비좁은 마당으로 들어서면 아래위채로 옛날 주막집의 봉루방을 연상케 하는 주청이 있다. 서울 한복판에 조선시대의 주막이 들어서 있는 느낌이다. 고급음식이 없는 것이 또한 특징이다. 고향맛을 풍기는 토속적인 안주에 토속적인 술이 돈 없는 소시민적 지식인들에겐 반가운 것이다.

이사마와 P가 봉루방 한구석에 자리를 잡고 있노라니까 Y군과 J군, 그리고 C군이 들어섰다. '자유언론 실천선언'을 하고 신문사와 맞서 싸우다가 무더기 파면을 당한 기자들이다. Y군이 먼저 이사마를 보고 반겼다. J군과 C군이 잇따라 인사를 했다.

"봉루방에서 비밀 얘기는 없을 것 아닌가. 우리 합석하자."

고 이사마가 제안을 했다.

"둘이서 따분하게 마시는 것보다 젊은 사람과 어울리는 게 좋겠다."

고 P가 동의했다.

그들에게 P를 소개하고 이윽고 파티가 시작되었다.

모두들 기고만장 싱그러워 이사마가 한마디 했다.

"목을 잘리고도 그처럼 기고만장하니 부럽소."

"이 선생님, 무슨 그런 소릴 하십니까. 우리는 목을 잘리고 나서야 신문기자가 된 기분인데요."

한 것은 Y군이었고,

"신문 없는 신문기자, 로맨틱하지 않아요?"

한 것은 C군,

"유신체제보다야 우리가 오래 살 거니까 두고 보세요."

하고 어깨를 펴고 말한 것은 J군이다.

젊은 기자들의 활기 있는 얘기를 듣고 있으니 암울한 이사마의 마음이 차츰 밝아졌다.

"이 선생님은 옛날 신문사에 계시지 않았습니까. 자유당 때도 언론 탄압이 심했다고 들었는데 지금과 비교하면 어떻습니까?"

Y군이 물었다.

"지금 생각하면 자유당 때는 언론의 황금 시절이 아니었나 싶은데."

하고 이사마는 과거를 회상하며 말을 이었다.

"물론 그때 탄압이 없었던 건 아니지. 정간 처분도 있었고 협박도 있었고 신문기자를 연행한 일도 있었다. 그러나 그땐 정부와 여당의 비판을 아무리 가혹하게 해도 그것이 사실을 왜곡하지 않았을 경우엔 정부가 간섭하지 않았다. 이승만이 완고하다고 하지만 신문을 탄압할 수 없다는 원칙만은 지켰다. 그 무렵 정부는 신문사에 와서 잘 봐달라고 부탁은 했어도 이런 기사를 내선 안 된다는 협박은 없었다. 정부에 불리한 기사를 발표했다고 해서 보복하는 일도 없었다."

이어 이사마는 다음과 같은 사례를 들먹였다. 자유당 말기 학생데모가 한창 일고 있을 때다. 이사마는,

"학생데모가 문제인 것이 아니라 학생데모를 있게끔 한 정부의 처사가 문제다."

하는 골자로,

"학생이 부정을 보고도 데모를 안 한다면 그야말로 국가 민족의 장래를 위해서 크게 우려할 일이다."

하고 선동적인 사설을 썼다. 데모하는 광경을 찍은 사진을 크게 1면에 내걸고, 바로 그 옆에 사설을 실은 것이다. 그때 당국에서,

"이처럼 학생을 선동하는 주필을 가만둘 것이냐."

고 사장에게 대한 협박이 있었다.

그런데 사장은 그 협박을 무시해버렸다. 이사마는 계속 데모를 탄압하는 당국의 처사를 맹렬히 비난하고 은근히 학생들의 사기를 북돋웠다.

그래도 그땐 그것이 통했다.

이사마가 말을 끝내자 Y군은,

"그런 걸 보면 자유당 정권은 공화당 정권에 비해 양반 아니냐."

고 하면서 이런 얘기를 했다.

"이 선생님, 한번 들어보시오. 작년, 그러니까 1974년 10월에 있었던 일입니다. 문공부 장관이란 X새끼가 글쎄, 각 신문사의 편집국장, 방송 국의 보도국장을 불러놓고 무슨 소릴 했는지 아십니까? 데모에 연좌된 학생들에게 대한 퇴학 처분·휴학 처분 등 학원의 동향에 대한 보도는 하지 말라고 했어요. 그것뿐인가요. 학생들이 거리로 뛰쳐나왔을 때도 보도를 하지 말고, 부득이한 경우엔 1단짜리 정도로 가볍게 취급하라 는 거였습니다. 또 걸작은 베트남의 반정부운동을 크게 보도하지 말라, 연탄 공급부족 등 사회불안의 원인이 될 기사는 되도록 작게 취급하라, 이겁니다. 도대체 이게 될 말이기나 해요? 신문을 뭘로 아는 겁니까. 그 런 일이 있은 얼마 후 어느 신문이 서울대학 농과대 학생들 3백여 명이 데모한 기사를 1단짜리로 실었는데, 당국이 덤비는 바람에 그 판부턴 빠져버렸지요. 그래 놓고 편집국장·지방부장을 기관으로 끌고 갔다 이 겁니다……."

말을 하기 시작하니 흥분이 에스컬레이트되는 모양인지 Y군은 분해 서 견딜 수 없다는 듯 자기들이 당한 수모를 예를 들어가며 얘기했다.

언론에 대한 탄압은 독재정권의 상투수단이다. 거꾸로 언론에 대한 정권의 태도로서 그것이 독재정권인지 아닌지를 판별할 수가 있다.

이사마는 Y의 이야기를 들으며 자기의 현역 시절과 비교해보았다. 5·16쿠데타는 언론을 말살하는 데서 시작한 것은 사실이다. 그 버릇이 이른바 제3공화국에까지 지속된 것이다.

C군이 Y군의 말을 받았다.

"『동아일보』의 광고 사건 같은 것은 세계 어느 나라에서도 볼 수 없을 겁니다. 그처럼 노골적인 책략을 쓰고도 부끄러운 기색이 전연 없는 걸 보면 얼굴에 철판을 두른 게 확실해요. 그 사람 자유당 시절 이승만을 독재주의자라고 해서 호되게 비판도 했다고 들었는데, 도대체 어떻게 된 사람일까요."

"누군가가 말하지 않았는가. 국민을 이등병으로 취급하고 있다구."
하곤 J군이 웃었다.

화제가 박동선 사건, 차지철의 횡포, 그 사람의 여자관계 등으로 번졌으나 깊게 들어가진 못했다. 대중이 모인 봉루방에 앉아 지껄여댈 형편이 아니었던 것이다.

술자리를 시작했을 땐 일시 밝아졌던 마음이 술자리의 끝장에 가선 다시 흐리게 되었다. 나오는 얘기마다 불쾌한 일들이었기 때문이다.

S집을 나와 이사마는 가까스로 택시를 붙들어 모래내 김용직 군의 집으로 갔다. 그 집엔 불이 꺼져 있었다. 아무도 없는 것이 아닌가 싶었지만 헛일 삼아 한번 불러보았더니 안에서 인기척이 있었다. 김 군의 어머니가 나와 판자문을 열었다.

"왜 불을 꺼놓고 계십니까?"
했더니,

"환한 방에 앉아 있기가 처량해서 불을 껐소."
하고 김 군의 어머니의 대답이었다.

"이 밤중에 어떻게."
하기에 이사마는 P의 이름을 들먹이면서 가지고 온 돈 20만 원을 꺼내 마루에 놓았다.

고맙다는 말도 없이 김 군의 어머니는,

"이 돈으로 변호사를 살 수 있을까요?"

했다.

변호사를 대면 무슨 보람이 있을까만 물에 빠진 사람은 지푸라기라도 잡으려고 하는 것이다.

"변호사 문제는 별도로 생각해보기로 합시다. 이걸론 우선 군색을 면하도록 하십시오."

하는 말을 남겨놓고 이사마는 돌아섰다. 오래 머물러 있어보았자 피차 가슴만 답답하게 될 것이었다.

김 군의 어머니는 행길에까지 따라나왔다. 행길에서 헤어지면서는,

"최선을 다해볼 것이니 과히 걱정 마십시오."

하는, 이사마 자신이 생각하더라도 허튼소리일 수밖에 없는 말을 안 할 수가 없었다.

택시를 잡을 수가 없어 터덜터덜 걸어 연희동까지 나왔을 때 어떤 여자에게 붙들렸다.

"아저씨, 잠깐 놀다가 가요."

하는 말이 불결하기보다는 애처로웠다.

"난 지금 바쁘오."

하고 여자의 손을 뿌리치곤 바쁘게 걸음을 떼어놓으면서 언론의 탄압이니, 유신체제에 대한 항거니 하는 것은 오히려 호사에 속한다는 것을 깨달았다.

집에 돌아오니 또 우울한 사건이 이사마를 기다리고 있었다. 고숙이 올라와 있었다.

인사를 했을 뿐 무슨 일로 오셨느냐고 묻지도 않았다. 물으나마나 고

종사촌 동생의 신상에 좋지 못한 일이 있었을 것이 확실했기 때문이다.

이사마의 고종사촌 동생은 서울대학에 재학 중 6·3 데모에 휘말려 곤봉에 맞고 실신했다가 깨어나선 정신이상을 일으켰다. 그러나 그 언동이 극히 조용했기 때문에 시골에 사는 그의 부모는 그가 정신이상이란 것을 몰랐다. 가끔 엉뚱한 말을 하는데도 대학생에게 있을 수 있는 고답적인 말로만 알았다. 시골의 부모들이 그를 이상하게 생각한 것은, 자기를 감시하고 추적하는 사람이 있다고 우기게 되었을 때부터다. 결국 대학은 휴학상태가 되었다. 1년이 가고 2년이 가는 동안 복학은 가망 없다는 결론이 내려졌다. 서울에 두는 것이 위험할 지경이 되었다. 시골에 가서 정양생활을 하는 것이 좋겠다는 결론이 내려졌다. 그리하여 그가 시골에 살게 된 지 어언 10년 여가 되었다. 그 후 얼마 동안 가끔 생각하지 않은 바는 아니었지만 이사마는 고종사촌 동생의 존재를 거의 잊고 있었던 것이다.

이사마는 낙오자의 전형, 영락자의 전형, 추물의 대표자처럼 되어버린 고숙을 정면으로 바라볼 수 없었다. 고숙은 천석꾼의 아들로 젊은 시절 일본 게이오대학에 다녔고 이어 북경대학에 유학까지 한 사람이다. 어린 시절에 이사마가 본 고숙은 후리후리하게 키가 크고 멋지게 양복을 차려 입은 스마트한 신사였다. 이사마가 대학에 다닐 무렵까지 '신사'란 말만 들으면 거의 반드시라고 할 만큼 고숙의 모습이 떠오르곤 했었다. 그랬던 사람이 언제부터인가 초라한 인간으로서 이사마 앞에 나타나게 되었다. 해방 후 민전 의장단에 끼었다고 들었는데 그것은 일시적인 일이었고 그 후론 경찰을 피해 다니거나 붙들려 감옥생활을 하는 일이 전문으로 되었다. 6·25동란을 겪고도 죽지 않은 것만은 다행이라고 할 수 있었으나, 6·25 후 10년 여 만에 이사마가 만났을 땐 완전히 폐인의 몰골을 하고 있었다. 그렇게 된 것은 정치적인 좌절, 물질적인 궁핍에만 원인이 있었던 것이 아님을 이사마는 곧 알아차렸다. 고숙은 경찰의 추궁이 한참 심할 때 '보도연맹'에 가입했다. 보도연맹이란 좌익운동을 하다가 전향한 자들의 집단이다. 보도연맹원은 6·25 당시 대부분이 학살되었다. 그런데 용하게도 고숙은 살아남았다.

그런 사연이 얽히고설킨 정신적인 고통이 고숙을 추물의 전형처럼 만들었을 것이다. 물론 이것은 이사마의 짐작이었을 뿐이다.

이사마의 자기에게 대한 짐작을 알아차렸는지 고숙이 이사마를 대할 땐 언제나 어색하다. 해방 직후 어느 기회였던가, 이사마는 고숙과 더불어 정치토론을 벌인 적이 있었는데 그때 이사마는 이런 말을 했었다.

"고숙이 그처럼 신성시하는 스탈린처럼 혹독한 고문을 이겨내고 어떤 달콤한 유혹에라도 넘어가지 않을 용기와 신념이 없거든 이 한반도 남쪽에서 공산주의 운동을 할 생각은 마시오."

그때 고숙이 한 말도 이사마는 기억하고 있다.

"반동의 계열에 서서 어쭙잖은 대학교수 노릇을 한답시고 심히 건방진 소릴 하는구나."

고숙의 그 말에 이사마는 대꾸하지 않았다. 그리고 십수 년 후에 만나게 되었을 때 고숙은 초라한 몰골로 변하고 말았던 것이다.

경찰에 붙들려 고문을 당할 때, 경찰에 굴복해 전향서를 쓸 때, 보도연맹에 가입하게 되었을 때 고숙은 이사마의 그 '건방진' 소릴 상기했을 것이다.

그렇다고 해서 이사마는 고숙을 동정할망정 경멸하진 않는다. 고모는 이사마를 다시 없이 귀여워했고 이사마 역시 고모를 한량없이 좋아했다. 그런 고모를 보아서도 어찌 고숙을 경멸할 수 있었겠는가.

그날 밤의 고숙은, 어찌 서울에 왔느냐는 이사마의 물음을 기다려 말할 참이었던 것 같았는데 끝끝내 이사마가 묻지를 않자 이윽고 말을 꺼냈다.

"영철이를 정신병원에 넣어야 하겠다."

"왜요?"

"이런 사정이 되었다."

"조용한 병자라고 들었는데요."

"아니다. 가끔 난폭한 짓을 한다. 발작을 일으키면 아무도 감당을 못해. 어디서 힘이 솟는지 방문쯤은 예사로 부숴버린다. 광에 가두었더니 그 두꺼운 널판자 문을 부숴버리고 말았다. 어디 적당한 정신병원이 없을까?"

너무나 어이없는 말이라서 대답할 수가 없어,

"하룻밤 생각해보겠습니다. 내일 아침에 다시 의논합시다."

하고 고숙 곁을 떠나 서재로 돌아왔다.

참으로 난감한 일이었다.

상냥한 소년이었을 때의 고종사촌.

서울대학에 입학했다고 해서 좋아하던 고종사촌.

어려운 문제를 제기해서 이사마를 테스트하려고 덤빈 고종사촌.

그 갖가지의 장면을 배경으로 하고 고모님의 얼굴이 떠올랐다.

만일 이사마의 아버지가 살아계셨더라면 그를 위해 최선을 다했을 것이다. 이사마는 아버지의 정성에 아득히 미치지 못한 스스로를 부끄럽게 생각하면서도 어쩔 수가 없었다.

이튿날 아침 이사마는 고숙에게 선언하듯 말했다.

"병원에 넣을 비용은 어떻게든 내가 만들어보겠소. 그러나 서울에 있는 정신병원에 데리고 올 생각은 마십시오. 서울로 데리고 올 작정이면 난 돈 한푼 보태지 않을 겁니다."

비정한 말인 줄 알았지만 고종사촌 동생을 가까이에 있는 병원에 두곤 신경을 지탱할 수 없을 것이라고 생각하고 이사마는 이러 결론을 내린 것이다.

학원침투 간첩단 사건이라는 것이 발표되었다. 김용직이 걸려든 죄목은 불고지죄였다. 그 사건의 주동인물 하나가 하룻밤 김용직의 집에서 잤다는 사실이 밝혀진 것이다.

뒤에 안 일이지만 당국은 주동인물 ○○○가 김용직의 집에 하룻밤 잤으니 그때 그가 간첩임을 밝혔을 것이라고 보고, 그 사실을 알았는데도 당국에 고해바치지 않았으니 불고지죄가 성립된다고 해서 김용직을 체포했다.

○○○가 간첩이었다면 친구인 김용직의 심경과 환경을 살펴 적당하다고 판단되었을 때 포섭 대상으로 꼽았을진 모르나 아무리 친하다고 해서 스스로 자기가 간첩임을 하룻밤 사이에 성급하게 밝혔을 까닭이 없다.

그러나저러나 이사마로선 어떻게 해볼 수가 없는 일이다. 가슴속에 무쇠덩어리를 하나 더 달아놓은 결과가 되었을 뿐이다.

바로 그 무렵의 일이다. 이사마에게 익명의 편지가 날아들었다.

「내 마음은 돌이 아니다」를 읽은 독자라고 전제하고, 주인공 노정필이 유신체제에 적응해가는 과정을 설명한 데 대해 맹렬한 비판을 퍼붓고 있었다.

사회안전법을 비방하는 척 꾸미곤 기실 유신체제를 옹호하는 데 목적을 둔 음흉한 소설이 아니냐는 것이 그 편지의 골자다.

이사마는 그 편지를 읽고 섬찟함을 느꼈다. 그 편지의 내용에 대해서가 아니라 자기가 쓴 그 작품이 그렇게 오도될 수도 있는 소지를 가졌다는 데 대한 뉘우침으로써였다.

이사마가 노린 것은 유신체제라기보다 대한민국의 상황에 기왕의 공산주의자 노정필이 차츰 순응하게 되었을 때 사회안전법 같은 것이 나타나서 일종의 비극적인 결말로 되었다는 사실을 강조하려는 데 있었는데, 독자는 유신체제로의 순응이라고 읽고 분개한 것이다.

자기의 신념을 지켜 20년 동안 감옥살이를 한 사람이 어찌 호락호락 유신체제를 수긍할 수 있겠는가. 소설가가 상황을 꾸미는 것은 자유다. 그러나 있을 수 없는 일을 꾸며서까지 만인이 지옥이라고 느끼고 있는 체제를 정당화하려는 것은 소설가의 자유를 권력의 노예가 되기 위해 팔아먹은 비겁하고 비굴한 노릇이라고 규탄하지 않을 수 없다. 반성을 촉구한다.

그 편지는 이렇게 끝맺고 있었다. 이사마는 그 독자의 통찰력을 두렵게 느꼈다. 사실 이사마는 '사회안전법'의 부당성에 중점을 둔 나머지, 그리고 그 작품이 발표되었을 경우 당국의 눈을 두려워한 나머지 쓰지 않아도 될 몇 장면을 첨가했던 것이다.

그런데 기막힌 일이 생겼다.

그 편지를 받은 지 얼마 안 되는 어느 날 이사마는 모처로 연행되어 갔다.

나전구가 단 하나 천장에 달린 살풍경한 방에서 이사마는 작업복을

입은 사나이와 마주 앉았다. 사나이는,

"돌연 오시라고 해서 미안합니다."

하는 공손한 인사를 하곤 대뜸 다음과 같이 물었다.

"「내 마음은 돌이 아니다」란 소설인가 수필인가를 썼지요?"

"썼습니다."

"무슨 의도로 쓴 겁니까?"

이사마가 대답을 망설이고 있는데 작업복의 사나이가,

"내 마음이 돌이 아니면 폭탄이란 뜻인가요?"

하고 노려보았다.

이것은 참으로 어처구니없는 질문이었다.

"어쩌다 보니 그런 제목이 되어버린 것입니다."

"어쩌다 보니? 나는 윗사람의 명령으로 그걸 세 번 읽었소. 소름이 끼칩디다. 독기가 서려 있더군요."

"나는 사실을 적었을 뿐입니다."

"사실을 적지 않았다고 말하고 있는 건 아닙니다. 당신이 그렇게 적은 그 사실이 문제다 이겁니다. 당신은 대한민국을 저주하고 있지요?"

"아닙니다."

"당신은 아니라고 하지만 이 글에서 풍겨 나오는 독기에 그런 것이 있습니다. '언제 이 거리에 슬픔이 없던 때가 있었던가' 하는 대목이 있대요. 대한민국의 거리엔 슬픔이 넘쳐 있다는 뜻 아닙니까? 김일성이 있었다면 좋아하겠습니다."

보통으로 있다간 크게 말려들겠다는 마음이 들었다.

"세 번이나 읽었다니까 하는 말입니다만 노정필이 대한민국에 순종하는 마음으로 기울어드는 장면이 있었을 것인데요."

"교묘한 트릭이었을 뿐입니다. 사회안전법을 만든 정부의 처사를 나쁘게 독자들의 가슴에 인상 지우기 위해 꾸민 트릭일 뿐입니다. 그런데 우리가 속아 넘어갈 줄 압니까?"

이사마는 묘한 당착을 느꼈다. 그가 익명의 편지를 받았을 때, 만일 그것이 익명이 아니고 주소까지 밝힌 것이었다면 혹시 그 사나이가 말한 것 같은 내용의 답장을 했을지 모른다는 생각이 들었기 때문이다.

이사마의 대답이 없자 작업복의 사나이가 물었다.

"당신은 사회안전법의 적용 대상에서 제외되었지요?"

"그렇습니다."

"그런데도 내 마음은 돌이 아니고 폭탄입니까?"

"그건 '나는 슬프다'는 표현일 뿐입니다. 돌이 아니고 살아 있는 사람이니까요."

"사회안전법이 그처럼 충격을 주었습니까?"

"충격이었습니다."

"충격을 받았다는 사실 자체가 불순하다고 생각하시진 않습니까?"

"……."

"당신과 같은 사람이 충격을 받아도 할 수가 없지요. 3천만 동포의 안전을 위해선 몇 사람의 충격에 마음을 쓰고 있을 수 없다는 게 국가의 현실입니다."

"그러나 억울한 사람은 없도록 해야 하지 않습니까."

"2천999만 9천9백 명의 안전을 위해선 백 명쯤 억울한 사람이 있을 것쯤은 각오해야지요."

"나는 그렇게 생각하지 않습니다. 백 명쯤은 희생시켜도 좋다는 그런 사고방식이 2천999만 9천9백 명을 안심시키는 것이 아니라 불안하게 만듭니다. 언제 자기가 그 희생자의 수에 낄지 모르니까요."

"꽤 똑똑한 산술을 하시는군. 우리는 막연한 상상을 하고 있는 것이 아니라 구체적인 현실 문제를 다루고 있는 겁니다."

"그렇다면 바꾸어 생각해볼 줄도 알아야 하지 않겠습니까. 당신이 위하겠다는 2천999만 9천9백 명은 막연한 군상이지만 억울한 꼴을 당하는 백 명은 구체적인 생신生身입니다. 나는 그 백 명을 억울하게 하지 않고도 대한민국을 유지할 수 있는 방책이 있다고 생각합니다."

"그래서 당신은 함부로 펜을 놀리는 겁니까?"

"나는 함부로 펜을 놀린 적은 없소."

"고의로 정부를 비방할 목적으로 하셨다, 이거군."

"나는 솔직하게 내 기분과 감정을 표출한 것뿐입니다. 그밖에 다른 의도라곤 전연 없습니다."

"의도 없이 그런 글을 써요?"

"좋은 작품을 만들어야겠다는 의도는 있었겠지요."

"좋은 작품이란 게 뭐요. 되도록이면 많은 독자에게 흥미를 주어 선동적 효과를 낼 수 있는 걸 뜻하는 겁니까?"

"나는 그 작품이 선동적 효과를 가지리라곤 상상도 못합니다."

"이봐요."

작업복의 사나이는 버럭 고함을 질렀다. 이사마는 찔끔했다.

"일반 대중은 사회안전법에 대해 거의 무관심합니다. 그런 법률이 필요하다는 걸 암암리에 납득합니다. 얼만가의 징역을 치렀다고 해서 위험분자를 방치할 수 없다는 것을 승인하는 거지요. 북괴집단이 음으로 양으로 우리 정부를 헐뜯고 간첩을 파견해서 우리의 허를 찌르려고 하고 있다는 사실을 국민들은 알고 있으니까요. 그런데다 당신의 그 같은 작품이 나타났다, 이거요. 모두들 생각하게 될 게 아닙니까? 당신 말따라 필요 없는 법률을 왜 만들었는가 하는 의혹을 갖게 됩니다. 따라서 정부를 불신하게 됩니다. 그 결과가 어떻게 되겠소. 불순분자의 책동에 넘어갈 수 있도록 마음에 허점을 만들게 됩니다. 국민총화를 방해하는 독소가 돋아나게 됩니다. 글을 쓸 만큼 영리한 사람이 이런 것을 상상해보지 않았소?"

"나는 그런 상상해본 적이 없습니다."

"거짓말 마시오. 당신은 언젠가 유신체제의 불가피성에 대해 쓴 적이 있지요?"

"있소."

"그런데 그 글에도 독소가 있었소."

"어떤 독손데요?"

"당신은 유신체제를 인정합니까, 안 합니까."

"인정하고 있으니까 이렇게 살고 있는 것 아닙니까."

"이렇게 살고 있다니."

"저항하지 않고 반대하지 않고 환경에 순응해 살고 있다는 뜻입니다."

"적극적으로 찬성은 안 한다, 이 말이지요?"

"나는 정치하는 사람이 아니고, 정치할 의사도 없는 사람이오. 그런 사람이 적극적으로 어떻게 찬성합니까."

"이제 실토를 했군. 그런 생각을 가지고 있으면서도 유신의 불가피성을 썼다는 바로 그 점에 독소가 있다, 이거요."

"……"

"내가 풀이를 해 보일까요? 당신이 말한 불가피성은 한반도의 정세로 보아 불가피하다는 것이 아니고, 이 정권의 생리로 봐서 유신이 불가피하다고 한 거요. 결론적으로 말하면 정권에 대한 비방이오."

"나는 그렇게 쓴 적이 없소."

"그렇게 노골적으로 쓰진 않았어도 결론이 그렇게 되었단 말요."

"나는 내가 쓰지도 않은 대목까질 추궁당하긴 싫습니다."

"이 사람, 누굴 바지저고리로 만들 작정인가?"

이사마는 이 말엔 대응할 필요를 느끼지 않았다.

작업복의 사나이는 담배에 불을 붙이고 담뱃갑을 이사마 앞으로 밀어놓으며 피우라는 시늉을 했다. 이사마는 담뱃갑에 손을 대지 않았다.

사나이는 담배를 끄고 나서 다시 시작했다.

"당신은 유신을 탐탁지 않게 여기고 있는 것은 사실이지?"

"불가피한 것으로 인정하고 있습니다."

"글쎄, 그건 이 정권의 생리 또는 숙명으로서 불가피하다는 뜻 아닙니까?"

"어떻게라도 해석하십시오."

"배짱이군."

"배짱까지 들먹일 필요는 없겠지요. 당신들의 사고방식, 당신들의 해석을 나로선 어떻게 할 수 없다는 생각뿐입니다."

"사회안전법에 대해선 명백히 반대구요."

"그렇습니다."

"반성의 여지도 없소?"

"그 문제에 관한 한 반성할 거리도 없습니다."

"당신은 사회안전법이 공포된 직후 비록 끌려가긴 해도 자진 신고는 안 하겠다고 어느 다방에서 몇 사람을 상대로 언명한 일이 있지요?"

"있습니다."

"당신의 그런 태도에 겁을 먹고 당국이 당신을 사회안전법 적용 대상자에서 제외했다고 생각합니까?"

"천만의 말씀입니다."

"지금에라도 당신에 대한 해제 조치를 취소할 수 있다는 것을 알고 있습니까?"

"물론 알고 있습니다."

"그쯤 각오가 있으면 되었소."

하고 사나이는 볼펜과 종이를 이사마 앞에 꺼내들고 일어섰다.

그리고 다음과 같이 말했다.

"당신이 그 작품을 쓴 동기와 의도, 사회안전법에 대한 당신의 의견을 내일 아침까지 쓰시오. 내키지 않으면 쓰지 않아도 좋소."

사나이는 그 방에서 나갔다.

육중한 문이 닫혔다.

이사마는 혼자가 되었다.

황량한 마음의 공동으로 추풍이 지나간 느낌이 들었다.

왜 이런 꼴을 당해야 하는가를 생각하며 쓰게 웃어본 것은 마음의 여유를 가져보려는 애달픈 의식의 탓이다.

이사마는 작업복의 사나이를 검토하기 시작했다. 나이는 30대 후반쯤 되었을까. 이목구비에 천한 구석이란 없었다. 태도는 어디까지나 정중했다. 가끔 격한 말투가 되려는 것을 애써 자제하는 노력이 보였다. 말의 내용엔 다소 억지가 있었지만 보통 이상의 지식을 가지고 있다는 사실은 역력했다. 한국의 수사관이 모두 그런 정도라면 수준급 이상이라고 할 수 있었다. 대학 졸업자 가운데서 우수한 인재를 뽑아 정보요원으로 양성한다는 얘기를 들은 적이 있다. 한국의 정보기관도 머지않아 엘리트들이 차지하게 될 것이 아닌가.

정보기관을 엘리트들이 차지하게 된다는 것은 나쁜 현상이 아니겠지만 한편 가공할 일이기도 하다. 비범한 능력으로 작가 또는 언론인들이 쓴 글을 행간의 뜻까지를 살펴 분석하게 된다면 언론의 탄압이 일상사로 되어 있는 사회에서 지식인들이 어떻게 견디어 낼 것인가.

이사마는 지금 한국에서 가능할 수 있는 문학을 생각해보았다. 문학이 정치까지를 포함해 인생에 가장 중요한 것을 문제삼아야 한다면 유신체제 아래에선 문학이 불가능하다는 것을 깨닫지 않을 수 없었다. 극단적으로 말하면 한국에선 특히 유신체제라는 박 정권 아래선 반공문학조차 불가능한 것이다.

반공은 한마디로 공산주의자가 쓰는 수단과 수법에 대한 반대라야 한다고 할 때 공산주의자가 쓰는 수단과 수법에 유사한 수단과 수법이 범람하고 있는 상황에선 반공을 문학의 테마로 할 수 없다는 것은 필지의 사실이다. 부조리한 현실 속에 앉아 공산주의의 이념을 비판한다는 것은 작가나 언론인의 당초 의도가 아무리 성실하고 진지하다고 해도 독자는 따라오지 않는다. 주변에 부정하고 비판해야 할 사례가 수두룩한데 왜 하필 지금 공산주의 비판이냐는 거부반응이 발동하기 때문이다. 대중 또는 독자의 의도적이 아닌 결과적인 어용에도 지극히 민감한 것이다.

반공문학조차도 가능하지 못한 상황은 휴머니즘문학도 질식케 한다. 고문을 비롯한 인권유린이 횡행하고 있는 현실에 그것과 맞설 용기가 없는 문학이 이렇게 휴머니즘을 들먹인다면 부시腐屍에 향수를 뿌려놓곤 완월상화玩月賞花하는 어처구니 없는 꼴이 될 수밖에 없을 것이 아닌가.

그래도 문학은 가능하겠지. 장애물을 피해 흐르고 지하수가 되어도 그 질을 변하지 않는 물 같은 문학. 톨스토이와 도스토예프스키의 문학은 제정 러시아의 혹심한 탄압 속에서 생성된 것이고 솔제니친의 문학은 스탈린 치하에서 배태되었던 것이다. 그런 만큼 박 정권의 유신체제 하에서도 뭔가 문학은 가능할지 모른다. 그러나 한량없는 재능을 전제로 하지 않곤 무망한 노릇이다.

'나와 같은 어쭙잖은 재능으로선 상상도 못할 일이다.'

이런 상념과 더불어 이사마는 자신의 망명을 꿈꾸어보았다. 그 언젠가 있었던 프레더릭 조스의 권고를 상기했다.

─망명하라, 스스로를 발견하고 스스로의 아이덴티티를 찾기 위해선 망명도 필요한 노력이다. 너는 망명해야 한다.

이때 이사마는 제법 그럴듯한 대답을 했었다.

"글을 써야 하는 것이 내 사명이라면 나는 민족의 가슴팍에 못 하나라도 박아놓고 떠나든 말든 해야겠다."

고.

나치스 치하에 문학이 없었다.

프랑코 치하에도 문학은 없었다.

사라자드 치하에도 문학은 없었다.

문학은 필연적으로 망명의 문학이다. 외국으로 떠나는 것만이 망명이 아니다. 국내에서의 망명도 혹시 가능할지 모른다. 발표하지 않는 문학, 후대의 독자에 기대하는 문학.

그러나 이러한 공상은, 자기의 문학이 과연 후대의 독자에게 기대할 수 있을 만한 메리트를 가졌을까 하는 상념으로 중단되었다.

이사마는 캘리포니아의 맑은 양광을 공상 속에 그려보았다. 그곳에서 마음을 맑은 하늘, 맑은 양광을 닮게 하여 스스로의 문학을 시험할 수만 있다면 얼마나 좋을까. 하지만 부질없는 공상일 뿐이다.

천장에 드리워진 나전구 하나가 유일한 광원인 지옥의 1번지에서 캘리포니아의 양광을 동경한다는 것부터가 벌써 부질없는 것이다.

이사마는 기왕 옥중에서 다짐한 바가 있다.

'나는 이 고치를 풀고 나가 한 마리의 나비가 되어 훨훨 날아갈 것이다. 그땐 고압선 전깃줄에 앉지 않도록 조심할 것이며 장난꾸러기 아이들에게 붙들려 핀으로 꽂혀 표본이 되는 실수를 범하지 않을 것이다. 그런데 지금 이 꼴이 뭔가. 나이 55세. 이미 반백의 머리를 하고 이 방에 사로잡힌 몸이 되지 않았는가……'

육중한 문이 이사마의 불면의 눈앞에 열렸다.

작업복의 사나이가 들어섰다.

그는 탁자 위에 그냥 백지로 남아 있는 종이를 보고 섰더니 말 없이 볼펜과 함께 그것을 거두어 다시 육중한 문을 열고 사라졌다.

그 후론 이사마의 공상과 상념은 계속되지 않았다. 한숨 잤으면 하는 생각밖에 없었다.

따끈한 커피? 어리석은 바람이다.

순간 아들과 딸의 모습이 눈앞에 명멸했다. 그들에게만은 이 꼴을 보여주기 싫다. 그들이 이 꼴을 볼 수 없는 것을 이사마는 천만다행이라고 생각했다.

어느 때나 어느 곳에나 '다행'은 있는 것이다. 그 다행을 인식하고 억지로 웃음을 조작해보았다. 언젠간 끝날 시간이 있다는 것은 또한 다행이다. 찾아보면 이렇게 '다행'이 많다.

　어느덧 잠이 들었던 모양이다.

　흔드는 바람에 잠을 깼다. 탁자 위에 엎드려 있던 머리를 들었다.

　"생각해보셨겠죠?"

　작업복의 사나이가 한 말이었다.

　무슨 답을 해야 할지 몰랐다.

　"무엇을 생각했는지, 한 가지만 말해보시오."

　그때야 정신이 돌아온 이사마는,

　'별로 생각한 것이 없는데요.'

하려다가,

　"꼭 한 가지 있다."

고 했다.

　"뭐요?"

　"망명을 생각했소."

　"망명?"

　작업복의 사나이는 말뜻을 알아듣지 못하겠다는 표정이었다.

　이사마는 손가락으로 탁자 위에 써 보이며,

　"엑사일."

이라고 했다. 사나이는,

　"외국으로 도망치고 싶다는 말이로군요."

하곤 가소롭다는 표정이 되면서,

　"이 선생 연세가 얼마요?"

하고 물었다. 당신이란 호칭이 이 선생이라고 변한 게 이상했다.

　"55세요."

"나이가 55세나 되었으면 지각이 있을 만도 한데."

하곤 덧붙였다.

"이 선생이 이제 막 한 얘기가 당신 신상을 위해 얼마나 위험한 것인가를 알고나 있습니까?"

"뭣을 생각했느냐고 묻기에 그대로 대답했을 뿐이오."

"참으로 엉뚱한 분이시군."

하고 작업복의 사나이는 무언가를 생각하는 모양이더니 뚜벅 말했다.

"나이로 봐서 특별히 선처하는 거요. 집으로 돌아가시오."

특별히 생각하지 않으면 나를 어떻게 할 것이냐고 묻고 싶은 마음이 목구멍까지 치밀어오고 있었으나 석방의 순간을 앞에 두곤 꿀꺽 삼켜버릴 수밖에 없었다. 이사마는 그 순간의 비굴이 부끄러워 얼굴을 붉혔다.

바깥엔 아침이 시작되고 있었다.

이제 막 그곳에서 나온, 곳곳에 균열이 생겨 험상궂은 꼬락서니가 되어 있는 콘크리트 5층 건물을 잠깐 쳐다보고 섰다가 이사마는 바쁜 걸음을 걷고 있는 군중 속에 섞였다.

군중 속에 섞여 천천히 걸으면서 어제 있었던 일과, 독자로부터 받은 편지를 대비해보는 마음으로 되었다.

폴 발레리의 말이었던가, 누군가의 말이었던가, 다음과 같은 것이 심상의 표면에 떠올랐다.

─난세에 있어선 건강한 사상이 가장 위험하다. 보수적인 사람에겐 진보적으로 보이고, 급진적인 사람에겐 보수 반동으로 보이기 때문이다…….

이사마는 자기의 사상을 건강한 사상이라고 자부할 순 없었지만 「내 마음은 돌이 아니다」는 그러한 틈바구니에서 양편으로부터 적으로 몰릴 수 있다는 것을 깨달았다.

이 깨달음은 곧 이 세상엔 '내 편'이 없다는 자각과 통하는 것이다. 적막강산에 내 홀로 있다는 처절한 고독감이 엄습해왔다. 그러나 이사마에겐 몇 사람 전화를 걸 수 있는 상대가 있었다.

먼저 성유정 씨에게 전화를 걸었다.

"어찌 된 일이었어?"

성유정 씨의 다급한 말소리가 들렸다.

"겁을 먹여둘 작정이었던가 봅니다. 상세한 얘기는 다음에 하지요."

이어 김선에게 전화를 걸었다.

연행되면서 그녀에게 전화를 해두었기 때문이다.

별일 없이 나왔다고 하자 김선의 말은 이랬다.

"별일이 또 있어서야 되겠어요? 아무튼 당신은 이 땅에선 살 수 없는 사람인가 봐요."

하고 땅이 꺼져라 한숨을 쉬곤 덧붙였다.

"오늘 밤 오세요, 꼭."

그 말이 다정하게 이사마의 귓전을 울렸다.

이런 사람들이 있기 때문에 하고, 이사마는 성유정 씨와 김선의 얼굴을 눈앞에 그려보며 가슴속으로 중얼거렸다.

'아직 자살할 순 없다.'

1979년 10월 26일

실존이란 무엇이냐.

무색투명한 물리적 시간이 돌연 운명적 시간으로 내용을 바꾸는 찰나를 말한다. 그 운명적 시간은 어느 인생적 시간으로 번역될 수도 있고, 어쩌면 역사적인 시간으로 확대될 수도 있다.

1979년 10월 27일의 아침, 이사마는 이러한 '실존'을 깨달았다. 카프카의 주인공 잠자는 어느 날 아침 돌연 한 마리의 갑충으로 변신되어 있는 스스로를 발견하게 된 것인데 이날 아침 이사마는 이미 곤충으로 화해 있던 스스로가 실존철학을 깨닫게 된 것이다.

그날 아침 이사마는 요란한 전화벨 소리에 늦잠을 깨었다. 머리맡의 시계가 10시를 가리키고 있었다.

송수화기를 들었다.

"아직 모르고 계십니까?"

대뜸 이런 말이 흘러나왔다. C신문사에 근무하는 Y기자의 목소리였다.

"난 이제 막 잠을 깼을 뿐이야. 도대체 무엇을 모른단 말인가?"

이사마가 되물었다.

"텔레비전을 보시지도 안 했어요?"

"못 보았어."

"어젯밤 무엇을 하셨습니까?"

어젯밤엔 성유정 씨와 초저녁부터 술을 마셨다. 집에 돌아왔을 땐 곤드레가 되어 있었다. 그냥 자리에 쓰러져 잠이 들었다. 그러나 이런 것을 말할 필요는 없다.

"글쎄."

고작 이렇게 얼버무릴 수밖에 없다.

"태평하시군요. 어젯밤 박 대통령이 죽었습니다."

"뭐라구?"

"박 대통령이 죽었다, 이겁니다."

"어떻게……"

"총에 맞아 죽었어요."

"누가 쏘았는데?"

"김재규 정보부장이 쏘았답니다."

"어디서."

"궁정동 정보부 별관에서요."

"언제쯤."

"어젯밤 8시쯤이었나 봅니다."

"어째서 그런 일이 있게 되었는가?"

"그건 아직 모릅니다. 차차 알려지는 대로 또 전화를 하죠."

Y기자의 전화는 끝났다.

멍청하게 앉아 있는 이사마의 눈에 맞은편 벽에 걸린 캘린더가 보였다. 10월 26일자가 그대로 있었다. 일어서서 26일자를 뜯어냈다. 27일이 나타났다.

'그 사람 날짜를 보지 못하고 죽었군!'

이사마는 이제 막 뜯어낸 '26'의 숫자를 뚫어지게 바라보곤 그것을 접어 일기장에 꽂아 넣었다. 일종의 절대를 간수하는 기분이 되었다. 죽은 그 사람에겐 10월 26일이 결정적인 날짜이며 절대였을 것이니까.

이사마는 성유정 댁에 전화를 걸었다.

지금 착잡한 감정을 정리하기 위해서도 성유정 씨와의 대화가 필요할 것 같아서였다.

"아직 주무시고 계세요."

하는 부인의 대답이 물음으로 바뀌었다.

"어젯밤 박 대통령이 죽었다면서요?"

"그렇답니다."

"세상이 어떻게 될까요?"

"글쎄요. 그런데 성 선배님은 그 사실을 알고 계십니까?"

"술에 만취해서 돌아오셔선 그냥 주무시고 계시는데 알 까닭이 있겠어요?"

"참으로 태평하신 어른이군."

Y기자가 자기에게 한 말을 성유정 씨에게 대해 쓰고 있는 것이 우스웠다.

"깨우시지 그러세요."

"달리 급한 일이 없으시면 좀더 주무시도록 놔두지요. 그 어른 잠 깨우는 걸 싫어하는 성미 아시지요?"

성유정 씨의 부인은 이처럼 대범하다. 대통령이 총에 맞아 죽었다고 해도 호기심에 들뜨는 법이 없다. 그런 사건보다는 남편을 좀더 자도록 하는 게 중요한 것이다.

전화를 끊고 책상 앞에 앉았다.

이사마의 뇌리에 상기되는 사건이 있었다. 20수 년 전 중미 과테말라에 있었던 일이다.

과테말라의 대통령 알폰소가 친위대 대장에 의해 사살되었다. 알폰소는 그 사건이 있기 이틀 전에 미국의 링컨 콘티넨털로부터 방탄차를 구입했었다. 그 차를 타고 군대를 사열하고 돌아와 관저의 현관 앞에 내려선 찰나 친위대를 지휘하고 있던 장교가 대통령의 정면에 썩 나서선 침착하게 권총을 뽑아 대통령의 심장을 겨냥해 방아쇠를 당겼다. 연속 다섯 발을 쏘았다. 알폰소 대통령은 그 자리에 쓰러져 절명했다.

20수 년 전에 읽은 『타임』의 기사를 이사마는 역력하게 기억하고 있는 것이다.

알폰소 대통령은 방탄차를 사기에 앞서 자기의 관저를 난공불락의 성곽처럼 만들었다. 그의 허락 없인 날짐승 한 마리 침입할 수 없도록 치밀하고 주도하게 꾸며져 있었다. 친위대는 정선에 정선을 거듭해 선발된 장교와 사병에 의해 편성되어 있었다. 그가 새로 사들인 방탄차는 장갑차를 방불케 하는 견고한 쇳덩어리였다. 그렇게 용의주도한 알폰소도 내부에 적이 있다는 사실을 알지 못했다. 아니 죽음이 들이닥치는 길은 융통무애하다는 것을 몰랐다.

박 대통령의 자기보호를 위한 경각심은 결코 알폰소에 뒤지는 것이 아니다. 그의 관저로 향해 열린 서울시내 건물의 창문이란 창문을 죄다 봉쇄해버렸을 만큼 철저했다. 그 삼엄한 경계를 김일성의 특공대도 뚫지 못했다. 그의 자동차 역시 견고한 방탄차이며 그가 거동할 땐 중대 병력에 해당하는 경비력이 동원되었을 뿐 아니라 일체의 교통을 차단

시켜 어떤 범접도 용인하지 않았다. 이처럼 자기보호의 배려가 용의주도했음에도 불구하고 박 대통령 역시 죽음이 들이닥치는 길은 융통무애하다는 것을 몰랐다.

알폰소 대통령이 친위대장에 의해 사살된 사건이 났을 때 멕시코에 망명 중인 과테말라의 작가 미겔 아스투리아스가 쓴 에세이를 읽을 기회를 가졌다.

후에 노벨상을 수상하기도 한 미겔 아스투리아스는 신랄한 정론을 쓰는 사람이기도 하다. 그는 쿠데타에 의해 집권한 알폰소를 사형을 받아야 할 범죄인으로 취급했다. 마땅히 사형을 받아야 할 자를 대통령으로 모시고 있음으로써 과테말라의 국민은 적극적이건 소극적이건 알폰소의 공범이 되었다고 보고, 이러한 치욕을 국민에게 안겨준 죄만으로도 알폰소는 용서될 수 없는 존재라는 것이 그 에세이의 주된 내용이다. 이어 미겔 아스투리아스는 앞으로도 쿠데타의 악순환이 계속되겠지만 이 악순환을 단절하지 못하는 한 과테말라의 국민은 자존심과 위신을 회복하지 못할 것이라고 하고, 쿠데타의 주모자들은 알폰소의 죽음에 배우는 것이 있어야 할 것이라며 역사의 심판은 가끔 운명적인 우연을 빌릴 수가 있다고 했다.

그러면서 미겔 아스투리아스는,

"이러한 사건이 교훈으로 되지 못하는 데 과테말라의 비극이 있고, 이러한 교훈적 사건이 계속 발생할 수 있으리란 기대에 과테말라의 희망이 있다."

고 익살을 부렸다.

멕시코에 망명하고 있다지만 미겔 아스투리아스가 살고 있는 곳은 과테말라의 국경에서 40킬로미터도 채 되지 않는 마을이다. 이곳에서 그는 신랄한 내용을 담은 지탄紙彈을 국경을 넘어 쏘아대고 있는 것이지만 그것이 과테말라의 국정에 미치는 작용은 미미하다. 1974년엔 정부가 감행한 부정선거 때문에 과테말라는 피바다가 되었는데 설상가상으로 이해에 화산의 폭발이 있었고, 1976년엔 대지진이 있어 국토의 태반이 파괴되었다. 그리고 정치적인 불안은 아직도 계속되고 있는 것이다.

그러나 과테말라의 사정이 이사마의 문제일 순 없다.

—1961년 5월 16일 새벽에 개막된 드라마가 장장 18년을 끌다가 1979년 10월 26일 밤, 이윽고 그 막을 내렸다……

이렇게 이사마는 일기장에 써 넣었다. 진상에 가까운 자료를 얻기 위해선 10수 일을 기다려야만 했다.

드디어 사건 발생 12일 후, 11월 6일 계엄사령부 합동수사본부장 전두환 장군이 국민의 시청 앞에 등장했다. 사건의 전모를 밝히기 위해서다. 다부진 체모를 가진 49세의 장군은 꾸밈이 없는 자세와 투박한 어조로 발표문을 읽어나갔다.

이사마는 그 발표문의 전부를 한 자 빼지 않고 자기의 기록 속에 수록해야만 했다. 중요한 역사적 문건이기 때문이다. 다음이 그 전문이다.

계엄사령부 합동수사본부는 본 사건의 중대성에 비추어 그동안 진상규명에 유능한 검찰·경찰 등 전 수사력을 동원해 최선의 노력을 경주한 결과 대역원흉인 김재규 일당의 범행 전모가 판명되었으므로 이에 범행 동기 및 계획과 사건 경위·배후관계 유무 등에 대해 다음과 같이 발표한다.

원흉 김재규는 이미 발표한 바와 같이 업무수행 과정에서 무능이 드러나 대통령 각하로부터 수차에 걸쳐 힐책을 받아왔을 뿐 아니라, 박 대통령 각하에 드리는 보고 거의가 차 경호실장에 의해 제동을 받아왔으며, 또한 자신의 비위 사실 때문에 각하로부터 경고 친서를 받은 사실이 있어 근간 요직개편설에 따라 현 시국과 관련, 자신의 인책 사임을 우려한 나머지 대통령과 경호실장을 살해하고 정권을 잡아보겠다는 망상으로 기회를 노려오던 중,

△ 지난 10월 26일 16시경, 차지철 경호실장으로부터 대통령 각하께서 궁정동 소재 중앙정보부 식당에서 만찬을 하신다는 연락을 받고 당일을 거사일로 결심하고

△ 박 대통령 시해 후 거사에 끌어들일 목적으로 16시 5분경 정승화 육군 참모총장과 중정 2차장보 김정섭을 각각 전화로 불러 같이 식사하자는 구실로 동 식당 건물과 50여 미터 상거한 부장 집무실로 사용하는 별채에 불러놓고

△ 자신은 17시경 먼저 사건 장소에 도착해 대통령 각하께서 오시기를 기다리고 있었다.

대통령 각하 도착에 앞서 17시 40분경 동 장소에 도착한 김계원 대통령 비서실장이 정원에서 김재규에게,

"차 실장은 너무 오만하고 월권을 해서 골치 아프다."

고 말하자 김재규가,

"그러니까 저 친구 때문에 야단이야. 오늘 저녁에 해치워버리겠다."

고 말하자 김계원은 이에 동조해 고개를 끄덕였고

△ 18시 5분경 대통령 각하와 차지철 실장이 도착해 바로 만찬이 시작되었는데 참석자는 대통령 각하를 비롯해 차지철·김재규 및 김

계원과 만찬석을 도와줄 성금(여자, 가명), 정혜순(여자, 가명)등 모두 여섯 명이었다.

△ 식사 중 대통령 각하께서는 김재규에게,

"부마사태가 중앙정보부의 정보 부재에 기인한 것이 아니냐."

고 힐책조로 말씀하자 김재규는 침울한 표정을 짓고 있다가

△ 18시 55분경 1차로 식탁을 떠나 화장실을 다녀온 후 만찬을 계속하면서 TV를 보던 중

△ 19시경 차 실장으로부터 지난 10월 18일 부산지역 계엄 선포에 관련된 정보부의 무능한 업무처리에 대해 과격한 공박을 받고 김재규는 흥분상태가 되어

△ 19시 10분경 2차로 식당을 나와 별채인 본관으로 가서 이미 18시 35분경에 도착해 식사 중인 정승화 육군 참모총장과 김정섭 차장보에게,

"내가 각하와 식사 중이니 식사가 끝나고 돌아올 때까지 기다려 달라."

고 말하고 동 건물 2층 집무실로 가서 보관하고 있던 서독제 발터 7연발 32구경 권총 1정을 양복 하의 뒷주머니에 넣고 만찬 자리로 다시 돌아오면서 수행 중이던 중정 의전과장 박선호와 수행비서 박홍주 대령에게 뒷주머니에 넣었던 권총을 꺼내 보이고 오른쪽 허리춤에 꽂으면서,

"오늘 내가 해치우겠으니 방에서 총소리가 나면 너희들은 경호원들을 처치하라. 너희들 각오가 되어 있겠지?"

하니 다소 주저하는 태도를 취하자 김재규는,

"여기 참모총장과 2차장보도 와 있다."

고 용기를 줌에 따라 박선호가,

"각오되어 있습니다. 각하도 해치울 겁니까. 경호원이 일곱 명이나 되는데요. 다음 기회로 미루는 것이 어떻겠습니까?"

라고 되묻자 김재규는,

"아니야 오늘 하지 않으면 보안누설 때문에 안 돼. 똑똑한 놈 세 명만 골라 나를 지원하라. 다 해치운다."

고 하므로 박선호가,

"그러면 30분만 더 여유를 주십시오."

하고 말하자,

"알겠다."

면서 식당으로 다시 돌아갔는데 이때 좌석은 부드러운 분위기로 전환되어 있었다.

△ 19시 35분경 식당 주방장 남효주가 김재규에게 접근해 와,

"과장님이 좀 뵙잡니다."

라고 하자

△ 김재규는 세 번째로 자리를 떠나 옆방으로 가서 박선호로부터

"준비가 완료되었다."

는 보고를 받고

△ 19시 40분경 다시 자리로 돌아와 앉자마자 오른쪽에 앉아 있던 김계원을 오른손으로 툭 치면서,

"각하를 똑바로 모십시오."

라고 말한 후

△ 차 실장을 쳐다보면서,

"각하, 이따위 버러지 같은 자식을 데리고 정치를 하니 올바로 되

겠습니까."

하는 말과 함께

△ 앉은 채로 허리춤에서 권총을 뽑아 차 실장에게 한 발을 발사하고 바로 일어서면서 대통령 각하에게도 한 발을 발사했다.

△ 이때 차 실장은 총기를 휴대하지 않은 상태에서 오른편 팔목에 관통상을 입고 실내 화장실로 피신했으며

△ 대통령 각하는 앉은 채로 흉부에 관통상을 입고 왼쪽으로 쓰러지자 동석했던 정 양·성 양은 쓰러지는 각하를 부축하고 유혈이 낭자한 가슴과 등을 손바닥으로 지혈시키면서,

"각하, 괜찮으십니까."

하고 묻자 각하께서는,

"나는 괜찮아."

하시면서 상반신을 숙이고 있었다.

△ 이때 김계원은 현장을 피신해 밖으로 나왔으며, 한편 방 안에서의 총성을 신호로 중정 의전과장 박선호는 응접실에서 대기 중이던 경호처장 정인형과 경호부처장 안재송을 사살했으며

△ 수행비서관 박홍주 대령·경비원 이기주·운전수 유성옥 등은 주방에서 대기 중이던 경호실 특수차량계장 김용태·경호관 김용섭을 사살하고 경호관 박상범에게 중상을 입혔다.

한편 김재규는 화장실로 피신하는 차 실장에게 재차 쏘려고 방아쇠를 당겼으나 불발이 되자 쏘던 총을 버리고 다시 권총을 구하려고 정원까지 나와 박홍주 대령에게 총을 달라고 했으나 실탄을 다 소모했다는 말에 방으로 되돌아가다가 마침 대기실에서 나오는 박선호를 복도에서 만나 박선호가 가지고 있던 38구경 리볼버 권총을 빼앗

아 들고 다시 방으로 들어갔다.

　△ 이때 화장실로 피신했던 차 실장은,

　"경호원, 경호원!"

하고 부르면서 나오다 김재규와 바로 마주치자 방구석에 있는 문갑을 잡고 피하는 자세를 취할 뿐이었다.

　△ 김재규는 차 실장의 복부를 향해 한 발을 발사하고 이어 구부리고 계시는 각하의 면전으로 접근해 바짝 권총을 들이대고 한 발을 발사해 완전히 절명케 했다.

　△ 한편 그때까지 부축 간호하고 있던 정 양·성 양은 김재규가 각하를 다시 쏘려는 순간 크게 놀라 실내 화장실과 주방으로 각각 피신함으로써 이들은 각하께서 운명하실 때까지의 정황을 가장 잘 아는 현장 목격자가 되었다.

　△ 이때 범인들 중 근처에 대기하고 있었던 김태원은 의전과장 박선호의 지시로 M16 소총을 가지고 나와 이미 쓰러져 있는 안재송에게 한 발, 정인형에게 두 발, 신음하고 있는 차 실장에게 두 발, 김용섭에게 한 발을 각각 발사해 확인사살을 했다.

　△ 한편 별채에서 처음 만난 정 총장과 김정섭은 초면인사를 나눈후, 부산·마산 사태 등 시국담을 교환하면서 식사가 거의 다 끝날무렵 수 발의 총성이 들리자 의아스럽게 생각한 참모총장이 2차장보에게,

　"총성이 난 것 아니오?"

하니 김정섭이 밖으로 나와 경비원에게 인근에 있는 궁정동 파출소에 무슨 총성인지 확인해보도록 지시한 후 다시 식탁에 돌아와 과일을 들고 있었다.

△ 19시 43분경 김재규는 시해 현장으로부터 맨발에 와이셔츠 차림으로 급히 나가다가 이미 방 밖으로 나와 있던 김계원을 만나자,

"나는 한다면 합니다. 이젠 다 끝났습니다."

라고 외치면서 별채를 향해 허겁지겁 뛰면서,

"차 어디 있어! 저 방 손님 모시고 나와! 물, 물⋯⋯."

하는 고함과 함께 황급한 모습으로 땀을 흘리며 별채 안으로 들어와 경비원으로부터 물 한 컵을 받아 마시고 나서 정 총장의 팔을 잡고,

"총장, 총장, 큰일 났습니다."

하며 현관 쪽으로 끌고 나가면서,

"빨리 차를 타시오."

하는 말에 정 총장이 김재규에게,

"무슨 일입니까?"

하고 묻자 김재규는,

"차를 타고 가면서 이야기하자."

고 했다.

△ 이때 정 총장은 어떤 기습을 받고 김재규가 도망나온 것으로 생각하고 김재규 승용차 뒷좌석 중앙 부위에 탔는데 오른쪽에는 김재규, 왼쪽에는 김정섭, 앞 좌석엔 박홍주 대령이 탔다.

△ 차 중에서 정 총장이,

"무슨 일입니까?"

하고 다그쳐 묻자,

"큰일 났습니다. 정보부로 갑시다."

해서 다시 총장이,

"무슨 일이 있어났느냐?"

고 묻자 대답은 하지 않고 각하를 뜻하는 엄지손가락을 치켜들면서
저격당했다는 표시를 했으며 총장이,

"각하께서 돌아가셨습니까?"

하고 묻자 김재규는,

"돌아가신 것은 확실하다."

고 대답했다.

△ 김재규는 경호차가 따라오는지 수차 초조하게 확인하더니,

"보안유지를 해야 합니다. 적이 알면 큰일 납니다."

하는 말만 되풀이 강조할 뿐,

"외부의 침입이냐, 내부의 일이냐?"

는 정 총장의 물음에 대해 김재규는,

"나도 잘 모르겠다."

고 대답하면서 보안유지만을 거듭 강조했다.

△ 승용차가 3·1 고가도로를 향하고 있음을 의식한 정 총장이,

"어디로 가는 것입니까?"

하고 묻자 김재규가,

"정보부로 가는 것."

이라고 하므로 정 총장은 만일에 작전이 필요한 시 지휘에 용이하고
보호를 받을 수 있다고 생각해,

"육본으로 갑시다."

하자 김재규는 갈까 말까 망설였다. 앞자리에 앉은 박흥주 대령도,

"육본으로 가지요."

라고 해 방향을 바꾸어 육본으로 향했다. 이때 김재규는 순간적으로
참모총장을 협박할까 망설였다. 그리고 오는 차 중에서 맨발에 와이

셔츠 바람이던 김재규는 박흥주 대령에게,

"자네 윗도리와 신발을 벗어달라."

고 하자 박흥주 대령은 예비로 가지고 온 상의와 신발을 김재규에게 주었다.

△ 동 차량은 궁정동을 출발해 내자 호텔과 광화문을 거쳐 3·1 고가도로와 후암동을 지나 미8군의 영내도로를 통과해 20시 5분경 육본 벙커에 도착했다.

△ 육본 벙커에 도착한 정 총장은 상황실에서 상황실장 조 대령에게 급한 일이 있으니 국방부 장관·합참의장·해군총장·공군총장·연합사령부 부사령관에게 전화를 연결토록 해 육본 벙커로 오시도록 직접 연락하고 기타 참모차장 이하 관계 참모들을 소집했다.

△ 1·3군에 비상사태를 발령함과 동시, 청와대 내부에서 일어난 피습 사건으로 생각해 수경사령관에게 병력 장악을 철저히 하도록 지시하고, 수도권 일부 부대에 대해서도 출동준비를 지시하는 한편 필요한 수도권 부대 지휘관을 육본 상황실로 오도록 했다.

△ 이에 앞서 19시 55분경 김계원은 김재규가 현장을 떠난 후 방에 다시 들어가 그곳에서 신음하고 있던 차지철 실장이 절명하지 않고 있다는 사실을 알고도 그대로 방치한 채 중정 경비원 유성옥과 서영준 등 2명을 불러 이들과 함께 각하 시신을 대통령 승용차 편으로 국군 서울지구병원에 안치한 후 유성옥·서영준에게,

"내 허락 없이는 누구에게도 시신을 보이지 말라."

고 강조한 후 이들을 병원에 남겨둔 채 도보로 병원 정문을 나와 택시 편으로 20시 15분경 청와대에 도착해 국무총리 및 일부 각료와 수석비서관들에게 청와대로 오도록 연락했다.

△ 20시 45분경 연락을 받고 청와대에 도착한 총리, 내무부·법무부 장관에게 김계원은 동석했던 수석비서관들에게 자리를 피하게 한 후 사건 전모는 은닉한 채,

"각하께서 유고다."

라고만 전하고

△ 경호실 차장 이재유 중장에게는,

"경호실장이 지휘할 수 없게 되었으니 당신이 경계 강화와 병력 통제를 철저히 하고 경거망동을 금하라."

고 하면서,

"국가의 중대 사건이 발생했는데 지금 그 이유는 말할 수 없다."

고 했다.

△ 한편 20시 30분경 육본 벙커에 국방부 장관·합참의장·연합사 부사령관·공군총장·해군 참모총장 등의 순으로 도착했고, 총장은 이들에게 각하가 피격당했음을 보고했다.

△ 이 보고를 받은 국방부 장관이 김계원을 호출토록 지시하니 옆에 있던 박흥주 대령이 대신 전화로 김계원을 불러 육본 벙커로 오도록 전달하자 김계원이 국방부 장관이 청와대에 올 것을 주장하므로 김재규가 직접 전화해,

"형님, 이리로 오시오. 다 끝났는데 거기 무엇 하러 갑니까. 여기 다 모였으니 총리 모시고 오시오."

라고 하자, 김계원은 김재규가 육군 총장을 인질로 확보하고 있는 것으로 생각하고 이를 응낙했다.

△ 이때 국방부 장관이 김재규에게 피격 내용을 물었으나 김재규는,

"상황이 어떻게 되었는지 몰라도 각하께서 돌아가신 것은 틀림없다."

고 하면서,

"빨리 계엄을 선포하고 철저히 보안을 유지하자."

고 하므로 국방부 장관은 합참의장·육군총장·공군총장·연합사 부사령관 및 해군 참모차장들과 대책을 논의하는 중에 김재규는 재차 이들을 협박하려고 두 번이나 일어섰다 앉았다 했다.

△ 20시 50분 국방부 장관으로부터 현재 복장으로 급히 출두하라는 명을 받고 육본 벙커에 도착한 국군 보안사령관은 상황을 검토하고 국군 서울지구병원장을 통해 각하가 서거했음을 확인한 후 사태의 중요성을 감안해 육군본부 보안부대에 즉시 임시 지휘본부를 설치, 간부들 전원을 소집했다.

21시 30분경 청와대로부터 국무총리·외무부 장관·내무부 장관·법무부 장관 및 김계원·유혁인·정무 제1수석비서관이 육본 벙커에 도착한 후 각료들이 김재규에게,

"어떻게 된 것이냐?"

고 묻자 김재규는,

"지금 대통령이 유고입니다. 이것은 중대한 사태로써 전방 경계도 강화해야 되겠고 국내 유혈사태도 막아야 하기 때문에 2, 3일간 보안을 단단히 유지해야 하고 각의를 열어 계엄을 선포해야 한다."

고 강조했다.

△ 22시 25분경 김재규가 김계원을 벙커 화장실로 슬며시 데리고 가서,

"우선 계엄을 선포해 사태를 장악하고 계엄사령부를 혁명위원회로 간판을 바꾸어 군사혁명으로 유도해야 한다."

며 보안유지를 당부했다.

△ 22시 30분경 국무위원 및 군 수뇌가 모여 사태 수습 대책을 논의 중 총리는 국무회의 소집이 필요 있다고 판단해 국무회의를 소집토록 지시했고. 국방부 장관은,

"국무회의 장소로서는 육본 벙커가 협소하니 국방부 회의실로 옮기자."

고 제의, 장소를 국방부로 옮겼다.

△ 22시 40분경 총리 지시로 유혁인 수석비서관이 총무처 차관에게 연락, 국무회의를 소집토록 조치했으며, 국방부 장관 접견실로 자리를 옮긴 총리와 문공부 장관이 계엄선포 시 국민이 납득할 만한 사유를 지체 없이 밝혀야 한다고 주장하자 김재규는 계속 사유를 명시치 말거나 아니면 '긴급사태'라고만 발표하도록 고집하면서,

"소련은 브레즈네프 행적을 일주일간이나 발표하지 않았다."

고 거듭 강조했다.

△ 한편 23시 30분경 김계원은 국무위원들의 강경한 태도로 보아 김재규의 거사가 성공할 수 없음을 알고 망설이다가 옆방인 국방부 장관 보좌관실로 살짝 혼자 가서 육군총장을 잠깐 그 방으로 오도록 전갈을 보낸바 총장과 장관이 동시에 들어오기에 김 부장이 범인이란 것을 알려주었다.

장관과 총장은 김재규를 체포하기로 결심했다.

△ 총장은 즉시 육본 벙커로 내려와 수도권 일부 부대에 대해 이동 명령을 내리고 23시 40분경 보안사령관과 헌병감에게 김재규를 체포토록 지시했고, 보안사령관은 헌병감을 육본 내 임시 지휘소로 불러 휘하 참모와 김재규 체포 계획을 수립했다.

△ 이 계획에 의해 헌병감 및 보안사 오 수사관은 당시 장관 접견

실에 있던 김재규를 밖으로 유인하기 위한 위장 구실로,

"육군총장이 육본 벙커에서 만나자."

고 한다는 전갈을 국방부 장관 보좌관 조 장군으로 하여금 김재규에게 전달케 해 일단 밖으로 나오게 한 후 김재규 경호원이 있는 복도를 피해 비상통로를 이용, 국방부 청사 뒷문으로 유인해 사전 대기시켜 놓은 승용차에 승차케 함과 동시에 무장해제를 하고 압송했다.

이때 시간은 0시 40분경이었으며 김재규가 마지막까지 휴대했던 권총은 미국 스미스웨슨제 38구경 5연발 리볼버였으며 실탄이 한 발 장전되어 있었고 네 발을 발사한 탄피가 남아 있었다.

△ 23시 50분경 국방부 회의실에서 국무회의를 개최하고 계엄 사유와 필요성, 계엄 발동 시간 등을 논의하다가 국무총리 이하 각료들이 각하의 서거를 직접 확인하지 아니하고는 계엄 선포가 곤란하다고 강력히 주장하자 총리는 대통령 각하 서거를 직접 확인한 후 조치하기로 결정, 일시 정회하고 총리, 부총리, 국방부·내무부 및 문공부 장관은 김계원으로 하여금 안내케 해 국군 서울지구병원에 익일 1시 20분경 도착, 병원장으로부터 상황 설명을 듣고 대통령 각하께서 서거하심을 확인했다.

△ 2시경 일행은 국방부로 돌아와 세부적인 사태 수습 방안과 절차를 논의한 끝에 국무회의를 속개, 3시 45분경에 비상계엄을 동일 4시에 선포키로 의결하고 정부 대변인은 4시 10분에 계엄 선포를 발표했다.

△ 대통령 각하께서는 국군 서울지구병원에 도착하신 19시 55분 이전에 이미 운명하셨다고 병원장은 진단했으며 다음날 새벽 3시경에 병원의 구급차를 이용, 청와대로 옮겨 모셨다.

범행 동기

가) 김재규는

△ 평소 이권 개입이 많다는 개인적 비위로 대통령 각하로부터 친서경고를 받은 바 있고

△ 근래에는 정국 수습책의 거듭된 실패로 무능이 노정된데다가

△ 군 후배이며 연하인 차 실장이 사사건건 업무에 간섭하는 방자한 월권으로 수모를 당하고 있음에도

△ 대통령은 차 실장만을 편애하고 자신을 불신한다는 생각에서 불만이 누적되었으며

△ 특히 요직 개편과 함께

△ 부마 소요사태와 관련 자신의 인책 해임설이 파다해 불안하던 차에

나) 현 정계 인물 중에서 대통령으로는 자기가 가장 적임자라는 망상에 사로잡혀 현직의 주요 인사와 군 지휘관은 자기 영향권 내에 있다고 오판하고

다) 부마사태를 오히려 대통령 제거의 계기로 역이용해 거사할 경우 중정부장의 막강한 권세와 방대한 조직력을 바탕으로 계엄군을 장악하면 사후 수습이 가능할 것이라는 판단 아래 시해 계획을 구상하게 된 것이다.

거사 계획

가) 거사 계획이 누설될 것을 우려한 나머지 금년 6월경부터 김재규 단독으로 구상했으며

△ 시해 방법은 권총으로 하고

△ 장소는 궁정동 중정식당에서

△ 시기는 적기를 선택하며

△ 대통령 각하와 차 실장은 자신이 직접 살해하고

△ 청와대 경호원은 심복인 박선호·박흥주와 자신의 경호원을 하수인으로 하여금 처치토록 구상했다.

나) 특히 사후 대책으로 시해 현장에 육군 참모총장과 김정섭 중정 제2차장보를 끌어들여

△ 거사 가담 의식을 주고 이들을 장악하되

△ 참모총장을 설득해 이에 응하지 않을 때에는 협박수단을 구사할 것으로 계획했으며

△ 거사 후 즉각 각의를 소집, 계엄을 선포하며

△ 자신의 기반 구축을 위해 각하 유고 사실을 3일 동안 보안을 유지하고

△ 현장 상황은 중정 자체 건물임을 내세워 중정 조직원으로 해금 조사 처리케 한 후

△ 국민 애도의 농도에 따라 자신이 시해했다는 사실을 밝히거나 은폐하며

△ 군부는 국가방위 임무를 전담하고 중정은 정국 수습과 정책 수행 임무를 각각 전담하되

△ 상황에 따라 현 체제하에서 집권을 할 것인지, 헌법을 개정해놓고 대통령에 출마할 것인지를 따로 계획한다는 등 음흉한 야욕의 복안을 가지고 있었다.

수사 결론

△ 본 사건은 군부 또는 여타 조직의 관련이나 외세의 조종이 개입된 사실이 전혀 없으며

△ 다만 과대망상증에 사로잡혀 대통령이 되겠다는 어처구니없는 허욕이 빚은 내란 목적의 살인 사건이다.

△ 본 사건을 수사함에 있어서 주범 김재규 등 국헌 문란 기도범 일곱 명을 비롯해 증거인멸 한 명의 관련 혐의를 포착하기 위해 1백 11명을 추가 소환 신문해 33명은 참고인으로 선정하고 나머지 78명은 훈방했다.

△ 수사를 지휘한 본인은 오직 사명감에 입각해 소신을 가지고 사건을 파헤쳤습니다. 수사 기간 중 여러 형태로 적극적인 협조와 편달을 해주신 국민 여러분과 관계 기관에 감사를 드리는 바입니다. 부탁 말씀은 내외 불순집단의 조작된 유언비어에 국민 여러분이 현혹되지 않으시길 바라마지 않습니다. 그리고 추가해 말씀드릴 것은 계엄사령부에서는 본 사건의 중대성을 감안, 계엄군법회에서 공개재판을 할 방침임을 밝혀드립니다.

요약하면 김재규가 쏜 총탄을 맞고 박정희가 죽었다는 얘기일 뿐이다. 그 기록을 다시 한 번 읽어보고 이사마는 생각에 잠겼다.

18년 전 5월 16일 새벽에 막을 연 드라마가 어떤 곡절을 겪고 이해 10월 26일 저녁 궁정동 밀실에서 끝을 맺게 되었는가. 그 인과의 사슬, 마디마디를 챙겨보는 것만으로도 태산 같은 부피의 문서가 될 것이다. 그럴 때 역사가가 요구하는 본질적인 뜻으로서의 역사는 불가능한 것이 아닌가. 운명이라고 하는 팩터作用力가 너무나 강한 뜻을 가지기 때문이다.

이승만 정권은 김주열의 시체가 마산 앞바다에 떠오르지 않았더라면 4년을 더 지탱했을지 모른다. 그랬더라면 그 후의 정국이 어떻게 바뀌었을까. 빈약한 상상력으로써도 1961년에 그러한 형태로서의 5·16 같은 사태는 없었으리라고 짐작할 수 있다. 박정희가 역사의 주무대에 등장할 까닭이 없는 것이다.

한국의 1960년대와 1970년대는 정상적으론 역사의 주무대에 등장할 까닭이 없는 박정희라고 하는 변수적인 존재에 의해 지배되었다. 미겔 아스투리아스의 필법을 빌리면 마땅히 사형에 해당하는 죄를 지은 범법자에 의해 농단된 것이다.

그러나 누구도 그를 사형에 처해야 한다고 주장하지 않았다. 아직도 그를 공공연하게 비방하지 못하는 것은 18년간의 권도에 추종자의 층이 두터워졌기 때문이다. 그를 반대하는 야당조차도 그가 깔아놓은 정치 절차에 맞추어 행동하는 동안 이윽고 공범이 되고 말았다. 뿐만 아니라 그의 추종자는 그를 일컬어 민족의 태양이라고 하고, 민족중흥의 영주라고 했다.

마땅히 사형을 당해야 할 범법자와 민족중흥의 영주는 너무나 거리가 멀다. 그런데도 박정희는 그 양극을 딛고 서 있는 묘한 존재다. 그렇다면 박정희란 어떠한 사람인가. 어떻게 평가해야 할 것인가.

성유정 씨는 이렇게 말한다.

"이 사람을 평가하는 것은 보통의 문제가 아니다. 그 평가를 통해서 평하는 사람의 인생관·세계관, 또는 인간성을 표출하는 것으로 되기 때문이다. 다시 말하면 박정희를 평가한다는 것은 평가하는 것으로써 끝나는 것이 아니고 평가하는 자신의 내면을 공개하는 것으로 된다."

옳은 말이다.

그러나저러나 어차피 동시대인으로선 공정한 평가는 불가능한 노릇이다. 그 덕으로 높은 벼슬을 한 사람, 그 덕으로 부자가 된 사람, 또는 갖가지 혜택을 입은 사람은 그를 긍정적으로 평가할 것이고, 그로 인해 생명을 잃은 사람, 그로 인해 패가망신한 사람, 또는 갖가지 손해를 본 측의 사람들의 처지에선 그에 대한 평가가 부정적으로 되지 않을 수 없을 것이기 때문이다.

"긍정적 평가를 하건 부정적 평가를 하건 박정희는 하나의 기정사실로써 정착되어버렸다. 이 사실만은 승인해야 할 것이 아닌가. 현실적인 것은 합리적이란 헤겔의 말은 이 사정에서도 적합하다."

고 하고 성유정 씨는 이사마에게 다음과 같은 충고를 했다.

"이 주필은 사실을 수집해서 기록만 하면 된다. 섣불리 평가하려고 해선 안 된다. 이 주필은 박정희를 쿠데타의 주모자라고 해서 범법자로 취급하고 있는 모양이지만 그것은 사태의 일면만을 보고 하는 소리다. 예컨대 민주주의라고 하는 시각에 사로잡힌 견해일 뿐이다. 지금이니까 하는 소리지만 세상을 생존경쟁으로 보는 시각이란 게 있다. 생존경쟁에서의 승리자, 생존경쟁에서도 권력경쟁에서 승리자가 된 사람에겐 월권이 허용된다. 그런데 그 월권을 견제할 세력이 없을 땐 월권이 일반권력으로서 그냥 통하게 된다. 승리자에겐 범법이고 뭐고 없다. 이건 사회과학적인 판단에 앞선 생물학적인 원칙이다. 후세에 무슨 평가를 받을망정 박정희는 생존경쟁 가운데서도 권력투쟁에 이겨 남은 승리자다. 어떤 수단을 취했든 한 나라의 정권을 잡는 일이 쉬울 까닭이 없다. 대중은 박정희를 그렇게 본다. 거부가 되기만 하면 대중은 외복한다. 도둑놈도 큰도둑놈이 되면 대중은 영웅시한다. 민주주의의 원칙 따위를 가지고 성공자 또는 승리자를 재려고 하면 대중의 비웃음을 살 뿐이다. 그러니 이 주필은 사실을 수집하되 판단은 후세 사람들에게 맡겨야 한다."

성유정에 말에 타당성이 없는 바는 아니었으나 이사마는 전적으로 동조할 순 없었다. 승리만 하면 그만이란 사상으로썬 역사를 쓸 수가 없는 것이다. 하지만 이사마인들 성급한 판단을 할 생각은 없었다. 승리자를 승리자로서 인정하기에 앞서 승리자의 정체, 승리의 의미를 분석해보고 싶은 것이다. 다음은 그런 의도에 의한 이사마의 메모다.

쿠데타는 박정희만이 일으킨 현상이 아니다. 동서고금의 역사는 그 태반이 쿠데타의 역사라고 해도 과언이 아니다. 그렇다고 해서 쿠데타를 용인할 수 없는 것은 지금 인류적·세계적 지향이 민주주의에 있기 때문이다. 내세운 명분이야 어떠했건 민주주의에 역행하는 쿠데타만은 부정되어야 한다.

박정희가 쿠데타를 했기 때문에 나쁘다는 명분론 이외에 결과론으로써 따져도 용인될 수가 없다. 왜, 그의 정치는 쿠데타의 연속이었으니까. 민주주의를 말살하는 데서 시작한 쿠데타가 민주주의를 실현할 까닭이 없는 것이지만 만에 하나라도 민주주의의 기틀을 잡는 방향으로 나갈 수 있었더라면 박정희는 달리 평가될 수도 있었겠지만 그렇게 되질 못했다. 그는 자기의 권력을 유지하기 위해 민주주의의 씨앗까지를 말살하려고 들었다. 그 결과 교육을 불가능하게 만들었다. 목적이 아무리 좋아도 수단 방법이 나쁘면 옳지 못하다는 것을 가르치는 게 교육인데 범법 행위에 의해 정권을 잡은 자의 지배를 받고 있는 현실에서 교육이 보람을 다할 수 있을 것인가. 근대국가의 본령은 법치국가라는 사실에 있는 것인데 쿠데타에 의한 정권하에서 법치의 개념이 어떻게 될 것인가. 이것이 박정희 정권을 연구하는 데 있어서 가장 중요한 대목이다.

박 정권에 있어서 긍정적으로 평가되어야 한다는 것이 경제정책이다.

그 정책하에서 한국 경제의 고도성장이 실현된 것은 사실이다. 그러나 그로 인한 국부의 소수자로의 집중, 부익부 빈익빈 현상이 빚은 국민간의 이화, 약소국에선 특히 돌이키기 어려운 공해의 문제는 어떻게 될 것인가. 달리 건전한 경제정책이 불가능했던가를 연구해 볼 필요가 있다.

그는 법률의 이름 아래, 국가질서를 바로잡는다는 명분 아래 많은 사람을 사형에 처했다. 그 재판 기록을 검토해볼 필요가 있지 않을까.

고도성장정책의 그늘에 관기의 부패와 부정축재가 만성화되었다. 부정부패를 시정하겠다는 것이 쿠데타를 일으킨 명분이었다. 그가 전복한 정부의 부패상과 그 자신의 정권하에서 저질러진 부패상을 구체적인 숫자로서 대조해볼 필요가 있지 않을까.

이상적으로 말하면 나라의 원수는 수신과 제가에 있어서도 국민의 사표가 되어야 한다. 일제의 암흑기를 살아오는 데 있어선 의연해야만 하고 해방 직후의 혼란기에 있어서도 민족의 지도자다운 관록을 지녔어야만 한다. 과연 그는 이러한 조건을 충족시킬 수 있는 인물이었던가.

그의 이력서에 의하면 그는 대구사범학교를 졸업하고 일시 문경국민학교에서 교사 노릇을 한 후 만주 군관학교를 졸업하고 이어 일본 육군사관학교에 유학했다. 만주국의 장교였으며 일본의 군인이었다. 일본 군대에선 '다카키'라는 이름으로 행세했다.

만주에선 주로 한국의 독립운동가가 주동이 된 중국군을 소탕하는 임무를 띠고 있었는데 해방이 되자 재빨리 광복군에 편입되어 있다가 귀국하자 장차 한국군의 모체가 될 간부를 양성하는 군사영어학교에 입교했다.

그러니 그는 만군·일군·국군 세 나라의 군인으로서 세 나라에 충성을 맹세한 셈이다. 그런데 그것도 모자라 공산당에 충성을 다하다가 여순반란 사건에 휘말려 숙군의 대상이 되었다. 그러자 그는 국군 내의 좌익분자(미국의 기록에 의하면 3백 명 이상)를 밀고했다. 그 덕분에 처형을 모면하고 이윽고 한국군의 장군이 될 수 있었다.

민주당 정권 때 예편될 운명에 있었다. 그 위기를 예감하고 '죽기 아니면 살기'로 작정하고 일으킨 것이 5·16쿠데타라고 말하는 사람이 있다.

그는 현역 시절 청렴결백하고 부하들의 신임을 모았다. 그 사실마저도 어떤 사람은,

"그의 뒤엔 항상 감시가 따라 있었기 때문에 애써 청렴한 생활태도를 지녀야 했고 보신책으로 부하들의 환심을 사야만 했다."

고 평하는데 이것은 지나친 혹평이 아닐까. 하지만 그가 권세를 잡자마자 흐트러지기 시작한 사생활, 특히 여자관계와 그 정권하의 부정부패를 감안하면 그럴듯하지 않는 바도 아니다.

아무튼 이러한 인물을 국가원수로서 모시고 18년 동안을 살아온 국민이 행복할 수 있었을까 하는 것은 그야말로 후세의 사가가 판단해야 할 문제다.

미겔 아스투리아스는 알폰소 치하에선 과테말라의 국민이,

"스스로 노예가 되든지, 아니면 항거하다 맞아 죽든지, 아니면 허무주의자가 되어 데카당의 늪 속에 파멸하든지 할 수밖에 없었다."
고 했는데 남의 일 같지가 않다.

이사마의 이 메모를 읽고 성유정은,
"새삼스럽게 말할 것도 없지 않은가."
하곤 이런 말을 했다.
"지금이니까 하는 말이지만 이 주필은 그 사람에게 대한 미움을 버려야 한다. 미움이 있어선 공정한 기록이 될 수가 없어."
성유정의 이 말은 이사마에겐 뜻밖이었다. 그 사람을 미워하는 감정에 있어선 성유정이 이사마보다 더욱 강하다고 짐작하고 있었기 때문이다. 그래서 물었다.
"미움을 버리고 어떻게 해야 합니까. 성공자라고 해서 찬미해야 하나요?"
"죽은 이제에 와서 보면 그는 결코 성공자가 아니다. 그는 쿠데타를 일으킨 행동의 보상을 못하고 죽지 않았는가. 그는 불쌍한 사람이다. 걸맞지 않은 야심에 사로잡혀 그릇도 아닌 사람이 그 자리를 지키려고 했으니 얼마나 고달팠겠는가. 불쌍하다고 여겨줘. 그를 불쌍하다고 생각하게 되면 나에게 대한 인식이 또 달라질 거니까."
"그 자신도 원하지 않겠지만 나는 그를 동정할 수 없어요. 수갑을 차고 사형을 가다리고 있는 조용수의 흠뻑 물기에 젖어 있는 눈이 지금도 내 앞에 있으니까요. 조용수는 사형을 당할 아무런 건덕지도 없는 사람이었소. 조용수와 그와 비슷한 죄 없는 청년들이 얼마나 많이 죽었습니까. 나는 성 선배처럼 너그럽지 못해요. 한 나라의 대통령이 될 만한 사람은, 내가 대통령이 아니었다면 죽어야 할 사람이 내가 대통령이기 때문에 살아나게 되었다고 감사할 수 있도록, 또는 내 치세에선 억울한 사람을 절대로 죽게 하진 않겠다는 최소한도의 포부는 가져야 하지 않겠어요? 전쟁 중엔 별문제겠죠. 평화스런 나날에 앉아 없는 죄를 만들어서까지 사람을 죽여요? 그 때문에 정권을 잃게 된다면 또 모르죠. 그러나 조용수를 죽이지 않았다고 해서, 그 유사한 청년들을 죽이지 않았다고 해서 정권에 금이라도 날 사정은 아니었지 않습니까. 마땅히 사형되어야 할 극악범이나 국사범까질 싸잡아 얘기하는 것은 아닙니다. 무더기로 사형된 청년들의 공판 기록을 보았는데요. 설령 그들의 죄목이 사실이었다고 해도 무기징역까지도 갈 수 없는 것이었소. 그런데도 그는 무더기로 억울한 청년들을 사형장으로 보내버렸소. 나는 이런 사실을 중시하는 겁니다. 경제정책 따위의 성공은 문제도 안 됩니다. 그가 아니면 불가능한 일이었다고 할 순 없을 것이니까요. 대통령이면 제1의적으로 국민의 생명에 최대의 관심을 쏟아야 하는 것 아닐까요? 단 한 사람이라도 죽이지 않아도 될 사람을 죽였다면 간과할 수 없는 겁니다. 나는 후세의 역사가가 특히 이 점을 중시해야 할 것으로 믿습니다. 링컨은 남북전쟁의 와중에서도 사형집행을 결재한 것은 단 한 건이었답니다."

"그 사람을 말하면서 링컨까지를 끌어대?"

하고 웃곤 성유정이,

"그러니까 더욱 불쌍한 사람이 아닌가."

했다.

"불쌍하다뇨. 두고 보시오. 그를 추종하는 패거리는 그를 위대한 인물이라고 추어올릴 것이오. 그렇게 해야만 공범자의 처지를 협동자의 지위로 끌어올릴 수 있을 테니까요."

"그까짓 추종자들의 말이야 오뉴월에 살얼음 녹듯 할 것이고……, 5백 년 후의 역사책에 그는 어떻게 기록될까. 고려사에 정중부가 차지한 정도의 스페이스를 차지할까?"

정중부와 박정희! 성유정 씨의 역사감각은 예리하다. 역사상 박정희와 대비시킬 수 있는 자는 정중부를 두곤 있을 것 같지 않다.

이어 성유정의 말이 있었다.

"뭐니뭐니 해도 박정희는 반면교사적인 의미를 가진 사람이다. 우리는 그를 통해 정치의 정체라는 것을 극채색적極彩色的으로 알게 되었고, 권력이란 것의 추악한 실상을 알게 되었으니 말이다. 그러나저러나 우리 동시대인으로선 엎드러진 놈 꼭지 치는 짓은 말자.

시신에 매질하는 것은 우리의 자존심을 상하는 일이다. 살아 있을 땐 꿈쩍도 못하다가 죽었다고 해서 덤벼드는 것은 군자의 체면이 아니지 않은가. 인생도 역사도 허망한 것이다."

그렇다.

—허망하다.

는 감회를 마지막으로 적어놓고 장장 5년 9개월 동안 끌어온 푸념을 끝내야 하겠다.

새 시대엔 새롭게 살아야 하지 않겠는가.

작가후기

5·16쿠데타에서 10·26사건이 있기까지가 이 작품의 시간적인 스팬이다. 등장하는 사람들은 5·16쿠데타에 의해 희생된 군상이다.

5·16쿠데타가 후일 어떻게 평가될는지는 알 수가 없다. 작가의 요량으로서는 그 때문에 희생된 군상의 실상을 적어 역사의 심판대에 제공할 자료를 기록한 것이다.

그러나 시간적으로 너무 근접해 있고 쿠데타 세력이 18년간이나 지속되었기 때문에 아직도 막강한 실세를 가지고 있는데다가 묻혀 있는 사실이 하도 많아 결국 빙산의 일각을 더듬는 결과가 되었을 뿐이다.

장차의 역사적 심판이 어떠하건 5·16쿠데타가 우리 민족사적으로 민주정치사적으로 결정적인 비극이었다는 사실은 분명하다. 해방된 지 15년 후라는 시점에서, 다시 말해 일제 통치 36년, 그 야심하에 신음하길 80여 년에 걸친 세월 끝에 아직 그 비분의 눈물이 마르기도 전에 일본군 출신의 하급장교를 국가원수로서 받들게 되었다는 사실이 민족사적으로 비극이 아닐 수 없다는 것이며, 겨우 돋아난 민주헌정의 싹을 유린한 쿠데타로 인해 정권이 찬탈되었다는 사실이 민주정치사적으로 비극이었다는 것이다.

따지고 보면 제5공화국은 5·16쿠데타의 연장선상에서 나타난 것이며, 5·16의 비극이 없었더라면 제5공화국의 비극이 있을 수 없다고 생각할 때 민족의 통한을 새삼스럽게 되뇌게 된다. 5·16쿠데타와 그 쿠데타에 이은 갖가지의 비리를 청산하지 못하고 지나버렸기 때문에 오늘의 혼란이 있게 된 것이라고 결론지을 수가 있다.

작가로선 혁명검찰, 혁명재판에서 희생된 사람들의 생의 행방을 오늘의 시점에까지 철저하게 추궁하지 못한 점, 이른바 동백림 사건·인민혁명당 사건·4대 의혹 사건 등 허다한 사건들의 진상을 파고들지 못하고, 특히 한일협정의 배후에서 진행된 암거래 등을 정확하게 구체적으로 파헤치지 못한 점 등이 아쉽기 한량없다.

그런데 최근 나는 일본의 관보를 통해 작년(1987년) 9월 29일 일본 국회가 대만 주민의 전몰자 유족 등에 대한 조의금에 관한 법률을 의결 공포했다는 사실을 알았다.

그 법률에 의하면 제2차 세계대전 때 일본군에 속해 있던 대만인의 전몰 또는 전상자는 21만 명인데, 전사·전상을 불문하고 일본 돈으로 1인당 2백만 엔씩을 지불한다는 것이다. 일본 돈 2백만 엔이면 미화로 약 1만 7천 달러에 해당한다. 그러니 대만의 당시 전사상자 21만 명의 유가족은 일본 정부로부터 35억 달러의 조의금을 받게 되는 것이다.

이것을 발표한 관보엔, 조선 출신의 일본의 군인·군속의 전사상자 수는 약 24만 2천 명인데 이들에 대한 보상 문제는 1965년에 체결된 "재산 및 청구권에 관한 문제해결 및 경제협력에 관한 일본국과 대한민국과의 협정에 의해 해결되었다."고 발표되어 있다.

대만의 예에 의해 우리가 조의금을 받게 된다면 242,000×17,000$=4,114,000,000, 즉 약 42억 달러를 받아야 하는 것이다.

우리의 기억으로서는 1965년의 한일협정으로 우리가 받은 돈은 무상 3억 달러, 유상 2억 달러이다. 그렇다면 42억 달러를 받아야 하는데 3억 달러를 받고 말았다는 얘기가 아닌가.

이 전말을 살피기 위해서라도 '장군의 시대'는 계속 씌어져야 하는데, 얼만가의 시일을 더 기다려야만 하겠다.

이병주

기전체 수법으로 접근한 박정희 정권 18년사

임헌영 문학평론가·중앙대 교수

작가를 가장 많이 닮은 소설

「그해 5월」은 이병주의 현대사 연작 5부 「관부연락선」 「지리산」 「산하」 「실록 남로당」에 이은 에필로그로서 5·16쿠데타와 박정희의 '장군의 시대'를 다룬다. 그러니까 정확히 1961년 5월 16일부터 1979년 10월 26일까지 박정희 통치 18년이 그 시대적인 배경이다. 이 작품의 집필 동기는 "그래, 자네 제3공화국의 역사를 쓸 작정이군."이라는 성유정의 질문에 대해 주인공 이사마가 "역사를 쓰다니, 역사를 쓰기엔 시간적인 거리가 아직 일러. 다만 나는 허상이 정립되지 않도록 후세의 사가를 위해 구체적인 기록을 정리해볼 작정이야."라고 대답한 것과 밀접한 관련이 있다.

"등장하는 사람들은 5·16쿠데타에 의해 희생된 군상이다. 5·16쿠데타가 후일 어떻게 평가될는지는 알 수가 없다. 작가의 요량으로서는 그 때문에 희생된 군상의 실상을 적어 역사의 심판대에 제공할 자료를 기록한 것이다."라고 작가는 후기에서 말한다.

소설은 첫 장면에서 10·26사건을 부각한 뒤 1961년으로 시대를 거슬러 올라가 기록자 이사마(사마천의 이름을 연상하는 별칭)가『사기』처럼 '기전체'로 박정희 장기집권 18년 동안을 각종 사료와 논평을 곁들여 엮는 형식을 취한다. 이병주의 현대사 소설은 예외 없이 실존인물에다 작가의 분신과 몇몇 주변 인물들, 여기다 양념으로 여인들이 끼어드는 서사구조로 짜여져 있다. 작가는 예외 없이 고도로 지성적이며 비슷한 가치관을 지닌 2명 이상의 남성상에다 반드시 언론인(1급 기자나 논설위원급)을 끼워 넣으며, 등장하는 여인상들은 반드시 미녀들이거나 특이하게 예외적이며 탁월한 능력을 지니고 있다.

「그해 5월」은 작가의 분신이 아닌 작가 자신을 직접 등장시켰다는 점 말고도 유난히 실록적 요소가 강해서 소설이라기보다는 차라리 '5·16의 역사적 평가를 위한 한 우수한 관찰자의 기초자료 모음집' 같다. 5·16쿠데타와 제3공화국으로 불린 박정희 독재정치 시기의 과거사 청산 문제를 위한 가장 신빙성 있는 자료들로 이뤄진 이 소설은 다른 현대사 연작 소설과는 달리 작가가 원숙기에 들어선 시기에 직접 피해자(투옥과 감시의 연속)로서 세월을 보낸 데 대한 원한의 흔적도 스며 있다.

이병주의 다른 현대사 소설에서 작가(혹은 그 분신)가 가치중립적(이라기보다는 오히려 양식 있는 보수파적 태도)인 입장에서 관찰자로 등장하는 것과 대조적으로 이 소설에서는 박정희 통치에 대해 가장 신랄한 비판자(아직도 우리 소설계에서는 이만큼 5·16쿠데타를 총체적으로 비판해준 예가 없다)로 자신을 드러낸다는 점 또한 주시할 필요가 있다.

1961년 5월 16일 새벽에 개막된 드라마가 장장 18년을 끌다가

1979년 10월 26일 밤, 이윽고 그 막을 내렸다……

주인공 이사마는 1979년 10월 27일 일기장에 이렇게 썼다. 마치 『쿠오바디스』의 마지막 장면, 홍역 같은 네로의 시대가 끝났다는 장중한 셍키에비치의 문장을 연상시키는 이 소설의 대미는 작가 이병주가 18년 동안 못다 했던 말을 쏟아낸 쿠데타의 심판이다.

아직 일제 식민 통치의 "비분의 눈물이 마르기도 전에 일본군 출신의 하급장교를 국가원수로서 받들게 되었다는 사실이 민족사적으로 비극이 아닐 수 없다는 것이며, 겨우 돋아난 민주헌정의 싹을 유린한 쿠데타로 인해 정권이 찬탈되었다는 사실이 민주정치사적으로 비극이었다는 것이다. 따지고 보면 제5공화국은 5·16쿠데타의 연장선상에서 나타난 것이며, 5·16의 비극이 없었더라면 제5공화국의 비극이 있을 수 없다고 생각할 때 민족의 통한을 새삼스럽게 되뇌게 된다. 5·16쿠데타와 그 쿠데타에 이은 갖가지의 비리를 청산하지 못하고 지나버렸기 때문에 오늘의 혼란이 있게 된 것이라고 결론지을 수가 있다."(작가 후기)는 지적은 작가의 현대사 연작소설이 지닌 의미를 새삼 오늘에 되새기게 만든다.

민족적 허무주의로 여야 전체를 비판

왜 작가는 피살당한 독재자에게 지레 가혹한 비판의 관점으로 접근하는가? 이사마와 성유정의 대화를 통해 작가는 마지막 장면에서 이렇게 말한다.

"불쌍하다뇨. 두고 보시오. 그를 추종하는 패거리는 그를 위대한 인물이라고 추어올릴 것이오. 그렇게 해야만 공범자의 처지를 협동자의 지위로 끌어올릴 수 있을 테니까요."

"그까짓 추종자들의 말이야 오뉴월에 살얼음 녹듯 할 것이고……, 5백 년 후의 역사책에 그는 어떻게 기록될까. 고려사에 정중부가 차지한 정도의 스페이스를 차지할까?"

이 대목에 작가의 1980년대 시국관이 그대로 드러나 있다. 제3공화국과 유신통치 시대의 적자 계승인 제5공화국에 대해 시종 비판적인 시각을 지닌 작가로서는 박정희에 대한 역사적인 심판 없이는 한국 현대사가 제자리걸음임을 새삼 일깨우고 싶었던 것이다.

"30대에 이미 출중한 논객"으로 "35세에 K신문사의 주필 겸 편집국장으로 있으면서 백만 독자의 경애를 한 몸에 모으기도 했"던 주인공 이사마는 작가의 모습 그대로 "최대의 결점은 여자문제에 있었다. 그러니 그는 자연 가정을 소홀히 했다. 친구 가운데 그의 부인의 얼굴을 아는 사람은 극히 적었다."

"조국이 없다. 산하가 있을 뿐이다"라는 글로 투옥(1961. 5. 21.~1963. 12. 16.), 출옥 후 박 정권을 관찰·기록하는 이사마(곧 작가)는 "스칸디나비아의 사회민주주의를 배우는 데" 정치의 이상을 삼고 있는 자유주의적 지식인의 한 전형이다.

그는 "우리 국민은 너무나 건망증이 심해. 잊지 말아야 할 것을 쉽게 잊어버려."라는 성유정의 말을 상기하면서 "내가 발포명령을 내렸다."며 반성하는 정치인이 한 사람도 없는 역사를 질타하는데 이 속에는 여야 모두를 18년 장기집권을 가능하게 했던 공범자로 보려는 의도가 스며 있다. 즉 "조그마한 이해와 의견의 차이를 일절 무시해버리고 그야 말로 초당적인 국민전선을 형성해서 군사정부와 대결해야 할 것인데 벌써 서둘고 있는 꼬락서니를 보니 한심스럽다."는 성유정의 지적은 바로 그런 비판을 담아낸다. 이런 대목에서는 민족적 허무주의가 강하게 풍기는데, 이것 역시 이병주의 현대사 연작소설 전체를 관통하고 있는 관점의 하나로 집권자나 야당을 싸잡아 비꼬는 투의 어법이 느껴진다. "프랑스도, 독일도, 영국도, 러시아도 모두 동족상잔의 내란을 겪었다. 미국의 남북전쟁도 동족상잔이고 스페인의 내란도 그렇고 중국도 예외가 아니다. 일본도 메이지유신 직전까지 내란상태에 있었다. 그러니 동족상잔을 했다고 해서 창피할 건 없어. 안타까운 것은 그 쓰라린 체험에서 교훈을 얻는 것 같지 않다는 점이다."면서 "보람 없이 피를 흘리기만 했다."는 영국인 기자 조스의 말은 작가의 민족성 비판과 그대로 일치함을 알 수 있다.

그러나 이런 민족적 허무주의의 허망함은 정치권에만 적용되고 있으며, 비판적인 지식인들에게는 매우 동정적인 시선을 보내고 있음을 여러 대목에서 발견할 수 있다.

박정희와 쿠데타에 대한 역사적 평가

5·16이 곧 박정희라는 등식인지라 소설은 자연스럽게 그에 관한 다각적인 관점을 점묘파식으로 인용하는데, 주인공의 입장은 "박정희 씰 그렇게 죽게 해선 안 되는 일인데……."라는 엄벌주의로 부각된다. 후세 사가들은 "백 년 후의 고등학교 역사 교과서에 한 페이지쯤", "2백 년 후엔 반 페이지?", "3백 년 후면 서너 줄?", "천 년 후면 흔적도 없어

질까?" 하다가 "아냐, 어젯밤(10. 26.)의 사건 때문에 길이 기록엔 남을 거야."라는 문학적 결론에 이르고 만다.

"한국 군대 가운데서 쿠데타를 일으킬 수 있는 유일한 장군이 박 장군"이라는 평가는 조스의 말인데, 그 이유로 "과단성과 청렴한 성품"을 들었다. 이어 작가는 "솔직하게 말해서 애국자는 각하 하나뿐인 것 같애."라며 "준장으로 계시던 시절인데 사모님이 글쎄 아이를 업고 바구니를 들고 가시는 것을 길에서 보았어." 혹은 "술을 같이 하자는 초대를 받고 댁엘 갔는데 글쎄, 식탁 하나 온전한 게 없어서 사과궤짝을 놓고 술을 마셨어요." 또는 "자유당, 그때가 어떤 때라고 부정선거를 하라는 지시에 단연 반대하기도 했으니 구국의 영웅이 될 소질이 있는 분이지."라는 군인들의 긍정적인 증언을 곁들인다.

그러나 정작 조스는 시종 쿠데타와 박정희에 대해 가장 신랄한 비판자로 "쿠데타를 혁명이라고 강조하는 것도 우습지만 쿠데타가 없었더라면 과연 코리아는 망했을까? 지금의 정치에서는 도의를 어디 가서 찾지? 정치에 있어서의 도의란 좋으나 굿으나 헌정을 지키는 행위에 있는 것이 아닌가. 헌정을 비합법적 수단으로 짓밟아놓은 사람이 도의 운운하는 것은 우스울 뿐더러 마치 만화 같지 않은가. 스페인의 프랑코는 천주님의 뜻을 자주 들먹였지만 도의란 말은 잘 쓰지 않았다."라며 근본적으로 부인하는 쪽이다.

"최고로 웃기는 대목이 있다. '정당과 국회와 정치 자체를 국민으로 하여금 불신하게 했'고 민주당을 비난하고 있는데 정당을 불신케 한 것은 누구인가. 국회를 불신케 한 정도가 아니라 유린한 게 누군가. 정치 불신의 풍조를 만들어낸 장본인이 누군가⋯⋯."라고 한 것도 조스다. 조스의 말을 점검코자 이사마는 박정희가 쓴 『국가와 혁명과 나』를 읽다가 독일의 부흥이 훌륭한 지도자 덕분이라고 씌어 있는 대목에서 아데나워는 결코 친나치가 아니었음을 들어 비판의 예봉을 세운다.

비판은 여기서 멈추지 않는다. 민정 이양 때, 3선 개헌 전후, 유신통치 시기의 온갖 거짓과 국민 기만 사실을 적시하면서 이사마는 아예 5·16쿠데타 자체를 부정한다.

쿠데타에 관해서는 이사마와 조스가 일관되게 전면 비판하는 쪽이고 성유정은 부분 비판, 전반부의 화자인 '나'(이 교수)는 어정쩡한 입장이다.

세계의 거의 모든 쿠데타를 섭렵하면서 박 장군의 쿠데타를 비판하는 조스와 합작으로 전개되는 이사마의 탁월한 논조는 가히 정치학 논문 수준으로 이병주 소설에서도 드물게 만나는 장면 가운데 하나다. 그의 논조는 한 마디로 "애국심과 양심에 의해 일으킨 쿠데타는 거의 없었다."는 것, "애국심이니, 정의니 하는 본래 아름다웠던 말들이 형편없이 오염되게 된 것은 쿠데타를 일으킨 군인들이 마구 그런 말을 써먹었기 때문"이라는 것, 5·16은 결코 "제도의 변혁"이 아니기에 혁명이 아니라 쿠데타라는 것, 그래서 "역사상에 나타난 쿠데타는 전부 실패한 쿠데타"라는 것이다.

작가는 실패한 쿠데타를 한마디로 "만합니다, 만화."라고 규정한다. 이어 작가는 독재자의 유형을 논하면서 "독재자는 권모와 술수, 감시와 이간, 그리고 혹독한 처벌수단으로 지탱되는 것이기도 하지만 범인이 추종할 수 없는 어떤 장점의 소유자라는 것도 불가결한 조건이다."라고 첨언한다. 예를 들면 히틀러는 광인 취급을 해야 할 '놈'이지만 돈에 관해선 깨끗한 정도를 넘어 전혀 금전감각이 없었을 뿐만 아니라 봉급 전액을 노동사고로 신음하는 사람들을 도우는 기금으로 기부해버렸다며

5·16세력을 겨냥했다.

쿠데타란 "그 사람이 죽든지, 또 다른 쿠데타가 발생해서 성공하든지 하는 일이 없는 한 영구집권"이 되며, "국민을 배신한 범죄 행위가 권력"을 잡고 나서는 비상수단을 "합리화하기 위해서, 또는 그 무리를 호도하기 위해서 영속적인 쿠데타, 크고 작은 쿠데타, 음성적·양성적인 쿠데타를 계속"해야 하는 비극의 연속이라고 소설은 말한다.

그러나 조스는 이보다 훨씬 중요한 참담함은 "교육을 불가능하게 하는 상황을 만들기 때문"이라는 점을 든다.

교육이 감당해야 할 것은 갖가지 지식을 공급한다는 것 외에 제 1의적으로, 아무리 목적이 좋아도 그 목적을 달성하기 위해 쓰이는 수단이 정당해야 한다는 것을 가르치는 데 있소. 무슨 방법을 쓰건 성공만 하면 그만이란 풍조가 세계를 휩쓸고 있지. 이걸 강도적 원리가 지배하는 사회라고 하는 거죠. 그러나 이러한 풍조를 없애기 위한 노력도 대단하오. 그 결과 유럽의 정치사회에선 어느 정도 페어플레이가 이루어지게 되었죠. 그런데 쿠데타로써 정권이 선 나라는 문자 그대로 강도적 원리가 지배하고 있는데 그런 나라에서 페어플레이를 하라는 교육을 어떻게 합니까.

소설은 쿠데타의 반민주·반역사·반민족적인 요인을 두루 열거하면서 특히 945일(1961. 5. 16.~1963. 12. 17.)간의 죄악을 조목조목 따진다.

군사정부는 8백31개의 법률을 만들어젖혔다, 정치정화법을 발동해 3천27명의 공민권을 제한했다, 지방자치를 짓밟았다, 경제정책은 부익

296

부 빈익빈의 현상을 빚도록 유도했다. 쿠데타 주체자들의 부패와 타락을 가져왔다는 점 등과 증권파동·워커힐 사건·새나라자동차 사건·파칭코 사건 등 4대 의혹 사건을 자세히 분석하는데, 모두 과거사 청산에 포함시킬 만한 과제들이다.

민정 이양으로 대통령에 취임한 1963년 12월 17일, 박정희가 헌법 제68조에 의해,

"나는 국헌을 준수하고 국가를 보위하며 국민의 자유와 복리의 증진에 노력해 대통령으로서의 직책을 성실히 수행할 것을 국민 앞에 엄숙히 선서한다."라는 선서에 이어 취임사에서 "여하한 이유로도 성서를 읽는다는 명분 아래 촛불을 훔치는 행위가 정당화될 수는 없습니다."라고 말한 대목 역시 작가는 신랄하게 비판하고 있다.

역사의 잔재들

소설은 '혁명재판'을 둘러싼 인권 침해와 학살을 "만화를 닮은 희극무대"라며 비꼬며, 한국의 언론을 "동업자의 한 사람인 조용수의 생명 하나도 구출하지 못"한 무기력한 집단으로 몰아댄다. 1961년 12월 21일 목요일의 사형집행 묘사는 우리 문학사에서 보기 드문 감동 중 하나다. 곽영주·최백근·최인규·임화수·조용수 등의 사형 장면이 그 인물들에 걸맞게 냉철하고 객관적으로 묘사되어 있다.

작가가 이사마의 입을 통해 5·16을 비판하는 대목은 이밖에도 몇 가지 더 있는데, 그중 첫째가 부패 문제다. "공무원이나 군인으로서 부정축재한 액수가 5천만 환 이상이라야 혁명재판에 걸 수 있다."는데, 만약 "5년 후나 10년 후 쿠데타를 일으킨 사람들이 5천만 환 이상의 부정축

재를 한 사실이 밝혀지면 어떻게 되겠어요?"라는 물음에 "그야말로 사형감이지. 그러나 어디 그런 일이 있었다고 해도 그들을 재판할 세력이 나타나겠나."란 비아냥은 우리 현대사의 알몸을 그대로 드러낸다.

쿠데타가 저지른 부정 중 가장 큰 역사적 후유증은 부정선거였다. "마을마다에 막걸리가 홍수처럼 범람했다. 부녀자들이 백주에 술을 마시고 비틀거렸다. 전국 방방곡곡에 행락 기분이 넘쳤다." 그래서 "이건 선거가 아니고 전 국민을 미치광이로 만들 수작"이 되어버렸다. "술로써 육체를 마비시키고, 돈으로 양심을 마비시켜 표만 빼내자는 것"이 곧 선거였던 것이다.

박정희의 역사적인 옹호론에서 단골로 등장하는 경제개발에 대해서도 작가의 시선은 따갑기만 하다.

"숱한 억울한 사람을 만들어놓고 경제 5개년계획의 강력한 추진이란 뭣일까."라고 밝히는 건 한 맺힌 사람들의 넋두리라 치더라도 경제개발 5개년계획이 송요찬이 내각수반으로 있을 때 "창안은 내가 하고 구체적인 내용도 내가 지휘한 부하들이 만들었다. 최고회의는 그것을 승인한 것뿐이다."라고 밝히는 대목은 시선을 끈다. 뿐만 아니라 5개년계획의 수치부터 집행과 그로 인한 부작용, 특히 농촌경제의 파탄, 외자유치 문제 등등을 낱낱이 고발하듯이 파헤친 이 소설은 경제 분야의 박정희 신화를 근본적으로 부인하는 입장이다.

5·16세력에 대한 여러 비판 가운데 특히 박정희를 겨냥하며 작가 이병주가 강조한 점은 친일행각 문제다.

"윤보선 씨가 시답잖은 사상논쟁을 일으키는 대신, 일본이 물러간지 채 17년 될까 말까 한 이 마당에 아무리 이 나라에 사람이 없기로서니 일제의 하급장교 다카키 중위를 대통령으로 모실 수 있겠는가 하고 나왔더라면 어떻게 되었을까?"라는 것은 성유정의 말이다.

"독립운동한 지사들이 그분으로부터 독립유공의 훈장을 받고 좋아하고 계시니 그런 얘기는 한장 넘어가버린 얘기가 아닌가."라면서 "하기야 윤보선 씨가 다카키 중위를 들먹이지 못할 사정이 있기도 해요."란 꼬리말이 우리 시대의 아픔을 증가시킨다.

"이상을 말하면 애국으로 일생을 관철한 어른들이 정권을 잡고 있다가 일제에 때 묻지 않은 세대로 넘겨주는 것인데 세상이 어디 이상적으로만 될 수가 있나."라는 성유정의 결론은 소설 군데군데에서 되풀이된다.

작가는 이런 일본군 하급장교 출신이 주도한 한일협정을 날카롭게 파고들면서 이를 둘러싼 각종 비리 의혹과 청구권의 부당성(특히 일본인 노구치의 지적이 더 한국인의 자존심을 건드린다)을 다른 나라와 비교·검증하며, 아무리 관대해지려 해도 그냥 지나칠 수 없는 그 무대의 뒷면을 살짝 보여준다.

그중 압권은 1964년이 저물어가는 12월 막바지에 이사마를 찾아온 한 일인을 통해 '다카키 대위를 지키는 모임'의 실체를 엿보게 하는 장면이다. 이 단체는 극비조직으로서 "다카키 대위의 일본사관학교 동기생 가운데 한 사람이 중심인물인데 그 뜻을 알고 지원한 사람들로 구성"한 것으로 밝혀진다.

"유가와의 말에 의하면 다카키 씨는 일본 최후의 무인이란 거야. 패전과 더불어 국내에선 무인이 전멸했는데 무인다운 무인이 한국에 존재한다는 거지. 그런 만큼 일본인으로 봐선 귀중하기 짝이 없는 존재인데 어찌 우리가 가만있을 수 있느냐, 하는 것이 그 모임을 발기한 취지라나?"며, "일본 육사 나온 사람 가운데 정권을 잡은 사람은 장개석과 박정희 단 두 사람이 아닌가."라는 내막이 드러나고 있다.

이어 "그들(일인)은 조선반도의 반을 찾은 거나 마찬가지라고 생각" 하는데, 그 이유는 "한국의 시장을 석권하겠다는 거지. 요컨대 한국의 경제를 자기들 마음대로 할 수 있다고 생각하고 있는 거라. 경제권만 장악하면 실리를 차지하는 셈 아닌가."라고 일인은 못 박는다. 그는 계속해 박정희가 "일본 유행가와 군가를 부하들을 통해 한국에서 적극적으로 권장하고 있는 사실"과 "역사에 구애받지 않는 노골적인 친일정책"을 전개한다고 단정적으로 말한다.

오죽하면 택기 기사가 "천리교만 들어온 줄 압니까. 일본의 천황교까지 들어올 겁니다."라는가 하면, 가뭄 걱정 소리를 듣고 있던 다른 기사는 "물이 모자라면 일본에서 가지고 오면 될 게 아닙니까. 한일협정만 되면 뭣이건 모자라는 것은 일본이 갖다 준다고 하던데요 뭐."라고 말하는 지경일까.

작가는 후기에서 "일본의 관보를 통해 작년(1987년) 9월 29일 일본 국회가 대만 주민의 전몰자 유족 등에 대한 조의금에 관한 법률을 의결 공포했다는 사실"을 추적해, "제2차 세계대전 때 일본군에 속해 있던 대만인의 전몰 또는 전상자는 21만 명인데, 전사, 전상을 불문하고 일본 돈으로 1인당 2백만 엔씩을 지불한다."는 대목을 발견하고, 당시 대만의 "전 사상자 21만 명의 유가족은 일본 정부로부터 35억 달러의 조의금을 받게 되는 것"을 알게 된다.

작가는 일본 관보에 "조선 출신의 일본의 군인·군속의 전사상자 수는 약 24만 2천 명인데 이들에 대한 보상 문제는 1965년에 체결된 '재산 및 청구권에 관한 문제해결 및 경제협력에 관한 일본국과 대한민국과의 협정에 의해 해결되었다'고 발표되어 있다."며 분노한다.

이런 대일관은 대미관에도 그대로 이어지는데 그 연장선에는 파월 국군 문제가 대두된다. 이사마는 국군 파월 논설을 써달라는 사장의 요청을 거절하면서 사직, 반룸펜 작가로 생활을 시작하게 된다. "패배가 예상되는 전쟁에, 미국의 언론마저 승리가 어렵다고 판정하고 있는 전투에 뛰어들어 한국군은 무엇을 하겠다는 말인가."라는 전망은 언제나 유효하다.

다시 쿠데타를 평가하며

"이 정권은 쿠데타에 의하든가, 본인이 죽거나 하기 전엔 절대로 이양될 수 없는 정권"이라는 말은 작품 전편을 흐르는 주제다. 작가는 『뉴욕 타임스』에 실린 이탈리아의 여기자 팔라치와 에티오피아 셀라시에 황제의 인터뷰 기사를 인용하며 은근히 박정희를 그와 비교한다.

"폐하, 지금 에티오피아를 구제하는 오직 한 가지 방법이 있다면 그건 무엇이겠습니까?" 셀라시에는 대답을 못하고 묵묵부답해버렸다. 그러자 팔라치가 "내가 대신 말해볼까요? 지금 에티오피아를 구하는 유일한 방법은 폐하가 황제의 자리에서 물러나는 일입니다."라고 말한 것을 빌려 박 정권의 본질을 폭로하는 것이다.

이어 작가는 우간다의 이디 아민이 "박정희의 충실한 제자"로 온갖 불법적인 통치술을 배운 것으로 패러디한다.

작가는 이 소설을 통해 자신의 생애와 사상을 노골적으로 드러낸다. 이는 어쩌면 긴 군부독재 시기에 작가에게 가해졌던 누명에 대한 해명이기도 하고, 진실을 숨긴 채 살아야 했던 지식인의 초상이기도 하다.

작가연보

<table>
<tr><td>1921</td><td>3월 16일 경남 하동군 북천면에서 아버지 이세식과 어머니 김수조의 사이에서 태어남. 호는 나림那林.</td></tr>
<tr><td>1931</td><td>북천공립보통학교(7회).</td></tr>
<tr><td>1933</td><td>양보공립보통학교(13회) 졸업.</td></tr>
<tr><td>1936</td><td>진주공립농업학교(27회) 졸업.</td></tr>
<tr><td>1941</td><td>일본 메이지대학 전문부 문예과 졸업, 와세다대학 불문과에 재학 중 학병으로 동원되어 중국 소주蘇州에서 지냄.</td></tr>
<tr><td>1948</td><td>진주농과대학과 해인대학(현 경남대학)에서 영어, 불어, 철학을 강의.</td></tr>
<tr><td>1954</td><td>등단하기 이전 이미 『부산일보』에 소설 「내일 없는 그날」을 연재함.</td></tr>
<tr><td>1955</td><td>『국제신보』에 입사, 편집국장 및 주필로 언론활동.</td></tr>
<tr><td>1961</td><td>5·16 때 필화 사건으로 혁명재판소에서 10년 선고를 받고 복역 중 2년 7개월 후에 출감. 외국어대학, 이화여자대학 강사 역임.</td></tr>
<tr><td>1965</td><td>중편 「소설·알렉산드리아」를 『세대』에 발표함으로써 등단.</td></tr>
<tr><td>1966</td><td>「매화나무의 인과」를 『신동아』에 발표.</td></tr>
<tr><td>1968</td><td>「마술사」를 『현대문학』에 발표. 「관부연락선」을 『월간중앙』에 연재(1968. 4~1970. 3). 작품집 『마술사』(아폴로사) 간행.</td></tr>
<tr><td>1969</td><td>「쥘부채」를 『세대』에, 「배신의 강」을 『부산일보』에 발표.</td></tr>
<tr><td>1970</td><td>「망향」을 『새농민』에 연재.</td></tr>
<tr><td>1971</td><td>「패자의 관」(『정경연구』) 등 중·단편을 발표하는 한편 「화원의 사상」을 『국제신보』에, 「언제나 그 은하를」을 『주간여성』에 연재.</td></tr>
<tr><td>1972</td><td>단편 「변명」을 『문학사상』에, 중편 「예낭 풍물지」를 『세대』에, 「목격자」를 『신동아』에 발표. 장편 『지리산』을 『세대』에 연재. 장편 『관부연락선』(전 2권, 신구문화사) 간행. 영문판 『예낭 풍물지』(번역: 서지문, 제임스 웨이드) 간행.</td></tr>
</table>

1973 수필집『백지의 유혹』(강남출판사) 간행.

1974 중편「겨울밤」을『문학사상』에,「낙엽」을『한국문학』에 발표.

1976 중편「여사록」을『현대문학』에, 단편「철학적 살인」과 중편「망명의 늪」을『한국문학』에 발표. 창작집『철학적 살인』(한국문학)과『망명의 늪』(서음출판사) 간행.

1977 장편『늑엽』과 중편「망명의 늪」으로 한국문학작가상와 한국창삭문학상 수상. 창작집『삐에로와 국화』(일신서적공사), 수필집『성 - 그 빛과 그늘』(상·하, 물결사) 간행.

1978 중편「계절은 그때 끝났다」와 단편「추풍사」를『한국문학』에 발표.「바람과 구름과 비」를『조선일보』에 연재. 창작집『낙엽』(태창문화사), 장편『망향』(경미문화사)과『허상과 장미』(범우사) 그리고『조선일보』에 연재했던『미와 진실의 그림자』(대광출판사),『바람과 구름과 비』(전9권, 물결출판사) 간행. 수필집『사랑받는 이브의 초상』(문학예술사), 칼럼집『1979년』(세운문화사) 간행.『지리산』(세운문화사) 간행.

1979 장편『황백의 문』을『신동아』에 연재. 장편『여인의 백야』(상·하, 문음사),『배신의 강』(범우사),『허망과 진실』(상·하, 기린원) 간행. 수필집『사랑을 위한 독백』(회현사),『바람소리, 발소리, 목소리』(한진출판사) 간행. 장편『언제나 그 은하를』(백제) 간행.

1980 중편「세우지 않은 비명碑銘」과 단편「8월의 사상」을『한국문학』에 발표. 작품집『서울은 천국』(태창문화사), 소설『코스모스 시첩』(어문각),『행복어사전』(전6권, 문학사상사),『인과의 화원』(형성사) 간행.

1981 단편「피려다 만 꽃」을『소설문학』에, 중편「거년의 곡」을『월간조선』에, 중편「허망의 정열」을『한국문학』에 발표. 장편『풍설』(상·하, 문음사),『서울 버마재비』(상·하, 집현전),『당신의 성좌』(주우) 간행.

1982 단편「빈영출」을『현대문학』에 발표.「그해 5월」을『신동아』에 연재. 작품집『허망의 정열』(문예출판사), 장편『무지개 연구』(두레출판사),『미완의 극』(상·하, 소설문학사),『공산주의의 허상과 실상』(신기원사), 수필집『나 모두 용서하리라』(집현전), 소설『역성의 풍·화산의 월』(신기원사),『행복어사전』(전3권, 문학사상사),『현대를 살기 위한 사색』(정음사),『강변이야기』(국문) 간행.

1983 중편「그 테러리스트를 위한 만사」를『한국문학』에,「소설 이용구」와「우아한 집념」을『문학사상』에,「박사상회」를『현대문학』에 발표. 작품집

『그 테러리스트를 위한 만사』(홍성사), 고백록『자아와 세계의 만남』(기린원),『황백의 문』(전2권, 동아일보사) 간행.

1984   장편『비창』(문예출판사)으로 한국펜문학상 수상. 장편『그해 5월』(전5권, 기린원),『황혼』(기린원),『여로의 끝』(창작문예사) 간행.『주간조선』에 연재했던 역사기행『길 따라 발 따라』(전2권, 행림출판사),『당신의 뜻대로 하옵소서 - 소설 김대건』(대학문화사) 간행.

1985   장편『니르바나의 꽃』을『문학사상』에 연재. 장편『강물이 내 가슴을 쳐도』,『꽃의 이름을 물었더니』,『무지개 사냥』(전2권, 심지출판사), 수필집『생각을 가다듬고』(정암),『지리산』(전7권, 기린원),『지오콘다의 미소』(신기원사),『청사에 얽힌 홍사』(원음사),『악녀를 위하여』(창작예술사),『산하』(전4권, 동아일보사) 간행.

1986   「산무덤」을『한국문학』에,「어느 낙일」을『동서문학』에 발표.『사상의 빛과 그늘』(신기원사) 간행.

1987   장편『소설 일본제국』(전2권, 문학생활사),『운명의 덫』(상·하, 문예출판사),『니르바나의 꽃』(전2권, 행림출판사),『남과 여 - 에로스 문화사』(원음사),『남로당』(상·중·하, 청계),『소설 장자』(문학사상사),『박사상회』(이조출판사) 간행.

1988   『유성의 부』(전4권, 서당),『그들의 향연』(기린원) 간행. 역사소설「허균」을『사담』에,「그를 버린 여인」을『매일경제신문』에, 문화적 자서전『잃어버린 시간을 위한 메모』를『문학정신』에 연재.『행복한 이브의 초상』(원음사) 간행.

1989   장편『소설 허균』(서당),『포은 정몽주』(서당),『내일 없는 그날』(문이당) 간행.

1990   장편『그를 버린 여인』(상·중·하, 서당) 간행.『꽃이 된 여인의 그늘에서』(상·하, 서당),『그대를 위한 종소리』(상·하, 서당) 간행.

1991   인물평전『대통령들의 초상』(서당),『달빛 서울』(민족과문학사) 간행.

1992   4월 3일 오후 4시 지병으로 타계.『세우지 않은 비명』(서당) 간행.

그해 5월 6

지은이 이병주
펴낸이 김언호

펴낸곳 (주)도서출판 한길사
등록 1976년 12월 24일 제74호
주소 10881 경기도 파주시 광인사길 37
홈페이지 www.hangilsa.co.kr
전자우편 hangilsa@hangilsa.co.kr
전화 031-955-2000~3 팩스 031-955-2005

부사장 박관순 총괄이사 김서영 관리이사 곽명호
영업이사 이경호 경영이사 김관영 편집주간 백은숙
편집 박희진 노유연 최현경 이한민 강성욱 김영길
관리 이주환 문주상 이희문 원선아 이진아 마케팅 정아린
디자인 창포 031-955-2097
인쇄 예림인쇄 제본 경일제책

제1판 제1쇄 2006년 4월 20일
제1판 제2쇄 2022년 4월 10일

값 14,500원
ISBN 978-89-356-5943-2 04810
ISBN 978-89-356-5921-0 (전30권)